D0298252

LA FORCE DE VIVRE

TOME I
Les rêves d'Edmond et Émilie

Michel Langlois

La Force de vivre

TOME I
Les rêves d'Edmond et Émilie

www.quebecloisirs.com

UNE ÉDITION DU CLUB QUÉBEC LOISIRS INC.
© Avec l'autorisation des Éditions Hurtubise inc.
© 2009, Éditions Hurtubise inc.
Dépôt légal — Bibliothèque et Archives nationales du Québec, 2010
ISBN Q.L. : 978-2-89666-018-6
Publié précédemment sous ISBN 978-2-89647-220-8

Imprimé au Canada

Personnages principaux

Curé, Monsieur le : curé de Baie-Saint-Paul.

Deschênes, Romuald : frère adoptif d'Edmond Grenon.

Dufour, Jérôme : ami de Nicolas Grenon.

Dumouchel, Bernardin : ami de Nicolas Grenon et époux de Marie-Josephte Grenon.

Dumoulin, Désiré : jeune politicien qui fréquente Dorothée Grenon.

Gagné, Angèle et **Angélique :** jumelles, filles de Théophile et de Béatrice Gagné. Amies de Dorothée Grenon.

Gagné, Étienne : charretier, fils de Théophile et de Béatrice Gagné, ami des Grenon. Jumeau d'Étiennette.

Gagné, Étiennette : fille de Théophile et de Béatrice Gagné. Jumelle d'Étienne.

Gagné, Hélène : fille de Théophile Gagné et de Béatrice Gagné. Amie d'Alicia Grenon.

Gagné, Théophile : époux de Béatrice Gagné. Ami des Grenon.

Grenon, Alicia : fille d'Edmond Grenon et d'Émilie Simard. Se fait religieuse.

Grenon, Dorothée : fille d'Edmond Grenon et d'Émilie Simard.

Grenon, Edmond : aubergiste, époux d'Émilie Simard.

Grenon, Jean-Baptiste : père d'Edmond Grenon.

Grenon, Marie-Josephte : fille aînée d'Edmond Grenon et d'Émilie Simard. Épouse de Bernardin Dumouchel.

Grenon, Nicolas : fils aîné d'Edmond Grenon et d'Émilie Simard. Époux de Bernadette Rousseau.

Personnages historiques

Aubert de Gaspé, Philippe (1786-1871): fils aîné de Pierre-Ignace Aubert de Gaspé, il est le cinquième et dernier seigneur de Saint-Jean-Port-Joli. Avocat et écrivain célèbre, on lui doit deux importants volumes: *Les Anciens Canadiens* et *Les Mémoires*. Il épouse en 1811 Susanne Allison à Québec.

Du Berger, Jean-Baptiste (1767-1821): fils de Jean-Baptiste Du Berger et de Jeanne Courtois, il naît à Détroit, fait des études au Séminaire de Québec, devient arpenteur, dessinateur et cartographe. Il est l'auteur du plan-relief de la ville de Québec. Il épouse Geneviève Langlois le 8 janvier 1793 à Québec.

Grenon, Jean-Baptiste, dit l'Hercule de Charlevoix (1724–1806): renommé pour sa force herculéenne, Jean-Baptiste Grenon devient rapidement une légende dans son coin de pays. Il a vécu à Baie-Saint-Paul.

Langlois, Geneviève (1771-1811): fille de Thomas Langlois, elle épouse Jean-Baptiste Du Berger. De leur union naissent trois enfants: Mathilde, Jean-Baptiste et Thomas-Louis. Elle décède à Québec en 1811.

Panet, Jean-Antoine (1751-1815): fils du notaire Jean-Claude Panet, Jean-Antoine Panet exerce comme notaire à Québec de 1772 à 1786. Il devient avocat à compter de 1773. Il accède au grade de lieutenant-colonel dans la milice. Il est élu député de la Haute-Ville de Québec en 1792, orateur de la Chambre d'assemblée la même année, et nommé juge en 1794. Il participe à la fondation du journal *Le Canadien*. Il épouse en 1779 Louise-Philippe Badelard.

À Nicole et à tous les miens
ceux d'hier et ceux d'aujourd'hui

« L'histoire que l'on dit grande s'écrit souvent avec la sueur, le sang et les larmes des gens de peu, mais ils ne tiennent jamais la plume. »

Robert BELLERET

PREMIÈRE PARTIE

LA NAISSANCE DES RÊVES

Chapitre 1

L'auberge

Baie-Saint-Paul – Fin de l'été 1803

Edmond Grenon, l'air préoccupé, remontait d'un pas décidé la rue principale. Il marchait si vite qu'il semblait avoir une ruche au derrière. Un étranger qui l'aurait vu se déplacer de la sorte se serait aussitôt demandé s'il avait le feu au cul ou s'il craignait un orage. Mais personne au village, depuis fort longtemps, ne se posait plus la question. Edmond Grenon ne perdait jamais une minute, savait où il allait et s'y rendait directement, en prenant, bien entendu, le temps de saluer d'un coup de chapeau tous ceux qu'il connaissait, mais sans s'arrêter tant qu'il n'était pas rendu où ses pas devaient le mener.

En ce matin pétillant et ensoleillé de septembre 1803, il filait directement chez son ami, le menuisier Prosper Perron, dont la maison s'élevait à l'ombre de l'église, quand le soleil levant éclairait le cœur du village. Prosper semblait attendre sa visite. Il ne se montra pas étonné de le voir descendre chez lui et de s'enquérir immédiatement :

— Salut Prosper ! T'as ce que je t'ai demandé ?

— Pour sûr que je l'ai, mais tu vas pas repartir tout de suite, tu prendras bien le temps de causer un peu : ma Germaine a du bon jus et tu gagnerais à t'asseoir pour le boire.

— C'est bien aimable à toi, mon Prosper, mais tu me connais, quand j'ai quelque chose dans tête, il faut que je le fasse tout de suite. J'ai pour mon dire qu'il faut jamais rien remettre au lendemain, parce que peut-être que le lendemain, j'aurai pas la chance de le voir.

— Comme ça, tu prendras même pas le temps de t'asseoir un peu ?

— C'est bien gentil de ta part, mon Prosper, mais le temps, c'est de l'argent et je gaspille pas un sou.

— Bon, je t'apporte ça tout de suite !

Prosper se dirigea vers le hangar et en revint avec deux planches dont s'empara aussitôt Edmond comme s'il s'agissait d'un trésor. Il avait sans doute payé son ami à l'avance, car après l'avoir remercié et salué, il s'en alla sans plus tarder. Il avait une idée importante en tête, quelque chose qui allait changer le cours de sa vie et celui de sa famille. Il se dirigea du même pas décidé vers chez lui. Presque rendu, il s'arrêta, fit deux pas en avant puis autant en arrière, occupé à scruter en détail la façade de sa maison.

Son ami et frère d'adoption, Romuald Deschênes, qui l'attendait chez lui depuis un bon quart d'heure et regardait par la fenêtre de la grande salle de séjour, se rendit compte de son manège. Il demanda aussitôt :

— Coudon ! Émilie, ton mari a des drôles de façons de faire à matin. Il reluque la maison comme s'il la voyait pour la première fois.

— Faut pas te surprendre, Romuald, Edmond veut transformer la maison en auberge.

Émilie finissait à peine sa phrase qu'Edmond entrait. Apercevant Romuald, il l'apostropha :

— Qu'est-ce que tu fais icite aussi de bonne heure à matin ?

— J'étais passé aux nouvelles, voir si tout tourne comme vous le voulez. Émilie me dit que tu veux ouvrir une auberge dans ta maison.

— Elle t'a bien renseigné.

— Comprends-moi bien, Edmond, ta décision d'ouvrir une auberge à Baie-Saint-Paul est pas folle en toute, mais tu risques d'avoir le curé sur le dos. Il voudra pas de ça dans la paroisse.

— Cimetière ! Romuald ! Ça sera pas une maison de débauche. Une auberge avec quelques chambres pour recevoir des voyageurs, ce n'est pas un trou sans fin.

— Monte pas sur tes grands chevaux, Edmond, tu me connais, je ne veux pas te contredire, je te dis même que t'as raison. Mais dans une auberge, d'habitude, y a de la boisson.

Edmond le dévisagea.

— Tu le fais exprès ! Pourquoi tu me parles de boisson et du curé ?

— Parce que la boisson va pas de pair avec le curé.
Il va rappliquer, j'aime mieux te le dire. Ton auberge
ne se fera pas toute seule : tu vas l'avoir dans les jambes,
ça c'est garanti.

— On verra, dans le temps comme dans le temps. Tu
le sais comme moi : « À chaque jour suffit sa peine. »

— T'as pourtant un bon métier ! Maréchal-ferrant,
ça rapporte suffisamment pour faire vivre ta famille.

— C'est toi qui le dis. J'ai de la concurrence, tu sais.
À l'autre bout du village, Nil Gagnon ferre pas mal
plus de chevaux que moi. Pis, y a le jeune Bouchard
qui vient d'installer sa forge à quatre maisons d'icite.
Il m'enlève beaucoup de pratiques parce que, forcé-
ment, il est moins chérant que moi. Je suis pas pour
baisser mes prix rien que pour lui faire plaisir.
Changement d'à-propos, tu prendrais bien quelque
chose à boire ?

— Ça serait pas de refus.

— Une bière d'épinette, ça ferait-y ton bonheur ?

— T'en as ? Je vais en prendre, c'est bien sûr !

Les deux hommes remplirent leur verre. Ils se turent,
le temps de déguster leur première gorgée. Edmond
Grenon était une force de la nature, les épaules et la
mâchoire carrées, les poings comme des battants de
cloche. Son compagnon Romuald Deschênes n'était
pas bâti pour faire peur à une mouche, tellement chez
lui tout était petit. Ça ne les empêchait pas d'être les
deux meilleurs amis du monde. Il est vrai qu'ils avaient
été élevés ensemble. La mère de Romuald était décédée
quelques jours à peine après lui avoir donné naissance.

À quatre ans, il était devenu orphelin à la suite du décès subit de son père. Jean-Baptiste, le père d'Edmond, avait décidé de l'adopter pour faire un compagnon à son fils qui, lui aussi, avait perdu sa mère un an auparavant.

Pendant que les deux hommes causaient, Émilie, qui ne tenait pas en place, en profita pour aller au marché.

— Je serai pas partie longtemps, Edmond. Quand je reviendrai, j'irai m'occuper de ton père.

— C'est bien correct de même, approuva ce dernier.

Le silence retomba sur la maison. Ce fut encore Romuald, dont la langue lui démangeait tout le temps, qui reprit la parole :

— Dis-moi donc, j'ai entendu dire que ta sœur Marie a étonné un petit monsieur de la rive sud, y a pas de ça bien longtemps ?

— Marie a hérité de la force de mon père.

— Tu sais-tu au juste qu'est-ce qu'elle a fait avec ce petit monsieur ? C'est Josephat Bouliane qui a parlé de ça au docteur, dimanche, après la grand-messe. J'étais trop loin pour tout comprendre.

— Espère-moi deux minutes, je reviens, pis je vais te conter ça !

Edmond se leva et se dirigea vers l'avant de la maison. Il sortit, prit du recul dans la rue, comme pour évaluer quelque chose, et revint.

— Coudon ! Edmond, ça te trotte donc bien dans tête, ton idée d'auberge. Crains pas, je t'ai vu faire.

Tu m'as planté là pour aller voir quelque chose qui te chicote.

— Quand j'ai quelque chose qui me tient à cœur, compte pas sur moi pour l'oublier. Si j'ai pas hérité de la force de mon père, j'ai au moins hérité de son caractère. On est tous un peu de même dans la famille, tu le sais, quand on a quelque chose dans tête, on l'a pas dans les pieds. Y en a plusieurs que tu connais qui nous traitent de têtes de cochon. Ils ont peut-être raison, mais rien n'empêche que c'est bon de pas lâcher au premier obstacle.

— Raconte-moi donc pour ta sœur Marie.

— Ah oui ! J'étais pas là quand c'est arrivé, c'est elle qui me l'a raconté. Elle revenait du magasin général avec deux minots de sel d'au moins cinquante livres chaque, qu'elle traînait sur son dos avec un harnais, comme elle fait à l'occasion pour transporter des marchandises. Arrivée au pied du Cap-aux-Corbeaux — elle reste, comme tu sais, du côté des Éboulements —, elle dépasse un petit monsieur de la rive sud qui s'apprêtait à monter la côte.

— Je pense que c'est la pire côte à pic du coin, pis longue à part ça ! fit remarquer Romuald, qui s'ennuyait déjà de ne pas pouvoir placer un mot.

— T'as raison, c'est une des pires du coin. On se fatigue rien qu'à la monter allège, imagine un peu avec une charge de cent livres au moins sur le dos. Toujours est-il que le petit monsieur, pour faire de la galanterie, lui dit : « Bonjour ma bonne dame ! Je serais honoré de faire un bout de chemin avec vous. Je ne serais pas un gentilhomme si je n'avais pas la décence — c'est de même qu'il parlait — de vous offrir de porter un de vos paquets. Je ne vous laisserai pas monter la côte de même avec tout ce chargement sur votre dos. » Elle lui répond : « C'est bien gentil à vous de m'offrir votre aide, mon cher monsieur, mais j'ai l'habitude, je fais ça souvent, et ces paquets, je m'en voudrais de vous embarrasser avec un, parce qu'ils sont pour moi très légers. D'ailleurs, vous en donner un à porter débalancerait ma charge. » « Je m'en vais là-haut, tout comme vous ma petite dame, rien ne me ferait tant plaisir que de vous rendre ce service, insiste le petit monsieur. Vous allez me passer un de vos sacs, je vais vous aider à le porter. » Marie, qui n'est pas faraude pour deux sous, le remercie gentiment de son aide. L'autre revient à la charge. Marie finit par céder. Elle dépose les sacs par terre, installe son harnais sur le dos du petit monsieur. Une fois qu'il est bien harnaché, elle met un sac dans le harnais pendant qu'elle porte l'autre sous le bras et, sans plus tarder, se remet en route.

— Me semble de voir ça ! s'esclaffa Romuald. Le petit monsieur pis ta sœur, qui devait le dépasser d'un bon pied, parce que Marie, pour une femme, est aussi prise que bien des hommes.

— Je comprends donc ! Elle mesure plus de six pieds, elle est aussi grande que moi et même si j'ai pas la force de mon père, je suis pas si mal non plus. Crois-moi, crois-moi pas, j'ai jamais gagné avec elle au tir au poignet. Je résiste, mais elle est tellement forte qu'elle finit toujours par m'avoir. Je pense bien qu'elle battrait tous les hommes du village un après l'autre.

— On peut pas le savoir, reprit Romuald, parce qu'ils veulent pas tirer au poignet avec elle; ils ont peur de perdre la face.

— Ils ont un peu raison. Marie a ses trucs à elle. T'es placé juste en face, le coude bien appuyé sur la table, elle de son côté pareil. Quand elle prend ta main, tu sens tout de suite qu'elle a du nerf que c'en est pas croyable. Quand le signal se donne, t'as beau pousser de toutes tes forces, de son côté, ça bouge à peine. Bien pire, elle a même pas l'air de forcer. C'est comme si tu voulais tasser un mur. Elle attend de même sans broncher, comme si de rien n'était. Quand elle sent que tu te fatigues… Boum! Elle te descend le bras d'un coup sur la table. Tu la regarderas faire la prochaine fois qu'on va se débattre.

— Ça arrive souvent?

— Les fois qu'elle vient à la maison, ce qui est très rare par exemple! Je te préviendrai, si jamais il lui prend l'envie de venir. On dirait qu'il faut qu'elle se prouve qu'elle n'a rien perdu de sa force.

— Peut-être que sa force est dans ses cheveux, comme Samson, insinua Romuald.

— Si jamais tu veux les lui couper, t'as besoin de l'endormir comme il faut.

La réflexion d'Edmond les dérida un petit moment. Romuald avait vécu chez les Grenon jusqu'au mariage d'Edmond. Il s'était ensuite réfugié dans une petite maison du rang Saint-Antoine, sur le lot de terre dont il avait hérité de son père. Voyant Edmond songeur, Romuald, qui ne perdait pas son idée première, demanda :

— Pis, Edmond, notre petit monsieur avec son minot de sel sur le dos, comment il s'en est sorti ?

— Marie m'a dit qu'ils avaient à peine le quart de la côte de monté que l'autre regrettait sa galanterie et, pour ne pas laisser voir qu'il était essoufflé comme un chien de traîneau après une course, se mit à se tourner de bord à tous les dix pas en disant : « C'est la première fois, madame, que je viens par icite, permettez-moi de regarder un peu la vue qu'on a tout en montant. »

— Marie se tannait pas ?

— Au début, elle disait rien, elle voulait pas l'offenser, mais elle était pressée. Quand elle a vu que l'autre voulait s'asseoir et que l'avant-midi y passerait — elle est pas folle, tu sais —, elle a dit au petit monsieur : « Je m'aperçois que vous aimez bien gros le paysage. Vous devriez en profiter pour regarder tant que vous voulez, pour une fois que vous y êtes. Je vais reprendre mon sac et mon harnais, si ça vous dérange pas, et ça va vous permettre de mieux profiter de la montée. » Tu comprends bien que son petit monsieur a tout déposé par terre et demandait pas mieux que de regarder le paysage.

Ils en étaient là de leur conversation quand Émilie revint du marché. Elle entra dans la maison en coup de vent avec en main un sac de toile dont dépassaient des queues de carottes et de poireaux. C'était une petite femme vive et enjouée, mais ordonnée comme une horloge.

— Rebonjour Émilie! Le marché a été bon, à voir ce qui dépasse de ton sac.

— Tu vois bien, Romuald, et pour bien faire, faudrait que j'y retourne. J'avais apporté qu'un sac, il m'en aurait fallu deux.

— Y a pas personne qui pouvait t'en prêter un?

— Non! Tout le monde avait besoin des leurs. Les légumes sont assez beaux et pas chers en toute. Les cultivateurs les laissent aller pour presque rien. Ils veulent pas les perdre. T'as juste à marchander un peu et faire voir que t'es pas trop intéressée à cause du prix. Je t'assure qu'ils changent vite de façon quand on fait mine d'aller en acheter ailleurs.

— T'as rien appris de nouveau? demanda Edmond.

— Non, rien que des vieilles nouvelles. Y a Rose-Alma, la femme à Gédéon Dufour, qui va accoucher dans peu, si c'est pas déjà fait, à part ça rien de neuf.

Romuald, qui n'avait pas fini son placotage, enchaîna aussitôt:

— Tu sais qu'Edmond a pas changé d'idée?

— Ça dépend pourquoi.

— À propos de votre auberge.

Edmond, qui semblait parti dans un rêve éveillé, n'avait toutefois pas perdu un mot de la conversation et sursauta.

— Cimetière! Pourquoi j'en changerais? Émilie est du même avis que moi. Pas vrai? ajouta-t-il à l'intention de sa femme.

Émilie, qui se dirigeait vers une armoire pour y déposer ses légumes, approuva.

— Là-dessus, on est tous les deux d'accord.

— D'autant plus, ajouta Edmond, que notre aîné Nicolas, qui s'ennuie à l'école, pourrait nous aider en restant à la maison. Il a plus rien à apprendre là ! Mademoiselle Painchaud est capable de montrer à lire, écrire et compter, mais quand c'est fait, ça suffit. À dix-sept ans, Nicolas a fait le tour de ce qu'elle sait.

— Une auberge, ça serait pas beaucoup plus d'ouvrage, expliqua Émilie. Tous les jours, je fais à manger à Edmond, Nicolas, Marie-Josephte, Dorothée, Alicia et Marcel, de même qu'au grand-père. Ça fait sept bouches à nourrir, quatre ou cinq de plus ne feront pas une grande différence, sinon que ça amènera de l'eau au moulin.

— Puisque t'en parles, comment il va Jean-Baptiste ?

— Le grand-père est encore solide, mais il sort pas de sa chambre, pas en toute. C'est vrai qu'il voit guère plus.

Elle s'arrêta, récupéra son sac, prit une longue respiration avant de dire à Edmond :

— Je vais aller voir si ton père a tout ce qu'il faut, après ça je retourne au marché. Pendant ce temps-là, irais-tu me chercher un pain à la boulangerie ? Une grosse fesse, comme je les aime. Hormidas est passé à matin comme toujours et m'en a laissé. Je pensais qu'il m'en resterait à plein pour à soir, mais Jean-Roch vient souper avec Eugénie. Ils me l'ont juste annoncé tantôt au marché. Eugénie veut ma recette de bouilli de bœuf. Elle va le préparer avec moi, de même ça va lui apprendre à le faire. Je peux pas lui refuser ça : elle est assez bonne pour Marie-Josephte. Imagine-toi donc, mon Romuald, que presque chaque fois que Marie-Josephte va garder ses petits, Eugénie lui fait du sucre à crème, de quoi la gâter jusqu'à la fin de ses jours.

Émilie repartie, Edmond revint à son projet d'auberge :

— T'es témoin comme moi, Romu, je suis pas tout seul à vouloir ouvrir une auberge icite dedans. J'ai tout calculé, il va y avoir assez de place : la maison est grande en masse. Non seulement mon père était fort, mais il travaillait joliment bien. Il faut dire qu'il pensait qu'on serait pas moins d'une douzaine. Il avait construit la maison pour. Il voulait pas qu'on soit plus que deux par chambre. Il a bien manqué son coup : on n'a été que quatre en tout. Avec celle des parents, ça faisait sept chambres dans la maison. C'est pour ça qu'à présent que les autres sont partis, y en aurait bien quatre pour des pensionnaires ou encore des voyageurs. J'en ai parlé au père, il est d'accord. De toute façon, il est dur de la feuille : ça le dérangera pas trop.

— J'y pense, enchaîna Romuald. Veux-tu bien me dire qu'est-ce que t'es allé faire dehors, tantôt, à reluquer le devant de ta maison ?

— Ah, ça ? J'ai regardé la place où je vais mettre l'enseigne.

— T'as décidé de mettre une enseigne ?

— Je comprends donc ! Viens voir !

Romuald le suivit jusqu'au hangar, derrière la maison. Sur un établi dressé au milieu de la place était posée une belle enseigne en bois. Edmond y avait sculpté en majuscules : AUBERGE GRENON. Il avait commencé à en dorer les lettres.

— Toi, mon Edmond, souffla Romuald, c'est vraiment vrai que quand t'as une idée dans tête, tu l'as pas dans les pieds !

— Mon Romu, tu sais une chose, j'ai mon métier de forgeron et de maréchal-ferrant, mais vaut mieux avoir plus d'une corde à son arc.

Le projet d'Edmond fit son chemin, car quelques jours plus tard, l'enseigne apparut sur la façade de la maison des Grenon.

Chapitre 2

Chez les Grenon

Depuis qu'il avait décidé que sa maison devenait une auberge, Edmond était résolu à obtenir une licence de cabaretier. « Ceux qui vont fréquenter l'auberge, se disait-il, vont vouloir boire un peu de boisson : eh bien ils en auront. » Il y avait encore beaucoup de petits travaux à fignoler et des marchandises à commander.

— Maintenant que l'enseigne est là, dit Edmond à Émilie, faut que le reste suive.

— Qu'est-ce donc que tu veux dire par « le reste » ?

— Faut préparer les chambres, commander tout ce qui est nécessaire pour une auberge : des tables, des chaises, des verres, des ustensiles, etc. On va faire l'inventaire de ce qu'on a, après je fabriquerai ce que je peux et il faudra acheter le reste. Pour le moment, j'ai d'autres choses à faire.

— Quoi donc ?

— Une commande à Rémi Harvey, à Saint-Joseph-de-la-Rive. Où est Nico ?

— À l'école, comme d'habitude.

— C'est son dernier jour d'école. Tantôt je passe le chercher. Il sait lire, écrire et compter, c'est assez. Tu feras la même chose avec Marie-Jo.

— Pourquoi donc?

— Pour qu'elle t'aide à la cuisine et au ménage des chambres. On va laisser juste les plus jeunes à l'école, ils en ont encore à apprendre.

— Tu trouves pas que tu vas un peu trop vite? Y a encore personne dans l'auberge.

— Ça tardera pas à ce qu'elle se remplisse, tu vas voir. On est bien placé dans la rue principale, proche de tout.

Edmond avait raison: sa maison s'élevait en plein centre du village, au bord de la rivière du Gouffre, non loin du magasin général, à quelques résidences de l'église. C'était une belle et vaste demeure ancienne au toit mansardé. Elle tournait le dos à la rivière, mais regardait résolument les montagnes et ne manquait pas de voir défiler devant elle, tous les jours ou presque, le village entier qui se rendait soit à l'église, soit au magasin général ou au moulin.

Les gens, il en était sûr, s'arrêteraient désormais chez lui pour prendre une consommation et discuter de la pluie et du beau temps. Comme le lui avait laissé entendre son ami Romuald, le curé considérait les auberges comme des lieux de perdition, mais Edmond s'était promis de travailler fort pour lui prouver le contraire, car il ne servirait de boisson que dans la mesure où le buveur serait encore capable d'en prendre; il ne tolérerait pas qu'on se saoule chez lui. Voilà pour-

quoi les gens se plairaient à fréquenter son établissement, fort bien tenu, où on pourrait également déguster
d'excellents repas.

Edmond avait attelé Roussine et, en passant près de
chez mademoiselle Painchaud, ce matin-là, il arrêta
chercher son fils aîné.

— J'ai besoin de lui maintenant pour m'aider dans
mon travail, dit-il.

Mademoiselle Painchaud ne pouvait rien faire pour
retenir Nicolas. Elle se contenta de dire :

— Vous êtes son père, vous savez ce que vous avez
à faire.

Ce fut un Nicolas tout souriant qui monta d'un seul
élan dans la voiture et s'assit à l'avant, près de son père.

— Où on va ?

— À Saint-Joseph-de-la-Rive.

— Quoi faire ?

— Passer une commande à Rémi Harvey, pour
Québec.

— Une commande de quoi ?

— Un permis de cabaret et de boisson.

— Vous allez servir de la boisson à l'auberge ?

— Dans une auberge, c'est ce qui fait le pain et le
beurre.

— Ça rapporte gros ?

— Comme tu dis. Ça coûte pas trop cher à acheter
en grosse quantité, mais ça rapporte à l'assiette. J'en

commanderai pas beaucoup pour commencer, on verra ensuite. Mais c'est pas pour ça que j'ai été te chercher. Va me falloir quelqu'un pour servir les clients, préparer, remplir et vider les tables, faire la vaisselle, balayer la salle, ramasser les verres, c'est toi qui vas me faire ça.

— Tout seul ?

— Pourquoi ? As-tu peur d'avoir trop d'ouvrage ?

— Non, mais tout seul c'est ennuyant. Je vais t'y pouvoir demander à Jérôme de m'aider ?

— Ton ami Jérôme ? Oui, si ça lui tente. Mais qu'il s'attende pas à être bien payé, parce qu'il aura tout juste de quoi pour ses petites dépenses. Bon ! Pour tout de suite, après avoir parlé à Rémi, on va aller aux Éboulements chercher une couple de tables et quelques chaises chez Victor Bouchard. Après ça, tu vas m'aider à voir combien il manque de coutellerie et de vaisselle pour fournir deux tables de quatre couverts. On va se contenter de deux tables pour le moment, on verra ensuite.

Roussine avait ralenti le pas. Edmond la pressa d'un « Hu ! » sonore. Ils arrivèrent à Saint-Joseph-de-la-Rive juste à temps, avant que Rémi Harvey profite de la marée haute pour faire voile vers Québec.

— Tiens mon Rémi, j'ai deux commissions à Québec, une au port et l'autre aux dirigeants de la ville ou bien du gouvernement, dépendant qui s'occupe de ça.

— Au port, ça devrait aller tout seul ; au gouvernement, je te garantis rien.

— Commence par me trouver, pour le moins cher possible, à un des magasins du port, tu les connais, du vin rouge d'Espagne, du vin de Madère, du brandy, du whisky, du gin, du scotch, un peu de genièvre et d'absinthe, du sherry, du porto et de l'eau-de-vie de Paris.

— Combien de chaque?

— Je l'ai mis sur ce bout de papier. Me faut ça sans faute, à ton retour.

Le capitaine prit le temps d'y jeter un coup d'œil. Il souleva sa calotte et arrêta Edmond qui s'apprêtait à remonter dans sa voiture.

— Ça devrait pouvoir se faire. Pour ton permis de cabaret, c'est moins sûr. Ça arrive pas comme un grand vent du large. Il faudrait peut-être bien mettre un peu d'argent collé avec la demande. Tu vois ce que je veux dire?

— Une livre ou deux?

— Peut-être! En tous les cas, ça peut aider à ouvrir des portes.

Edmond fouilla dans ses poches, il en sortit une livre qu'il lui tendit.

— À toi de voir! dit-il.

Le capitaine semblait hésitant.

— Mais, dis donc, reprit-il, tu trouves pas que tu mets la charrue avant les bœufs? Si t'as pas de permis, qu'est-ce que tu vas faire de ta boisson?

— Va donc voir pour le permis en premier. Si jamais ça branle dans le manche, t'as qu'à pas acheter la boisson tout de suite. Ça ira à un autre de tes voyages.

— C'est pas mal mieux de même, d'autant que je vais à Québec une fois par semaine.

Edmond remit dans une bourse de vessie tout l'argent nécessaire pour effectuer ses achats à son ami et capitaine de *La Sainte-Anne*.

— Prends-en bien soin, recommanda-t-il, c'est mes économies depuis des années.

— Crains pas, mon Edmond, je les boirai pas. Je te rapporte peut-être bien tes effets dans cinq jours, avec ton permis pour le cabaret.

Ils se quittèrent sur ces mots et Edmond mit aussitôt la jument au pas en direction des Éboulements. Ils furent de retour à l'auberge en fin d'après-midi avec leur chargement, et tout de suite la grande salle de la maison, avec ses deux tables et ses chaises à fond de paille, commença à prendre l'allure d'une auberge.

Le lendemain, c'est Marie-Josephte qu'Edmond retira de la classe de mademoiselle Painchaud. À sa fille qui montrait un visage interrogateur, il expliqua :

— T'en sais bien assez, ma fille, pour te débrouiller dans la vie et, astheure qu'on tient auberge, ta mère va avoir besoin de toi pour les repas, le lavage des draps, le ménage des chambres, les achats de légumes chez les cultivateurs, de pain chez le boulanger quand il va en manquer, et pour toutes sortes d'autres affaires.

Habituée à obéir sans rechigner, Marie-Josephte ne se montra ni enthousiaste ni contrariée à l'idée de rester à la maison. Émilie fut tout heureuse de l'avoir à ses côtés quand, le jour même, elles se rendirent chez Marie Girard, celle qu'on appelait Chique-la-guenille parce qu'elle n'avait pas très bon caractère et vendait toutes sortes de tissus. Émilie chercha dans tous ces bouts de tissus ce qui pourrait tenir lieu de rideaux pour les trois chambres de l'hôtel.

C'est Marie-Josephte qui finit par trouver celui qui convenait.

— Regarde, m'man, de la mousseline verte.

Émilie s'approcha, tâta le tissu.

— D'ordinaire, ça sert plus pour des habits.

— Mais, m'man, ça ferait très bien aux fenêtres des chambres. C'est presque transparent. Y en a juste assez pour ce qu'on a de besoin.

Elles achetèrent ensuite de la toile, suffisamment pour faire deux nappes. Leurs achats terminés, elles marchèrent de chez Marie Girard un bon quart d'heure, jusqu'au magasin général où Edmond les attendait pour choisir un peu de vaisselle et de ver- rerie. Quant à lui, il avait eu le temps d'acheter quel- ques cuillères et des fourchettes, dont il semblait fort satisfait. Quand elles arrivèrent, il était assis à la porte du magasin général, pipe au bec.

— Faites vos achats, dit-il à Émilie et à Marie- Josephte, vous les ferez mettre sur ma note, moi je file à la maison.

— Et comment on va rapporter tout ça ? Dans nos bras ?

— Cimetière ! C'est bien trop vrai, j'y pensais pas, je vais vous attendre.

— On sera pas longue à revenir, l'assura Émilie. Nicolas est pas avec toi ?

— Non ! Il est allé voir mademoiselle Painchaud, pour quelque chose qu'il dit avoir oublié de lui demander.

De retour à l'auberge, Edmond se mit aussitôt au travail dans sa forge. Il confectionna quelques lames de couteau, passa beaucoup de temps à leur poser un manche en bois et mit de l'ordre dans sa boutique. Il attendit le retour de son fils, curieux de lui demander si tout allait à son gré. Pendant ce temps, Émilie et Marie-Josephte avaient sorti du fil et des aiguilles et s'affairaient à coudre la mousseline aux dimensions des fenêtres. Elles étaient en plein travail quand les trois plus jeunes, Dorothée, Alicia et Marcel, arrivèrent de l'école.

— Ç'a bien été à l'école ? demanda Émilie.

— Oui ! J'ai faim, m'man ! se plaignit Dorothée.

— Moi aussi ! entonnèrent les deux autres.

Émilie leur dit :

— Patientez, on va souper dans pas grand temps.

Il n'y avait pas cinq minutes qu'elle les avait prévenus que les trois revenaient à la charge.

— M'man, on a faim !

— Comme dirait p'pa, rappela Marie-Josephte, «ventre affamé n'a pas d'oreille».

Elle laissa là son travail et dit à sa mère :

— J'm'en vais leur faire chauffer une soupe. Avec un peu de pain, ça devrait les faire patienter jusqu'à l'heure du souper et nous donner le temps de finir nos rideaux.

— Fais donc ça, ma grande, approuva sa mère. On dirait que ces enfants-là sont comme des puits sans fond, ça engouffre, misère de misère, à pas être capable de se contenter.

— C'est bon signe, m'man, ça veut dire qu'ils sont en santé.

Émilie reprit son aiguille, rapprocha le tissu de ses yeux et continua patiemment son travail en se disant que c'était là le lot d'une mère de famille, tout en se consolant d'avoir des enfants en bonne santé et de pouvoir compter sur son aînée pour l'aider.

Chapitre 3

Les visiteurs

Après la messe du dimanche, Edmond avait l'habitude de s'attarder à jaser un peu avec tous ceux qu'il connaissait et ils étaient nombreux, regroupés au milieu de la place. Pendant ce temps-là, les femmes se retrouvaient près du parvis de l'église pour papoter et échanger les dernières nouvelles de la semaine. De temps à autre, on profitait de la fin de la grand-messe pour annoncer une vente aux enchères. Une fois son annonce terminée, comme il était tenu de le faire, l'huissier en affichait la date sur la porte de l'église.

Edmond vit que plusieurs hommes s'étaient attroupés et discutaient passablement fort. Comme il approchait du rassemblement, il remarqua un homme qu'il n'avait jamais vu dans la baie jusque-là. «Qui ça peut-il être?» se demanda-t-il. Il n'eut pas besoin de se poser longtemps la question puisque l'homme, d'un certain âge, bien mis, le corps droit, la poigne solide, se dirigea aussitôt vers lui, la main tendue et, sans plus de préambule, commença:

— On m'a dit que tu es l'aubergiste?

Edmond fut d'abord étonné que cet homme le tutoie, mais il comprit vite qu'il avait affaire à un monsieur habitué à frayer avec beaucoup de monde.

— On vous a bien renseigné.

— Est-ce qu'il y aurait une chambre à l'auberge pour moi et mon ami ?

— Les chambres sont libres à présent, ça doit pouvoir s'arranger. On va être là, ma femme et moi, dans un quart d'heure au plus tard. Vous avez qu'à venir, elle va préparer les chambres.

Edmond se mit ensuite en frais de retrouver Émilie parmi les femmes regroupées non loin du perron de l'église. Celles-ci entouraient Rose-Alma Dufour qui avait amené son nouveau-né. Émilie n'était pas là. En le voyant venir, une grande et belle femme, la Rollande, dit aussitôt à Edmond :

— Émilie a demandé de te prévenir qu'elle s'en retournait directement chez vous. Paraît que vous allez avoir vos premiers pensionnaires.

— C'est bien gentil à toi de me le dire, Rollande.

Il fit demi-tour et, sans plus tarder, prit la direction de l'auberge. Il trouvait fort avantageux qu'elle soit construite dans la rue principale et non loin de l'église. Il y parvint au moment où les deux hommes rencontrés quelques minutes auparavant s'apprêtaient à frapper à la porte.

— J'arrive ! leur lança-t-il.

Il pénétra en même temps qu'eux dans l'auberge. Informée de leur arrivée, Émilie avait veillé à ce qu'il ne manque rien dans les chambres. Pour mettre ces hommes à leur aise, Edmond dit :

— Je vous offrirais bien un verre, mais je sers pas de boisson le dimanche. Vous prendrez bien à la place une bonne bière d'épinette ?

L'aîné des deux accepta l'offre, le plus jeune préféra un verre d'eau glacée. Quand ils furent bien assis dans la salle de l'auberge, Edmond s'informa :

— Si c'est pas trop vous demander, qu'est-ce qui vous amène à Baie-Saint-Paul ? Mais avant, comment vous appelez-vous ?

— Jean-Antoine Panet, déclara le plus âgé, dont les cheveux et la forte moustache grisonnaient.

— Et toi ? questionna Edmond, en s'adressant au plus jeune.

— Philippe Aubert de Gaspé.

— Moi, je suis le plus jeune de la famille Grenon. Appelez-moi Edmond !

— Nous avons vu l'enseigne : *Auberge Grenon*, reprit Antoine Panet. Nous nous sommes dit, peut-être que le propriétaire est parent avec le fameux Jean-Baptiste Grenon, l'Hercule de Charlevoix.

Edmond répondit avec enthousiasme :

— Non seulement je suis parent avec, mais c'est mon père. En plus, il loge icite à l'auberge.

— Vous nous en voyez fort heureux.

Edmond était très intrigué par ces deux visiteurs et la raison de leur venue à Baie-Saint-Paul.

— Quel bon vent vous amène ?

Le plus jeune, le nommé de Gaspé, qui n'avait pas encore parlé autrement que pour dire son nom, prit la parole à son tour. Edmond remarqua tout de suite que, comme son vieux compagnon, il s'exprimait très bien.

— Nous sommes venus interroger ton père, et les autres aussi, sur leur participation à la bataille de Baie-Saint-Paul.

— Pourquoi c'est faire?

— Nous voulons mettre ça par écrit pour que ceux qui vont nous suivre puissent s'en souvenir.

— Mon père parle pas beaucoup, mais il a encore une bonne mémoire. Vous êtes chanceux, parce que quand on lui rappelle la bataille, il en a toujours long à raconter.

Ce fut dans la chambre même du vieillard que les deux hommes allèrent l'interroger. Assis près de la fenêtre, il semblait un peu perdu dans ses pensées quand Edmond lui présenta les visiteurs.

— Ces deux messieurs sont de Québec, p'pa. Ils viennent vous voir pour en savoir plus long sur la bataille de Baie-Saint-Paul.

Le vieil homme se tourna vers eux sans les voir.

— Bonjour monsieur Grenon, commença Antoine Panet. Mon jeune ami prend en note ce que ceux comme vous, qui ont participé à la bataille de Baie-Saint-Paul, veulent bien nous raconter. Vous y étiez, à la bataille?

— Comment?

Son interlocuteur éleva la voix.

— Vous y étiez, à la bataille contre les Anglais?

Le vieil homme approuva d'un signe de tête.

— Ben sûr que j'y étais et les Anglais doivent s'en rappeler en calvinse! Ça fa longtemps. Dans ce temps-là, j'avais toute ma force, aujourd'hui, je vaux plus rien en toute.

Le jeune de Gaspé intervint.

— Attendez donc deux minutes, le temps que je sorte mes instruments d'écriture.

Il avait apporté avec lui ce qu'Edmond avait pris pour un petit coffret. Il l'ouvrit, en sortit un encrier, une plume et du papier. Il se servit du couvercle comme d'un pupitre pour écrire. Assis bien droit au pied du lit, il fit signe à son compagnon qu'il était prêt.

— Pour en revenir à ce que nous disions, la bataille de Baie-Saint-Paul, reprit d'une voix forte le sieur Panet, racontez-nous donc comment ça s'est passé ?

Le vieil homme posa tranquillement sa main devant ses yeux aveugles, comme pour recréer dans son esprit les images de cette époque.

— Ça s'est passé que les Anglais sont arrivés avec leurs vaisseaux. On s'était préparé avant leur venue.

— Qu'aviez-vous fait ?

— Des fossés et des barricades. Les Français de Québec nous avaient gréyés de soldats pis de Sauvages. Par encontre, les Anglais avaient beaucoup de vaisseaux, des gros et des petits. Ils ont atterré à la pointe de l'Île-aux-Coudres. Y avait plus un chrétien sur l'île, ils étaient tous rendus à Baie-Saint-Paul. À un moment donné, un nommé Savard, que je connaissais pas, s'est informé si je voulais aller espionner les Anglais à l'île-aux-Coudres avec lui. J'ai eu comme réponse que ça ne donnait rien d'aller là, que quand les Anglais viendraient par icite, on les verrait ben venir.

— Est-ce que le nommé Savard y est allé quand même ?

— Je pense ben que oui. Je m'en rappelle plus au juste.

Le vieil homme s'arrêta et demanda s'il pouvait avoir de l'eau. Le jeune de Gaspé descendit lui en chercher à la cuisine. Pendant ce temps, Antoine Panet demanda au vieux Jean-Baptiste s'il était fatigué.

Il répondit sans se plaindre :

— J'ai juste soif !

Quand il eut pris une bonne gorgée, il se racla la gorge et fit gicler un jet de salive jusque dans un vieux crachoir posé près de sa chaise. Le sachant aveugle ou presque, Antoine Panet se montra étonné par la prouesse.

— Vous avez l'habitude de toujours cracher aussi bien que ça ?

— Comme vous voyez ! Même si j'ai pas les yeux bons, je sais où est le crachoir. Mais de quoi donc qu'on parlait ?

— Vous nous parliez des Anglais. Est-ce qu'ils ont été longtemps à Baie-Saint-Paul ?

— Ben trop longtemps à mon goût, ils par-taient plus. Ils sont restés aux alentours toute l'été. Ils sondaient la profondeur de l'eau et nous faisaient gas-piller nos munitions à tirer sur eux autres en pure perte.

— Est-ce tout ce qu'ils ont fait ?

— Ben non ! Une journée, ils ont débarqué. C'était pas pendant la clerté, c'était encore la nuite. Au petit matin, y en avait ben trois fois comme on était, avec des Sauvages montagnais montés contre nous autres. On a été obligé d'abandonner la barricade pour pas se faire tuer.

Le vieillard but de nouveau puis soupira longuement.

— Où êtes-vous allés ? poursuivit le sieur Panet.

— Dans les bois aux alentours. On voulait protéger les femmes et les enfants qui se cachaient par là avec le curé. Les Anglais les auraient pris si ça avait pas été d'une chose.

— Quoi donc ?

— Les Sauvages qui se battaient avec nous autres, quand ils fonçaient su' les Anglais, ils criaient à la façon des oies blanches. Les Anglais avaient une peur bleue des Sauvages. Y a quelqu'un qui s'en est avisé. Y avait des oies, plus haut sur la rivière. Ils en ont capturé quelques dizaines avec un filet. Ils leur ont attaché une corde au cou pour les pousser devant eux autres, dans les bois, à la rencontre des Anglais. Les oies criaient tellement fort et les Anglais, vous savez, sont plus peureux qu'on pense. Ils se sont sauvés dans leurs vaisseaux, mais pas avant d'avoir brûlé tout le village.

Le vieil homme se tut un moment, comme pour chasser ces mauvaises images de ses pensées. Le jeune de Gaspé demanda :

— Est-ce qu'il y a eu des morts, du côté des Anglais ?

— C'est ben difficile à savoir. Y en a eu deux de notre bord. Non ! Trois, parce que j'ai été pris par les

Anglais avec un autre. Ils nous ont conduits sur un de leurs vaisseaux. J'aime pas trop raconter la suite.

— Voulez-vous vous reposer et continuer à nous en parler demain ?

— Faites donc ça ! Demain, je vous dirai le reste.

Chapitre 4

L'Hercule de Charlevoix

Tôt le lendemain matin, après que les petits eurent quitté l'auberge pour l'école, les deux visiteurs s'apprêtaient à monter de nouveau à la chambre du vieillard. Ils demandèrent à Edmond:

— Pourquoi les gens appellent-ils ton père l'Hercule de Charlevoix?

— C'est parce que dans sa jeunesse, vous en avez certainement entendu parler, il était fort que c'est pas disable.

— J'aimerais lui poser des questions sur ses tours de force, dit le jeune de Gaspé. Penses-tu qu'il va vouloir en parler?

— Peut-être bien que oui, peut-être bien que non. Ça va dépendre de son humeur. Je vais envoyer ma fille Marie-Jo voir s'il a tout ce qu'il lui faut. Il aime bien gros ma fille, elle va savoir le préparer à votre visite.

Quand Marie-Josephte redescendit et qu'elle leur assura que tout allait bien, ils montèrent à leur tour.

Antoine Panet cogna à la porte de la chambre et dit :

— C'est encore nous autres, monsieur Grenon. Vous avez passé une bonne nuit ?

Ils entendirent le vieil homme soupirer, puis il dit :

— Entrez ! La nuit, pour moi, est rarement bonne. J'ai jonglé ben gros.

— À quoi ?

— À cette affaire avec les Anglais.

— Est-ce que c'est trop vous demander que de nous raconter ce qui s'est passé avec eux ?

Le vieillard ne répondit pas tout de suite. Après un moment, il dit :

— Ça fait ben cent fois que je le raconte. Ce qui s'est passé ! Ils nous ont attachés, l'autre et moi, chacun à un mât de leur vaisseau. L'autre, c'était un Tremblay des Éboulements. À un moment donné, ils l'ont fait asseoir sur une planche. Ils lui ont passé un filin autour des chevilles. Ils l'ont monté en l'air avec des perches fixées au mât et l'ont fait tomber comme ça par trois fois, les pieds attachés à un câble, la tête la première dans les flots, pendant que le vaisseau avançait. Ils l'ont laissé de même longtemps sous l'eau avant de le remonter : la troisième fois, il avait eu le temps de se nayer.

— Pensiez-vous qu'ils voulaient faire la même chose avec vous ?

Le vieil homme monta le ton et dit d'une voix impatiente :

— C'est ben certain !

— Comment se fait-il qu'ils ne l'ont pas fait ?

— Quand ils sont venus pour me prendre et me faire plier les genoux pour m'asseoir sur la planche, ils ont pas été capables. Ils étaient trois à essayer ensemble, mais ça pliait pas.

Le jeune de Gaspé fit remarquer :

— Ils auraient pu vous casser les jambes ?

— C'est ce qu'ils se préparaient à faire, mais le capitaine les a arrêtés. Il lui a pris une fantaisie de me montrer au reste de l'armée. Il voulait défier ses hommes de me faire plier les jambes.

— Qu'est-ce qui s'est passé ensuite ?

— Y a un marin qui s'est approché de moi. J'avais les deux mains attachées derrière le dos après le mât. Il m'a donné un coup de poing dans la face, le batinse, que j'en ai saigné du nez. J'ai dit au capitaine de me détacher une main et de m'envoyer cet homme, que je lui réglerais son compte. Le capitaine comprenait pas ce que je disais. Y en avait un qui parlait français. Je l'ai supplié de demander au capitaine de me libérer une main pour que je corrige le marin qui m'avait frappé. Le capitaine a ben voulu. Le marin s'est approché pour me frapper encore. Je l'ai attrapé de ma main libre et je te l'ai étendu d'un coup sur le pont, assez raide qu'il en est mort.

— Il en est mort ? Les Anglais devaient vous en vouloir ?

— C'est ben certain, mais le capitaine m'a envoyé ses hommes un après l'autre pour me faire plier les jambes. Il a dit que si personne ne réussissait à me mettre à genoux, il me laisserait ma liberté. Y en a pas un maudit qui a réussi.

— Qu'est-ce qui vous a permis de tenir le coup?

Le vieillard releva la tête, les yeux brillants et répondit:

— La force de vivre.

Un long silence s'installa après cette réflexion, puis le jeune de Gaspé demanda:

— Le capitaine vous a ensuite relâché?

— Le capitaine a été correct, il a tenu sa parole. Quand le vaisseau a atterré, il m'a relâché. J'ai pas attendu mon reste. J'ai couru tant que j'ai pu. Le soir, j'ai traversé pour aller me coucher sur une petite île, au bord du fleuve. Comme j'arrivais de l'autre bord de l'île pour me mettre à l'abri du vent, je vois tout à coup des hommes qui faisaient un feu. Ils étaient trois ou quatre. Ils essayaient de lever une grosse souche pour protéger leur feu que le vent avait tendance à éteindre, et itou pour pas que la boucane leur revienne dans la face.

Il arrêta de parler comme s'il en avait assez dit. Les visiteurs qui voulaient connaître la fin de l'histoire demandèrent:

— Vous les avez aidés à soulever la souche?

— Je les ai aidés. Je leur ai dit d'aller s'asseoir. J'ai levé la souche à bout de bras et je l'ai placée là où ils m'ont dit de la mettre. Ils m'ont accepté pour la nuite.

— La souche, vous l'avez levée tout seul?

— Je comprends donc! C'était pas une si grosse souche. Mettez trois bons à rien autour et, batinse, une souche pareille va rester là.

Depuis quelques moments, le jeune de Gaspé ne cessait pas de remuer ; une question lui brûlait les lèvres. Il se décida enfin à la poser :

— Il y en a qui disent que les Anglais ne vous ont pas relâché parce que vous leur aviez tenu tête, mais bien parce que…

Le vieil homme se redressa d'un coup et lui coupa la parole.

— Sainte-Misère ! Que le bon Dieu les punisse !

Son visage s'était assombri. De son poing encore puissant, il frappa le mur et resta silencieux un moment puis congédia ensuite les visiteurs.

— Bon, j'en ai assez dit, vous demanderez aux autres !

Quand ils se retrouvèrent dans la grande salle de l'auberge, les visiteurs rapportèrent à Edmond ce que son père leur avait dit. Ce dernier confirma que c'était toujours ce que le vieillard racontait autour de ces événements-là.

— Pourquoi, questionna Antoine Panet, des gens ont-ils laissé entendre que les Anglais avaient libéré ton père pour une tout autre raison que celle qu'il raconte ?

— J'ai entendu dire des choses à ce sujet. Y a des années, tout le monde respectait mon père. Mais depuis qu'il a plus ses capacités anciennes, y en a qui se sont mis à raconter cette histoire à leur façon.

— Ça arrive souvent, fit remarquer Antoine Panet. Quelqu'un part une rumeur, les autres suivent.

— Si vous tenez à savoir ce que mon père pense de tout ça, vous avez rien qu'à le lui demander.

Le jeune de Gaspé reprit vivement:

— Nous l'avons fait!

— Pis? Qu'est-ce qu'il vous a dit?

— Rien du tout! Il n'a plus voulu dire un mot. Il nous a congédiés.

Edmond haussa les épaules et secoua la tête de dépit.

— Ça me surprend pas. Il a jamais plus été le même après que certains ont eu le front de prétendre que les Anglais l'avaient libéré parce qu'il leur avait dit comment s'y prendre pour attaquer Québec et se rendre sur les plaines d'Abraham.

— Si je comprends bien, reprit le jeune de Gaspé, de héros qu'il était, certains ont voulu en faire un traître.

Edmond laissa paraître à son tour son caractère de Grenon. Il serra les dents et déclara d'une voix indignée:

— Cimetière! Faut être profondément méchant pour dire des affaires de même. Mon père a jamais mis les pieds à Québec. Comment voulez-vous qu'il ait renseigné les Anglais? Vraiment, y a du monde qui sont pas du monde. Quand on pense à ce que mon père a fait pour eux autres. Chaque fois qu'ils étaient mal pris parce que quelque chose était trop lourd à lever ou à déplacer, ils appelaient Jean-Baptiste. Mon père y allait. Y en a plusieurs qui ne lui donnaient même pas un sou pour ses services, comme s'il avait été obligé de le faire pour leurs beaux yeux. Les gens sont sans-cœur, vous savez !

Antoine Panet acquiesça.

— Ça, tu ne me l'apprends pas, tu sais. Tu viens de parler de services qu'il aurait rendus aux autres grâce à sa force.

— Je comprends, enchaîna vivement Edmond. Prenez par exemple pour le presbytère.

— Qu'a-t-il fait là ? questionna aussitôt le jeune de Gaspé.

Sans attendre la réponse, il s'assit devant une table de la grande salle, y déposa son coffret, en sortit papier, plume et encrier et se mit en frais de rédiger pour la postérité la réponse d'Edmond.

— Les maçons étaient à maçonner une cheminée ancienne comme on en trouve dans les grands bâtiments, vous savez, les cheminées où peuvent descendre les ramoneurs.

Antoine Panet fit remarquer :

— Il en existe de nombreuses comme ça, à la Place-Royale, à Québec. Tu sais que les ramoneurs viennent pour la plupart de la Savoie ; c'est une spécialité de leur région.

— C'est vrai, dit le jeune de Gaspé. Il existe même une chanson assez folichonne chantée par les ramoneurs.

Edmond se montra aussitôt intéressé à la connaître.

— Elle n'est pas trop recommandable, dit Antoine Panet.

Son compagnon, qui semblait assez déluré et aimait certainement rire, s'exclama :

— Nous sommes entre hommes, nous pouvons toujours nous l'envoyer.

Et sans plus tarder, il entonna :

C'est un p'tit ramoneur
Qu'est tout rempli de cœur
Il s'en va de ville en village
Pour y trouver d'l'ouvrage
Pour y mettre en état
Les cheminées du haut en bas

Dans son chemin rencontre
La fille de Victor
P'tit ramoneur de ville
P'tit ramoneur habile
Veux-tu mettre en état
Ma cheminée du haut en bas

Je m'suis déshabillé
C'était pour ramoner
La bell' s'éclate de rire
Et moi de lui dire
Non, non, j'ramonerai pas
Ta cheminée du haut en bas

Je m'suis mis à genoux
C'tait pour r'garder dessous
Ma petite brunette
Ta cheminée est trop étroite
Non, non, j'ramonerai pas
Ta cheminée du haut en bas

Va, va, p'tit ramoneur
Toi qui n'as pas de cœur
J'en trouverai en ville
Des ramoneurs habiles
Qui mettront en état
Ma cheminée du haut en bas.

Les trois hommes s'amusèrent des paroles de cette chanson, que maître Panet s'empressa de qualifier d'irrévérencieuse.

— Vous savez sans doute, ajouta-t-il, qu'il fut un temps où nous manquions de Savoyards pour ramoner les cheminées. C'était à l'époque de l'intendant Hocquart. Je me souviens d'avoir eu sous les yeux la copie d'une requête qu'il fit écrire au Conseil de la Marine, en France, demandant d'envoyer au plus pressé quatre Savoyards de douze à quatorze ans, parce que les deux arrivés quelques années plus tôt étaient devenus trop gros pour entrer dans les cheminées.

— Vraiment ? s'étonna Edmond. Trop gros pour passer dans les cheminées ? On penserait pas. En voilà une bonne !

— Pour en revenir à nos propos, continua maître Panet, tu nous disais donc que ton père est intervenu dans la construction de la cheminée du presbytère.

— Ah oui ! Il paraît que les maçons, qui d'ordinaire sont pas chétifs, parce qu'ils ont souvent à déplacer des pierres de taille, avaient tenté en vain de poser le manteau de la cheminée.

Le jeune de Gaspé l'arrêta, le temps de changer de plume. Pour ne pas perdre le fil de la conversation, il fit remarquer :

— Ce sont d'ordinaire des pierres imposantes.

— Toujours est-il, continua Edmond, alors qu'ils s'apprêtaient à s'en aller dîner chacun chez eux, ils voient passer mon père dans la rue. Un d'eux lui crie : « Salut Jean-Baptiste ! On a besoin d'un coup de main. Toi qui es fort comme un taureau, pourrais-tu venir tantôt nous aider à poser le manteau de la cheminée ? » « Vous êtes quatre, leur dit mon père, et vous y êtes pas arrivés, sans doute qu'à cinq, on devrait y parvenir. Je vais revenir après dîner. » Il les a laissés partir manger et il en a profité pour entrer au presbytère, examiner la pierre en question. Je vous mens pas, vous pouvez aller voir, elle est encore là : elle a sept pieds de long par dix-huit pouces de large et huit pouces d'épaisseur. Quand les maçons sont revenus au presbytère, mon père y était plus, mais la pierre reposait, bien assise, à sa place sur les jambages de la cheminée, à trois pieds au-dessus de l'âtre.

— Ils ont dû tomber sur le derrière, s'exclama le jeune de Gaspé.

— Ils en croyaient tellement pas leurs yeux, poursuivit Edmond, qu'ils se sont informés auprès des voisins du presbytère s'ils avaient vu plusieurs hommes y entrer pendant leur dîner. Une femme leur a garanti que le seul homme qu'elle avait vu entrer et en sortir pendant leur absence était mon père. C'est à partir de ce moment-là que des mauvaises langues se sont mises à raconter que pour réussir de tels tours de force, mon père travaillait avec le diable en personne.

Satisfait de ce qu'il venait de raconter, Edmond fit mine de se rendre à la cuisine. Maître Panet l'arrêta :

— Est-ce le seul exploit de ce genre qu'il a réalisé ?

— Y en a eu bien d'autres, mais celui-ci devra vous suffire pour aujourd'hui.

— Raconte, le supplia le jeune de Gaspé.

Edmond lui dit :

— Je suis forgeron, je sais qu'il faut battre le fer quand il est chaud, mais vous allez m'excuser parce que j'ai bien du travail à faire. Vous devriez aller rencontrer les autres vieux qui ont été à la bataille et, à soir, je vous raconterai d'autres tours de force de mon père.

— Faisons ça de même, approuva maître Panet.

Chapitre 5

La fronde

Ce même matin, Romuald vint faire son tour habi-tuel. Émilie s'affairait à la cuisine. Nicolas avait disparu aussitôt sa vaisselle faite. « Celui-là, se dit Edmond, est certainement à brasser quelque chose de pas catho-lique. »

Comme il le faisait toujours, avec le peu de tact qu'il possédait, Romuald posa directement à Edmond la question que l'aubergiste ne voulait justement pas entendre à ce moment-là.

— As-tu entendu parler de la dernière histoire qui tourne autour de ton père ?

— Viens pas en ajouter ! s'exclama-t-il. Les deux visiteurs viennent de partir et vont certainement nous revenir à soir avec d'autres histoires inventées sur le dos de mon père. On dirait que le monde a rien d'autre à faire que de mémérer. Si t'as pas mieux à t'occuper, mon Romu, tu vas m'excuser mais j'ai à voir à l'auberge : faut que j'aille au magasin général chercher un peu de tôle. Y a des pieds de lit à rafistoler et l'enseigne de l'auberge a besoin d'être solidifiée.

— Pour moi, ça sera pas la peine que tu la cloues mieux, reprit Romuald. Tu vas être obligé de l'enlever avant longtemps.

— Qu'est-ce qui te fait dire ça ?

— J'ai entendu dire que certains continuent de porter plainte au curé parce qu'ils veulent pas d'une auberge au milieu du village, et le curé leur prête l'oreille.

— Si t'as rien de plus intéressant à me dire, sais-tu ce qui me ferait plaisir ?

— Quoi donc ?

— Que tu viennes justement m'aider à mieux poser mon enseigne.

Pendant ce temps, à la cuisine, Émilie et son aînée Marie-Josephte préparaient le repas du soir : une tourtière de Charlevoix.

— C'est long à préparer, la tourtière, fit remarquer Marie-Josephte, mais c'est bon en pas pour rire. Où est-ce que vous avez appris cette recette, m'man ?

La mère, qui s'affairait autour du poêle de fonte, ne répondit pas tout de suite. Elle semblait préoccupée et elle avait terriblement chaud.

— M'man, est-ce que ça va ? Je vous ai demandé qui vous a montré à faire de la tourtière de même.

— Ça, ma fille, ça me vient des Simard. Demande-moi pas laquelle de mes tantes me l'a montrée, mais ma mère, qui venait du bout de Lotbinière, connaissait pas cette recette-là. Mes tantes qui sont toutes nées icite dans Charlevoix la faisaient les yeux fermés.

— Par chance, ajouta Marie-Josephte, je l'ai apprise de vous, ça ne se perdra pas dans la famille.

Émilie, qui avait toujours le souci du bien de chacun, dit à Marie-Josephte :

— T'as des jeunes jambes, chère, va donc voir en haut si ton grand-père a pas besoin de quelque chose. Quand les enfants vont arriver de l'école pour dîner, faudra leur avoir préparé quelque chose à manger. Comme toujours, ils vont être affamés. Vaut mieux de s'assurer tout de suite que le grand-père va bien.

Au retour de sa visite au grand-père, Marie-Josephte paraissait toute troublée.

— Qu'est-ce qui te chavire de même, ma fille ? Le grand-père est-il mourant ?

— Non m'man, mais quand j'ai poussé la porte de sa chambre, j'ai vu qu'il pleurait. Il m'a fait signe de la main de m'en aller.

— Faut pas t'en faire pour ça. Avec tout ce qu'il a raconté aux visiteurs, il a dû en jongler un coup. C'est le lot des vieux : ils ont plus facilement la larme à l'œil quand ils pensent à leur vie passée. Parfois c'est des regrets, quand c'est pas des remords.

∽

Dès qu'il eut fini de préparer les tables, Nicolas avait disparu. Aîné de la marmaille, il avait gardé un côté un peu enfant, malgré ses dix-sept ans. Cependant, il se montrait tenace et obstiné comme un cheval borgne, ce qui n'était pas vraiment un défaut, parce que, s'il entreprenait quelque chose, il le menait jusqu'au bout. Il avait hérité de la tête dure des Grenon et s'en montrait fier.

Plus jeune, il s'était entêté à faire tout et n'importe quoi pour ne pas aller à l'école, jusqu'à ce que son père décide du contraire. C'est ainsi que, grand parmi les petits, il avait fréquenté l'école de mademoiselle Painchaud tout en se plaignant, et avec raison, qu'elle n'avait plus rien à lui apprendre, jusqu'à ce que son père l'en retire.

Il ne s'était jamais montré très intéressé par l'école, sauf au tout dernier jour, celui où mademoiselle Painchaud avait raconté l'histoire du combat du roi David contre Goliath. Il fut si étonné d'entendre cette histoire qu'il résolut d'avoir, lui aussi, une fronde. Mais comment donc était fabriquée cette arme fabuleuse qui permettait de lancer des cailloux si loin et avec autant de force ?

Il n'hésita pas, ce matin-là, même s'il ne fréquentait plus l'école, à aller trouver mademoiselle Painchaud pour s'en informer.

— Vous nous avez parlé l'autre fois de David et de sa fronde.

— En effet, il s'en est servi pour abattre le géant Goliath.

— J'aimerais savoir comment cette fronde était faite ?

Mademoiselle Painchaud le regarda en fronçant les sourcils.

— Tu me demandes là quelque chose que je ne saurais pas bien t'expliquer. C'est une arme qui date de deux mille ans. Aurais-tu idée de t'en fabriquer une?

Nicolas expliqua qu'il désirait en savoir plus à ce sujet pour pouvoir en parler en connaissance de cause.

— Jérôme m'a demandé comment c'était fait. J'étais pas capable de le lui expliquer alors j'ai dit que je me renseignerais.

Mademoiselle Painchaud se mit à réfléchir tout haut.

— Bon bien! Qui pourrait t'en apprendre là-dessus?

Elle hésita un moment et dit:

— Peut-être bien que monsieur le curé…

Nicolas l'arrêta tout de suite.

— J'irai pas voir monsieur le curé pour ça.

Mademoiselle Painchaud continua à réfléchir.

— Si tu ne veux pas aller voir monsieur le curé, tu pourrais toujours te rendre chez le vieux professeur Lavoie, à l'autre bout du village. Il possède un bon paquet de livres, peut-être en a-t-il un qui explique comment et de quoi est faite une fronde.

Nicolas la remercia vivement et partit aussitôt d'un bon pas voir le vieux maître. Sa marche le conduisit jusqu'à une demeure presque en ruines, au bord de la route, au commencement d'un rang. Sans hésiter, il frappa à la porte. Un vieillard courbé par l'âge vint répondre.

— Vous êtes bien monsieur le professeur Lavoie ? demanda Nicolas.

— Oui. C'est moi. Entre donc que je ferme la porte, ça fait des courants d'air.

Pendant que Nicolas s'empressait de franchir le seuil, le vieil homme se dépêcha de pousser la porte.

— Qu'est-ce qui t'amène jusque chez moi ?

— Mademoiselle Painchaud m'a dit que vous pourriez peut-être m'aider. Je veux savoir comment est faite une fronde.

— Rien de plus simple, reprit le vieil homme. Suis-moi mon garçon.

Il se dirigea tout au fond de l'unique pièce de la maison. Il y avait une étagère le long du mur. Nicolas ne voyait pratiquement rien tellement il faisait sombre. Pourtant, le vieillard, d'une main sûre, s'empara d'un grand livre qu'il alla poser sur une table, près de l'unique fenêtre de la pièce.

— Tu sais lire ? demanda-t-il à Nicolas.

— Oui, bien sûr !

— Qu'est-ce que tu lis sur la couverture ?

— *Les Armes de tous les temps.*

— C'est, dit le vieil homme, un volume dans lequel sont illustrées toutes les armes connues ; la fronde devrait s'y trouver.

Il s'empara du grand livre, en tourna rapidement quelques pages puis le déposa de nouveau sur la table en indiquant de l'index un dessin.

— C'est ça, jeune homme, une fronde.

Nicolas se montra tout étonné.

— C'est seulement ça ? Est-ce qu'on dit comment c'est fait et comment on s'en sert ?

— Sans aucun doute, voyons.

Le maître lut :

« La fronde se compose d'une bande souple de cuir, formant une poche, à laquelle sont attachées deux lanières d'égales longueurs. Le projectile qu'on désire lancer, la plupart du temps un caillou rond ou une bille de plomb, est placé dans la poche en question. Une fois la fronde ainsi armée, celui qui la manie tient les deux lanières dans une main et fait tournoyer la fronde vivement d'un mouvement de rotation sur le côté ou le dessus de la tête. Quand l'engin a pris une bonne vitesse de rotation, le lanceur, au moment désiré, lâche une des lanières. Le projectile sort de la fronde en direction de la cible visée. »

— Voilà, jeune homme ! conclut-il au terme de sa lecture. Je te préviens que si jamais tu as idée de te faire une fronde, tu vas t'apercevoir rapidement que ce n'est pas une arme facile à manipuler.

— Auriez-vous du papier, une plume et de l'encre ? demanda aussitôt Nicolas.

— Verrais-tu un ancien maître d'école qui ne disposerait pas de pareils effets ?

Le vieil homme se dirigea vers un coin de la pièce et en revint avec une plume d'oie, du papier et un encrier.

— Voilà, mon garçon, dit-il, mes instruments d'écriture.

Nicolas s'empara d'une large feuille de papier. Il prit la plume et se mit à transcrire avec application la description que venait de lui lire le vieux professeur.

— Si Jérôme veut pas me croire, dit Nicolas, je vais lui mettre ça sous le nez.

— Qui est Jérôme?

— Jérôme Dufour? C'est mon meilleur ami.

— Il fait son saint Thomas, d'après ce que je vois, car il ne croit pas sans avoir vu. Ce n'est pas une mauvaise chose, tu sais; il est bon de voir avant de croire trop vite.

Nicolas confirma:

— Il veut jamais rien croire du premier coup, ça lui prend des preuves.

— Bon bien là, il va en avoir, reprit le vieil homme. Et si jamais, après tout ça, il doute encore, tu me l'enverras, mon livre sur les armes saura bien le convaincre.

Sur ce, Nicolas le remercia de ses bons enseignements et partit d'un pas léger vers l'auberge de son père.

Maintenant qu'il savait comment était faite une fronde, il allait s'en fabriquer une en secret. « Bien sûr, se disait-il, il va falloir que j'apprenne à m'en servir. Ça sera pas facile et comment le faire sans que Jérôme soit de la partie? Je veux pas que Jérôme et tout le village se moquent de moi. »

Il entendait déjà les commentaires: « À son âge, s'amuser encore à tirer des cailloux ! » Comme si, à dix-sept ans, on ne pouvait pas s'exercer à sa guise à ce qui nous plaisait le plus. Il voulait battre son propre record du lancer de caillou, car parmi tous les garçons de Baie-Saint-Paul, il était depuis toujours le champion, celui qui avait le bras le plus puissant. Il gagnait à tout coup, mais il n'était pas satisfait : il voulait lancer plus loin et encore plus loin. Sa fronde, il en était certain, allait lui permettre de satisfaire son ambition.

Pour lors, on l'attendait à l'auberge, où il avait du travail à abattre avant le souper. Son ami Jérôme l'accueillit.

— Ton père est en beau joualvert, t'as intérêt à te mettre à l'ouvrage tout de suite.

— Il va se calmer quand il va savoir que j'ai été à l'école.

— T'as été à l'école ? Toi ?

— J'avais une chose importante à demander à mademoiselle Painchaud.

— À quel sujet ?

— Ça ne regarde que moi !

Quand Nicolas répondait de cette façon, Jérôme n'insistait pas ; il savait qu'il n'y gagnerait rien.

Jérôme s'informa.

— Qu'est-ce qu'on fait dimanche ? Est-ce que ça te tenterait d'aller pêcher aux rapides de la rivière ?

Une assiette dans les mains, Nicolas s'arrêta un moment, le temps de dire :

— Dimanche, c'est pas une mauvaise idée. Faisons donc ça !

Ils en étaient là de leur conversation quand Edmond entra dans la grande salle de l'auberge. La présence du père de son ami mettait toujours Jérôme un peu mal à l'aise. Il était impressionné par cet homme massif, carré d'épaules, aux gestes vifs et secs, à la parole à l'avenant, qui lança aussitôt à l'intention de son fils:

— Où étais-tu passé?

— À l'école!

— À l'école? Astheure que t'es plus obligé d'y aller, t'y vas?

— J'avais de quoi à me faire expliquer par mademoiselle Painchaud.

— Ça veut dire qu'elle avait encore de quoi à t'apprendre. Mais assez jasé, les tables sont pas encore toutes garnies pour à soir. Ouste! Cessez votre placotage et grouillez-vous, les premiers invités sont presque déjà à la porte.

Les deux amis se pressèrent de telle sorte que, quelques minutes plus tard, l'auberge présentait des tables invitantes, cependant que, de la cuisine, de bonnes odeurs venaient ouvrir d'un coup les appétits.

— Heureusement que l'auberge est fermée le dimanche, fit remarquer Jérôme, on sera libre, sinon on n'aurait pas une minute à nous autres. Y a bien assez qu'on est obligé d'aller à la messe.

Nicolas reprit aussitôt:

— J'aimerais bien savoir qui a mis ça dans la tête des curés, qu'il faut aller à la messe tous les dimanches.

Jérôme sourit avant d'ajouter:

— Heureusement que ta mère t'entend pas!

— Je sais, fit Nicolas, avec un peu d'irritation dans la voix. Ça dépend des jours, elle est parfois plus catholique que le pape, alors elle va à l'église. De même, elle perd du temps. Heureusement que Marie-Jo est là, parce qu'elle arriverait jamais à fournir pour les repas de l'auberge.

— Rien n'empêche que t'es chanceux d'avoir encore ta mère ; la mienne est passée de l'autre bord depuis bien longtemps.

Chaque fois que Nicolas entendait son ami faire de telles réflexions, il se taisait longuement. Il avait de la peine pour lui. Ces deux-là se connaissaient depuis leur tendre enfance. Au village, on les avait baptisés « les inséparables ». « Ils sont comme ces oiseaux qu'on ne peut pas séparer », avait assuré le maître de poste, qui en connaissait plus sur ce sujet que monsieur Lavoie, l'instituteur. À preuve, ce dernier n'avait jamais entendu parler d'oiseaux nommés inséparables. « C'est une invention du maître de poste ou du bedeau », se plaisait-il à répéter à qui voulait l'entendre, et le maître de poste de répliquer : « N'étalez pas ainsi votre ignorance, monsieur l'instituteur. Un jour, je vous en aurai, des inséparables, et vous verrez bien qu'ils ne sortent pas de mon imagination. »

Chapitre 6

La force des Grenon

Comme il l'avait promis, après le souper, une fois les tables libérées et la vaisselle lavée, Edmond s'installa dans la salle de l'auberge avec les deux visiteurs.

Le jeune de Gaspé lui dit :

— Pour la postérité, raconte-nous donc d'autres exploits de ton père. Je vais tout consigner.

Edmond le reprit :

— Pourquoi tu dis que t'écris tout ça déjà ?

— Pour la postérité, ça veut dire pour ceux qui vont venir après nous autres.

— C'est donc une drôle de manière de dire, s'étonna Edmond.

Sans plus de façon, il commença son récit.

— Un jour que mon père revient des Éboulements, il monte la côte vers Baie-Saint-Paul et fait un bout sur la route des hauteurs. Arrivé à un passage étroit, il aperçoit un paquet de monde autour d'un pan de rocher qui a roulé au milieu de la route et bouche complètement le passage. La journée est passablement avancée, la brunante s'amène pour de bon. Quelques hommes tentent de bouger le rocher sans pouvoir le tasser d'un pouce. Ceux qui arrivaient de Baie-Saint-Paul se décident d'y retourner jusqu'au lendemain, le temps que la route soit dégagée et ceux qui s'en allaient des Éboulements ou de l'Île-aux-Coudres jusqu'à Baie-Saint-Paul de repartir aussi chez eux. Mon père fait semblant de faire comme eux autres et attend que tout le monde soit parti, mais pas avant qu'un nommé Harvey, qui se trouvait là avec sa femme, l'ait reconnu. Vous vous imaginez bien que mon père était pas pour attendre avant de revenir à Baie-Saint-Paul. Le lendemain matin, quand le nommé Harvey repart pour les Éboulements avec sa femme, il trouve la route ouverte avec en contrebas le pan de rocher de la veille. Il va aussitôt répandre la nouvelle à tout le monde. « D'après moi, leur dit sa femme, y a que le bonhomme Grenon, aidé de Satan, qui a pu accomplir une affaire pareille. »

— Je comprends, commenta maître Panet, que de pareils exploits devaient faire beaucoup parler.

— Pour parler, ça parlait et ça parlait trop, reprit Edmond. C'est pour ça que mon père a cessé de réaliser des tours de force comme ceux-là. Il voulait pas qu'on dise qu'il frayait avec le démon. Une réputation, ça se perd vite.

Le jeune de Gaspé leva le nez de ses écrits pour demander :

— Quel est le dernier exploit du genre qu'il a réalisé ?

— À ce que je crois, répondit Edmond, c'est sur la route de la Petite-Rivière-Saint-François. Il s'en allait là par affaires, des roues de charrette, ou quelque chose comme ça à réparer. Sur la route pleine de trous qui serpente le long du fleuve jusqu'à la Petite-Rivière, il arrive sur la scène d'un accident : un chariot encore à moitié chargé s'était renversé sur un homme qui, à pied, conduisait ses bêtes dans cette mauvaise route, si on peut appeler ça une route. Ils étaient au moins quatre à tenter de dégager le blessé qu'on entendait gémir, dessous la charge de ballots et de minots qui l'avaient écrasé. Mon père écarte les hommes et se met à ramasser ballots et minots, qu'il tire au bout de ses bras. Après, il s'accroupit le dos au chariot et, d'un coup de rein, le soulève avec le reste de sa charge pour le faire basculer de l'autre côté du passage. Les autres arrivent en vitesse pour sortir le blessé de sa mauvaise position et viennent ensuite pour remercier mon père, mais sans le retrouver puisque, pendant ce temps-là, il avait poursuivi son chemin. Encore là, y en a eu pour dire que le démon leur était apparu sous la forme du bonhomme Grenon.

Maître Panet et son jeune compagnon semblaient maintenant satisfaits de ce qu'ils avaient recueilli. Comme ils se proposaient de rencontrer encore d'autres vieillards qui avaient participé à la bataille de Baie-Saint-Paul, ils se dirent très heureux de ce qu'Edmond leur avait appris. Ce dernier ne demandait pas mieux que de parler d'autre chose. Évoquer de la sorte les exploits de son père et, surtout, se souvenir des médisances de certains l'avait rendu songeur. Il parla aux visiteurs du temps de sa jeunesse, à la forge, avec son père.

— J'ai été, dit-il fièrement, le seul de la famille à vouloir travailler avec lui. Tout ce que je connais de mon travail de forgeron et de maréchal-ferrant, je le dois à mon père. Je le regardais faire, pis j'essayais de l'imiter en suivant ses conseils. C'est de même que j'ai fini par apprendre mon métier. Tel père, tel fils! Y a rien de plus vrai.

— Tu sembles aimer beaucoup ton père, fit remarquer le jeune de Gaspé.

— Je l'ai toujours admiré pour sa puissance et sa patience. Les hommes forts abusent rarement de leur force. Jamais mon père a levé la main sur moi. Il était toujours de bonne humeur. Pis, tout à coup, les choses ont viré. J'ai pas compris tout de suite pourquoi mon père avait changé d'humeur. Il est devenu plus grognon, plus maussade.

Antoine Panet se montra étonné.

— Il a beaucoup changé?

— Je comprends donc! Ça m'a pris du temps pour m'apercevoir qu'il était en train de perdre la vue. Peu à peu, il a été obligé de cesser de travailler. Depuis ce temps-là, il est seul dans sa chambre à jongler toute la journée en attendant la mort. C'est bien triste à voir.

— Si je comprends bien, dit le jeune de Gaspé, tu as perdu ta mère quand tu étais assez jeune.

— J'ai été orphelin bien jeune. J'avais trois ou quatre ans quand elle est morte. Je m'en rappelle à peine. Il paraît que c'était une très belle femme, intelligente, entreprenante et très douée, mais aussi pas comme les autres. Y a des méchantes langues qui disent un mot que j'aime pas : dévergondée. Tout le monde l'appelait la Charlotte. Elle est morte en couches. Je me demande encore toujours pourquoi mon père a jamais voulu me parler d'elle. Je me demande aussi pourquoi y a tellement d'années de différence entre moi, mes deux frères et ma sœur Marie. Mes frères ont jamais voulu pratiquer le même métier que mon père. Ça lui a fait bien de la peine. Je sais pas pourquoi non plus, au lieu de vivre auprès de lui à Baie-Saint-Paul, ils sont allés rester aux Éboulements. Des trois, c'est Marie que j'aime le plus. J'espère un jour la faire parler sur notre famille, parce qu'il y a un mystère qui plane sur les Grenon, ça c'est sûr et certain, mais personne ne veut m'en parler. Y a des grands bouts de l'histoire de ma famille que je connais pas.

Le jeune de Gaspé dit :

— Il y a des gens qui pourraient sûrement t'en apprendre si tu le leur demandais.

— Les gens savent des choses que je sais pas, c'est certain. Y en a qui s'échappent, des fois, mais c'est toujours pour critiquer ma mère. Je pense bien que tout ça a fini par nuire à mon père. C'est pour ça qu'il meurt tranquillement dans ses jongleries, comme une fleur qui se fane.

— Il ne faut pas t'en faire avec ça, fit remarquer maître Panet, toutes les familles ont leurs mystères.

—Je sais bien, mais y a d'autres choses qui me chicotent beaucoup. Mon père dit que s'il a construit une si grosse maison, c'est parce qu'il espérait avoir une douzaine d'enfants. En plus, y a des méchantes langues qui disent que mon père, à cause de sa force, se prenait pour un autre. J'en prends et j'en laisse, les gens sont drôlement envieux.

La soirée vieillissait et les deux visiteurs voulaient se lever tôt le lendemain. Ils s'excusèrent et montèrent se coucher, heureux de ce qu'ils venaient d'apprendre.

Chapitre 7

Le curé passe à l'attaque

L'été 1804 s'annonçait beau. Edmond tenait auberge depuis près d'un an. Comme toujours, il avait en tête bon nombre de projets qui rendraient son auberge encore plus attrayante pour les visiteurs, toujours trop rares à son goût, qui daignaient y descendre. Comme il avait obtenu son permis de cabaretier et pouvait servir de la boisson, les tables de son auberge étaient fort occupées, ce qui l'avait contraint à en ajouter une grande le long du mur, où il avait fixé des bancs.

Ce dimanche-là, au sortir de l'église, le curé l'attendait. Il dit à Émilie :

— T'as bien des amies avec qui jaser pendant que je parle à ton mari ?

— J'en ai et ça va me faire plaisir de leur parler.

Elle se dirigea d'un pas vif vers un petit groupe animé, non loin de là.

— J'ai été heureux de te voir à l'église, commença le curé.

— J'y suis tous les dimanches, répliqua Edmond.

— J'aimerais te voir plus assidu au confessionnal.

— J'y vais quand le vicaire est là, mais je sens, insinua Edmond, que si vous avez tenu à me parler, c'est qu'il y a quelque chose d'autre qui vous achale et je crois bien savoir de quoi il s'agit.

Pris de court, le curé fut bien forcé d'en venir au but.

— C'est, dit-il, que je reçois de plus en plus de plaintes des paroissiens concernant ton auberge, et surtout ton cabaret.

— Ça m'étonne pas, reprit Edmond. Y a des gens, des paroissiennes surtout, qui ont la langue plus sale que le linge qu'elles portent durant tout le mois.

— Qui te permet de les juger de la sorte ?

— Sauf votre respect, monsieur le curé, si ces femmes peuvent se plaindre à vous pour mon auberge, pourquoi j'aurais pas le droit de dire ce que je pense d'elles ?

— Fais pas ton Jean-Baptiste Grenon !

— N'insultez pas mon père, monsieur le curé ! S'il vient pas à la messe, c'est que ses jambes sont trop faibles pour le porter. Ça en fait pas un moins bon chrétien pour autant. À part ça, j'ai jamais eu honte de lui. Il a la tête pas mal plus dure que moi, sans ça, avec tout ce que certains et surtout certaines ont dit sur son dos, il aurait eu toutes les raisons du monde d'aller vivre ailleurs.

— Tout de même, Edmond Grenon, n'exagère pas ! Ce qu'on a dit de ton père n'était peut-être pas complètement faux.

— Dites-moi pas que vous écoutez tous ces commérages ? Mon père a jamais collaboré avec les Anglais ! Y en a ben qui le jalousaient pour sa force et sa bonne réputation !

— Je n'ai pas l'intention de revenir sur cette histoire, tu le sais très bien, protesta le curé. Ce qui m'importe, c'est de te rappeler, une fois de plus, que je ne voulais pas d'une auberge et d'un cabaret dans la paroisse : ce n'est pas bon pour les bonnes mœurs !

— Vous perdez votre temps avec moi, monsieur le curé. Mon auberge, c'est mon gagne-pain : elle est là pour rester et les bonnes mœurs y sont respectées.

— Ne viens pas te plaindre si, dans les temps futurs, il t'arrive quelque malheur, menaça le curé. Je t'aurai averti !

Edmond en avait assez entendu. Il salua le curé en tirant sa casquette d'un coup sec et tourna les talons.

À quelques jours de là, au moment où il ouvrait l'auberge, Romuald vint le retrouver. À peine eut-il le temps de le saluer que ce dernier lui dit :

— Edmond, j'ai quelque chose à t'apprendre qui te fera pas plaisir.

— Coudon, Romu, depuis quelque temps, t'es un vrai prophète de malheur. Qu'est-ce que t'as encore de si grave à m'annoncer ?

— C'est une nouvelle que tu vas prendre bien mal. Promets-moi de pas te fâcher après moi pour cette mauvaise nouvelle.

Edmond s'impatienta.

— Qu'est-ce qui se passe ? Vas-tu aboutir ?

— J'ai entendu dire par le bedeau que le curé a obtenu de l'évêque un papier qui va te forcer à fermer ton auberge.

Edmond resta de glace. Puis, reprenant ses esprits, il dit :

— Qu'il vienne, il va toujours bien apprendre ma façon de penser.

Son ami enchaîna aussitôt.

— Les curés ont de la suite dans les idées. Quand on est de leur avis, tout va pour le mieux, mais quand on ose pas penser comme eux autres, rien ne les arrête. As-tu entendu parler du curé de Saint-Michel, dans Bellechasse ?

— J'ai bien assez d'entendre parler du nôtre.

— Le nôtre, reprit Romuald, est encore pas si pire à côté de celui de Saint-Michel.

— Qu'est-ce qu'il a fait de si grave ?

Avant de continuer son récit, Romuald prit une longue respiration.

— Ce qu'il a fait, c'est pas disable.

— Dis-le quand même ! s'impatienta Edmond.

— Tu te souviens peut-être qu'il y a proche d'une trentaine d'années, les Américains ont tenté de prendre Québec.

— Bien sûr que je m'en souviens, mon père m'en a souvent parlé, même qu'il souhaitait presque qu'ils réussissent.

— C'est de valeur qu'ils soient pas arrivés à le faire, déplora Romuald en soupirant.

— Ça aurait changé bien des choses dans notre vie, je pense, remarqua Edmond. C'est des Anglais eux autres aussi, mais ils sont pas pareils à ceux qu'on a par icite. Pour moi, on aurait été mieux avec eux autres.

Romuald reprit vivement :

— Aurait fallu les essayer pour le savoir, mais ça, on le saura jamais.

— Tu parlais du curé de Saint-Michel-de-Bellechasse et des Anglais.

— Ah oui ! T'en sais quelque chose, ton père a été mêlé à tout ça. Quand les Anglais ont remonté le fleuve en 1759 pour aller prendre Québec, ils ont fait de grands ravages icite, et la même chose sur la Côte sud. Ils brûlaient les maisons et les récoltes à leur guise, comme une vraie bande de sauvages. Les habitants de Saint-Vallier et de Saint-Michel-de-Bellechasse ont jamais oublié ça.

— Nous autres non plus ! s'écria Edmond. Je te dis que quand mon père parle de ce temps-là, la voix lui devient méchante.

— Toujours est-il, poursuivit Romuald, que les gens de Saint-Michel, vingt-cinq ans plus tard, pleuraient pas de voir que les Américains menaçaient de battre les Anglais. Tu comprends bien qu'il y en a plusieurs qui souhaitaient pas mieux.

— J'aurais fait la même chose à leur place.

— Je pense bien que moi aussi, les Anglais, je les aurais pas aidés.

Romuald réfléchit un moment pour reprendre le fil de son récit.

— Tu te souviens que les Anglais, après avoir pris Québec, défendaient aux Français catholiques de croire que le pape est infaillible, que la Vierge Marie est immaculée et que Jésus-Christ est bien dans l'hostie quand on la mange.

— Oui, je me souviens aussi qu'ils sont revenus sur leur décision. Ils voulaient qu'on suive des lois anglaises, pis ils ont remis les anciennes lois françaises.

— C'est en plein ça, approuva Romuald. Le gouverneur anglais, je me souviens pas de son nom, pour plaire aux curés, a décidé que les catholiques pourraient de nouveau croire que le pape est infaillible, que la Sainte Vierge est vraiment immaculée et que Jésus-Christ est dans l'hostie quand on la mange. De même, il a eu tous les curés de son bord.

— Veux-tu bien me dire où tu veux en venir ? s'impatienta Edmond.

— Grogne pas, écoute bien ! À Saint-Michel-de-Bellechasse, les habitants ont pas voulu collaborer avec les Anglais.

— Pis, qu'est-ce qui s'est passé ?

— Le curé, un dimanche, s'est mis à leur faire la leçon. « Vous risquez l'enfer si vous désobéissez à vos prêtres et à la sainte Église catholique et romaine. Et qu'est-ce qu'elle vous dit la sainte Église? Ne collaborez pas avec les Américains, aidez les Anglais qui gouvernent le pays à les chasser!» Tu devines que ça devait gronder dans l'église. Toujours est-il qu'il y en a un qui s'est levé et a parlé pour tous les autres.

— Il a parlé dans l'église? Le curé devait être enragé.

— Il a dit, et tout le monde l'a entendu: «C'est assez parlé pour les Anglais.»

— C'est bien beau, ton histoire, mais quel rapport avec la mienne?

— Tu sais pas ce qui lui est arrivé? L'évêque l'a excommunié avec les cinq autres qui sont sortis de l'église en signe de protestation. Si jamais, en gardant ton auberge ouverte, t'es excommunié à ton tour, d'abord plus personne ne viendra à l'auberge et ensuite personne voudra plus te parler. Tu vas finir comme les six habitants de Saint-Michel. Plus personne ne leur a jamais dit un mot et ceux qui sont morts à cette heure ont été enterrés au bord de leur champ. C'est ça qui t'attend, mon Edmond, si tu t'entêtes.

— Crains pas, Romu! Crains pas! Je vais être plus fin finaud qu'eux autres.

Chapitre 8

Quand la mort passe

Par un beau dimanche d'août, tout de suite après la messe, Nicolas et Jérôme s'apprêtaient à partir pêcher quand le jeune Marcel s'accrocha au bras de Nicolas. Celui-ci, qui avait la patience à fleur de peau avec son jeune frère, demanda brusquement :

— Qu'est-ce que tu veux encore ?

— Amenez-moi à la pêche !

— T'es encore trop petit. La pêche, c'est pour les plus grands. Quand tu auras notre âge, tu pourras y aller tant que tu voudras.

L'enfant, qui tenait à son idée, insista :

— Je veux y aller ! Je veux y aller !

— Ça donne rien d'insister, répéta Nicolas, non c'est non ! Va voir Doro ou Ali, elles joueront avec toi.

Comprenant qu'il ne gagnerait pas, l'enfant se laissa choir dans le coin de la pièce. Nicolas et Jérôme passèrent la porte sans se soucier davantage de lui.

Arrivé à la rivière, Nicolas dit :

— Pour une fois qu'on a le temps, allons donc pêcher sur l'autre rive, dans le Trou de la folle.

— Pourquoi les gens ont-ils appelé cette fosse-là comme ça ? questionna Jérôme.

Nicolas s'étonna :

— Tu le sais pas ?

— Bien non !

— À cause de la femme d'un nommé Gagnon. Il paraît qu'elle était folle comme un balai ; un soir, elle s'est noyée là.

Pendant qu'ils causaient de la sorte, ils s'étaient engagés sur l'étroit lacet de chemin qui surplombait la digue et permettait de traverser sur l'autre bord de la rivière.

Ils venaient tout juste d'atteindre l'autre rive quand ils entendirent derrière eux un chien aboyer. En se tournant, Nicolas fut saisi de frayeur : Marcel les avait suivis et il se trouvait au sommet de la digue. Le chien à poil ras, haut sur pattes, grondait, les crocs sortis. Effrayé, Marcel marchait à reculons pour lui faire face. Nicolas hurla et courut en direction de son jeune frère, qui bascula et tomba en bas de la digue. Quand il arriva là où l'enfant avait culbuté, il l'aperçut tout en bas, sur les rochers. Il n'hésita pas un instant et, malgré l'à-pic et les rares prises, il descendit le chercher.

Voyant qu'il ne l'atteindrait pas par la falaise, il sauta à l'eau. Le courant l'emporta en l'éloignant de la rive. Il nagea et se démena tellement qu'il finit par se rapprocher du rivage. À bout de forces, il s'y laissa choir, le temps de reprendre son souffle. Puis, se relevant, il marcha sur la rive jusqu'à l'endroit où gisait son jeune frère. Là, il vit qu'il ne pouvait plus rien pour lui. L'enfant, la tête fendue, baignait dans son sang.

Nicolas le prit dans ses bras. La rage au cœur et les yeux inondés de larmes, il gagna par l'écore le chemin qu'il avait suivi avec Jérôme. Comme il y montait, Jérôme le rejoignit. Ils se regardèrent, l'air ahuri, comme deux hommes qui ne se connaissent pas.

De tout le trajet du retour, ils ne dirent pas un mot. Tel un automate, Nicolas se dirigea droit à la maison du docteur Dufour. Sans un mot, il déposa le corps de son frère sur la table, au milieu de la place. Le patricien n'ajouta rien à ce que Nicolas avait compris tout de suite : son jeune frère était bel et bien mort. Il lui restait encore le plus difficile à faire : annoncer à ses parents l'horrible accident. Sans réfléchir, il se rendit aussitôt à l'auberge, comme quelqu'un qui se jette dans les pattes d'un ours plutôt que de s'enfuir. Pendant tout ce temps, Jérôme le suivait pas à pas comme son ombre. Sa sœur Marie-Josephte, le voyant entrer tout ensanglanté et l'air hagard, fut la première à deviner que quelque chose de terrible venait de se produire.

— Qu'est-ce qui t'arrive ? demanda-t-elle d'une voix angoissée.

Nicolas bredouilla :

— Marcel s'est tué.

Comme pour repousser la mauvaise nouvelle et se faire croire qu'elle avait mal entendu, elle questionna de nouveau :

— Qu'est-ce que tu dis?

Nicolas éclata en sanglots.

— M'man, s'écria Marie-Josephte, venez vite, il s'est passé quelque chose de grave!

Émilie sortit de sa cuisine et se précipita dans la grande salle de l'auberge. En voyant l'état de Nicolas, elle se méprit et pensa qu'il était gravement blessé.

— Qu'est-ce que t'as, mon garçon?

Nicolas parvint à répondre un bref:

— Rien!

— Si t'as rien, pourquoi t'es plein de sang et que tu pleures de même?

— C'est Marcel, parvint-il à dire.

— Marcel? Qu'est-ce qu'il a?

De nouveau Nicolas se mit à sangloter, sans pouvoir dire un traître mot. Par chance, son ami Jérôme, qui l'avait suivi et se faisait le plus discret possible sur le pas de la porte, intervint.

— Madame Grenon, c'est un grand malheur, Marcel s'est tué!

Émilie porta la main à son front, blêmit et s'effondra. Marie-Josephte la reçut dans ses bras. Elle s'efforça tout de suite de la réanimer pendant que Nicolas hoquetait dans son coin, incapable de surmonter le choc de la tragédie.

C'est ainsi que les trouva Romuald, venu, comme à son habitude, jaser avec Edmond. Ne sachant où donner de la tête, il envoya aussitôt Jérôme à la recherche d'Edmond et du curé tout en tentant de soutenir les deux femmes effondrées. Dorothée et

Alicia, qui étaient allées se promener, choisirent ce moment pour arriver à leur tour et venir ajouter leurs pleurs à ceux du reste de la famille.

Jérôme ne tarda pas à revenir avec monsieur le curé. Quand enfin Edmond arriva à son tour de l'autre bout du village, avec une armoire qu'il avait achetée pour l'auberge, il trouva la maison en pleurs et sut tout de suite, à la vue du curé, qu'un drame venait de se passer.

Le curé le reçut avec ces mots :

— Sois fort, Edmond, le bon Dieu t'envoie une dure épreuve : il a rappelé à lui ton fils Marcel.

— Marcel ? questionna Edmond.

— Il s'est tué en chutant de la digue, à la rivière du Bras.

— Qu'est-ce qu'il faisait là ?

Sa question resta sans réponse. Edmond contracta la mâchoire, ferma les poings et ne dit plus un mot, laissant la douleur creuser en lui son chemin, se refusant à verser une seule larme devant les siens.

Nicolas ne se pardonnait pas de ne pas avoir amené son jeune frère avec lui à la pêche. «Je pouvais pas deviner qu'il allait nous suivre !» répétait-il sans cesse. Cependant, malgré leur peine profonde, ni son père ni sa mère ne lui en firent le reproche. Nicolas avait eu raison de refuser de l'amener puisque ses parents le lui avaient maintes fois défendu.

Le médecin s'était occupé de rendre plus présentable la dépouille de l'enfant. Comme il était coutume, le corps de Marcel fut exposé chez les Grenon, dans la grande salle de l'auberge. Tout le village défila pour apporter du soutien à la famille, mais à la stupeur générale, Marie, la sœur d'Edmond, fut la seule des autres Grenon à venir offrir ses condoléances. Interrogée par Edmond au sujet de l'absence de ses deux frères, Marie ne put que répondre :

— Ils ont des rancœurs qu'ils peuvent pas oublier !

Chapitre 9

L'arme salvatrice

La mort de son jeune frère bouleversa Nicolas comme s'il en avait été directement responsable. Son travail à l'auberge lui avait fait oublier quelque part dans un tiroir sa fameuse fronde, dont il ne s'était encore jamais servi. C'est par hasard, en cherchant autre chose, qu'il la découvrit là où il l'avait cachée. Cette arme lui fournit le moyen tout à la fois de faire passer la peine qui l'habitait et de se changer les idées. Il décida d'aller s'entraîner à lancer des cailloux.

Il gagna le bord de la rivière, à l'endroit où il était habitué d'aller avec Jérôme. Il tenta un premier jet : le résultat fut dérisoire, parce qu'il ne possédait pas encore la maîtrise de son instrument. Puis, peu à peu, il apprit à reconnaître le moment où il fallait lâcher une des courroies pour libérer la pierre.

Ce qui l'excitait le plus, c'était d'entendre siffler la fronde quand il la faisait tourner de plus en plus vite au bout de son bras avant de laisser partir le caillou vers la cible choisie. Au bord d'un champ qui glissait lentement vers le Gouffre, il choisit un grand chêne, devant lequel il se planta en l'invectivant : « Tu vas voir mon maudit Goliath de quelles pierres je me défends ! » Il avait beau insulter le chêne, ça ne le rendait pas plus habile à l'atteindre. Il mit des heures et des heures avant de le toucher pour une première fois.

Au début, le caillou passait à des pieds de distance avant d'aller se perdre dans la rivière du Gouffre, avec un « plouc » dérisoire que Nicolas prenait comme une injure personnelle, preuve de sa gaucherie. Puis, il apprit à donner juste à temps le petit coup de poignet qui permettait à la pierre de suivre le trajet désiré et de toucher la cible. La première fois qu'il y parvint, il se mit à danser comme s'il venait de gagner à la loterie. Le tir suivant manqua le chêne, mais il fut suivi, coup sur coup, de deux réussites. La fronde faisait siffler l'air, le projectile partait et frappait le tronc avec de plus en plus de précision.

Pour rendre la chose encore plus difficile, il mit plus de distance entre le chêne et lui. Puis, avant de se lasser de n'atteindre que le tronc, il décida de prendre pour cible les plus grosses branches et ensuite une partie de ces branches jusqu'à ce qu'il maîtrise tellement bien son arme qu'il puisse à tout coup frapper exactement l'endroit visé.

Il mit des semaines de pratique avant de pouvoir toucher chaque cible choisie avec précision. Tout cela lui permit de se calmer et d'atténuer le chagrin du deuil. Quand il fut absolument sûr de lui, il permit à son ami Jérôme de l'accompagner en lui promettant qu'il serait témoin de l'exploit le plus mémorable auquel il aurait le privilège d'assister au cours de sa vie.

— Je pourrais tuer Goliath, dit-il à son ami.

— Tuer Goliath ! D'abord, il est déjà mort et ensuite, pour frapper quelqu'un d'un seul caillou dans le front, faut savoir viser.

— Tu me crois pas ? Tu perds rien pour attendre !

— C'est ça, ton grand secret ? T'as perdu ton temps à tirer des cailloux ?

— Qui vivra verra !

— Tiens, tu te mets à parler comme ton père, avec ses dictons.

Nicolas ne releva pas la remarque, il se contenta d'ajouter pour faire étriver son ami :

— Les incrédules seront confondus, c'est en forgeant qu'on devient forgeron.

Ils empruntèrent le sentier que Nicolas parcourait tous les jours depuis des semaines. Au début, en le voyant partir seul, Jérôme avait été contrarié, mais Nicolas lui avait juré, sur leur amitié, qu'il serait le premier à assister à un exploit extraordinaire. Aussitôt revenu de ses exercices quotidiens, Nicolas passait le reste de la journée avec Jérôme.

Pour lors, les inséparables du village marchaient d'un bon pas au milieu du champ où Nicolas était parvenu à la maîtrise de son arme. Ils se dirigeaient droit vers le grand chêne qui, pendant des jours, avait servi de cible à l'émule de David. Là où les projectiles l'avaient atteint, l'arbre montrait de nombreuses meurtrissures que Nicolas ne manqua pas de montrer à son ami.

— Tu vois toutes ces marques sur le tronc! D'après toi, par quoi ont-elles été faites?

— J'en sais rien et je m'en sacre.

— Par ça, dit Nicolas, en exhibant sa fronde sous le nez de Jérôme.

— Tu veux rire de moi! Ce machin-là peut pas faire des marques pareilles!

— D'abord, c'est pas un machin, c'est une fronde, ensuite ce sont les pierres que j'ai lancées avec qui ont marqué cet arbre.

— Qui me dit que tu les as pas faites avec un bâton?

— T'es qu'un Thomas l'incrédule. Comment expliques-tu toutes ces marques sur les hautes branches?

— T'as grimpé dans l'arbre.

— Et celles tout au bout des petites branches du sommet, alors?

L'argument porta. Jérôme resta bouche bée.

— Attends! Thomas l'incrédule, t'as encore rien vu.

— C'est ça, ton grand secret? Piou! Ça valait bien la peine de faire tant de mystère.

— Sois pas si méprisant, t'as encore rien vu.

Le sentier descendait entre des peupliers jusqu'au bord de la rivière. Nicolas et Jérôme l'empruntèrent comme de vieux habitués: ils connaissaient bien cet endroit où la rivière se faisait menaçante, avec ses eaux tumultueuses. Ils venaient souvent s'y baigner, car, malgré et surtout en raison du danger, ils adoraient se laisser emporter par le courant jusqu'au bas des rapides, d'où ils sortaient excités et fiers de leur prouesse. Mais, ce matin-là, Nicolas n'entraînait pas son ami à cet endroit pour une baignade : il avait autre chose en tête. Dès qu'ils eurent atteint le rivage, ils remontèrent la rivière jusqu'à un endroit où elle dessinait une anse, au bord de laquelle se tenaient plusieurs oiseaux de rivage.

— Lequel de ces oiseaux veux-tu que je descende ? demanda-t-il à son ami, sans plus de préambule.

— Avec ta fronde ?

— Avec ma fronde.

En même temps qu'il parlait, Nicolas avait ramassé sur la berge un galet tout rond dont il arma sa fronde.

— T'es donc bien devenu prétentieux, Nicolas Grenon ! Tu te crois capable de descendre un oiseau avec ce machin tout mou que tu tiens dans ta main ?

Nicolas s'impatienta :

— Préfères-tu que je te tire un caillou dans le front ? Allez, décide ! Lequel veux-tu que je descende ?

— C'est ça ton exploit ?

— C'est ça !

— Le premier du bord, le brun avec un long bec.

Nicolas fit à peine siffler sa fronde. Avant que l'oiseau ne s'envole, le projectile jaillit comme un boulet. Jérôme vit l'oiseau tressaillir sous le choc avant de retomber, tué net, dans un nuage de plumes.

— Voilà ! s'écria fièrement Nicolas.

Jérôme était incrédule.

— C'est un coup de chance !

— Regarde celui droit devant nous, de l'autre côté de la rivière.

Avant même que Jérôme pût s'en rendre compte, un nouveau nuage de plumes volait sur l'autre rive, provenant d'un second oiseau fauché par un galet. Nicolas marchait déjà en direction du premier oiseau qu'il avait tué. Il souleva la bête dont la tête pendait, laissant couler un filet de sang au bout du bec. Il resta interdit.

— C'est la première fois que j'en vois un de si près. Mais Jérôme, il est donc bien beau ! De loin, on pense qu'ils sont tout noirs, tout bruns ou tout gris, mais regarde-moi celui-là, il a des plumes dorées. Jamais j'aurais cru tuer un si bel oiseau.

— Rien te forçait à le tuer !

— Oui, toi : Jérôme l'incrédule !

— Tu vas dire que si cet oiseau est mort, c'est de ma faute ?

— La nôtre.

— Tu vas pas pleurer pour un oiseau mort, maintenant ?

— Oui ! Deux oiseaux innocents sont morts à cause de moi.

— T'avais qu'à réfléchir avant d'agir.

— Si t'étais moins méfiant quand on te dit quelque chose...

— On va pas passer la journée ici à regarder un oiseau mort. Tu vas pas en perdre la boule, tout de même.

— Y a de quoi ! Pourquoi les avoir tués, ils m'avaient rien fait ? Tu entends, Jérôme, ce sont les deux premiers oiseaux et les deux derniers que je tue, j'en fais le serment !

De dépit, il lança sa fronde dans la rivière. Jérôme partit d'un grand rire.

— Tiens, le Nicolas au cœur grand comme la rivière qui refait surface et pleure sur deux oiseaux qu'il a tués. Ça c'est toi tout craché, Nicolas Grenon : tu te lances la tête la première dans des aventures de fou et tu balances tout à l'eau à la première occasion.

— Et après ! Ça change quoi ?

— Ça fait qu'une journée bien commencée finit mal.

— Rien n'empêche que j'y suis parvenu.

— À quoi ?

— À savoir me servir d'une fronde.

— Bien utile, maintenant, au fond de la rivière.

Ils prirent à rebours le sentier qui les avait menés au bord du cours d'eau. Nicolas affichait sa tête des pires jours. Quand son ami était de mauvais poil, Jérôme n'osait parler. Pourtant une question lui brûlait les lèvres et il ne put se retenir de la poser :

— Que vas-tu faire si jamais tu vas à la guerre, toi qui es si sensible ?

— On verra ce qu'on verra, dans le temps comme dans le temps. Y a rien qui presse. Moi, comme dirait mon père, je rentre dans la maison seulement après avoir ouvert la porte.

— Rien n'empêche qu'on pourrait avoir la guerre.

— Oui, y a toujours une guerre proche, mais pour tout de suite, elle est pas encore arrivée.

Nicolas, qui ne voulait rien savoir de tuer, fit ensuite la sourde oreille aux propos de son ami.

Ils revinrent tous les deux vers l'auberge avec une tête d'enterrement : Nicolas, parce qu'il venait de tuer bêtement deux oiseaux, Jérôme, parce que son ami était malheureux.

— Crois-tu que tu pourrais tuer un homme avec ta fronde ? questionna Jérôme.

— David a bien tué Goliath, répondit Nicolas en ajoutant, la voix chargée de regret : j'aurais bien dû garder ma fronde : on ne sait jamais.

— Si t'étais pas si soupe au lait. T'en seras quitte pour t'en faire une autre.

Ils étaient parvenus devant l'auberge. Ils s'attardè-rent un moment dehors avant de s'affairer, pour le reste de la journée, autour des tables et de satisfaire les caprices des clients fortunés. Ils l'ignoraient encore, mais leur vie allait changer de la manière la plus radi-cale.

Chapitre 10

Un visiteur inattendu

L'automne 1804 commençait à peine. Plusieurs voyageurs, en route vers La Malbaie ou encore Tadoussac, s'arrêtaient à l'auberge, au plus grand plaisir d'Edmond et d'Émilie. Ils étaient toujours les bienvenus et reçus comme s'ils faisaient partie de la famille. Edmond ne se gênait pas pour dire qu'ils remplaçaient avantageusement ses frères, qui ne donnaient jamais de nouvelles, même s'ils habitaient tout près, aux Éboulements.

Alors qu'il s'apprêtait à courir chercher du pain à la boulangerie, Nicolas vit entrer à l'auberge un voyageur dont l'allure tranchait avec les clients habituels : il portait l'épée, avait deux fusils passés dans la ceinture et affichait le regard ferme de celui qui est habitué à scruter les visages sans broncher. Il marchait d'un pas assuré. «Ça doit être un soldat», se dit Nicolas.

À son retour à l'auberge, les bras chargés de pains, Nicolas retrouva l'homme attablé devant une omelette au lard qu'il mangeait avec appétit, tout en devisant avec son père. «Quelque chose se trame», pensa-t-il, intrigué par la façon dont l'homme le dévisageait et surtout par le fait que son père le désignait d'un coup de tête.

Il n'eut pas à se questionner davantage puisque Jérôme lui fit signe de le suivre. Une fois à la cuisine, Jérôme chuchota :

— Sais-tu qui est cet homme ?

— Comment veux-tu que je le sache ? Il m'a l'air d'un soldat.

— Tu l'as pas en toute : c'est un capitaine de vaisseau. Il s'est présenté à ton père en disant : «Je suis le capitaine Marin Durand, en quête de recrues pour mon vaisseau.»

— Il cherche des matelots ?

— Il paraît que pendant la traversée pour venir de France jusqu'ici, un mal inconnu a emporté près de la moitié de son équipage. Il voit pas comment il va pouvoir ramener son vaisseau en France avant l'hiver. Son navire est à l'ancre au large de Québec. Il est venu ici par le fleuve, en canot, avec Roméo Lavoie de l'Île-aux-Coudres.

— Comment ça se fait qu'il s'arrête ici ?

— Il a entendu dire, par quelqu'un de Québec, qu'il pourrait peut-être trouver des hommes pour son équipage à l'Île-aux-Coudres, juste le temps d'une traversée. C'est pas les marins qui manquent par ici, tu le sais, y en a ben gros qui sont habitués à conduire des goélettes.

— As-tu l'impression, s'inquiéta Nicolas, qu'il s'intéresse à nous ?

— C'est certain, confirma Jérôme. Ton père lui a parlé pas mal longtemps. Tout à coup qu'il veut t'engager, ça te tenterait-tu de devenir marin ?

— Je comprends donc ! J'ai pas grand plaisir à servir les gens à l'auberge, mais je vois pas comment mon père se débrouillerait sans moi.

— Tu t'inquiètes pour lui ? Il trouvera bien quelqu'un pour nous remplacer.

— Aurais-tu idée, toi aussi, de te faire engager ? Ton père voudra jamais te laisser partir !

— Si je lui envoie mes gages, il sera content. Pour lui, tout ce qui compte, ce sont les sous que je lui apporte.

— Ça reste que c'est un pensez-y bien.

— Oui ! Mais c'est rien qu'une question de quelques mois. Me semble que ça nous changerait de l'auberge.

— T'as bien raison, un long voyage serait le bienvenu. J'ai grand hâte de voir autre chose que nos montagnes. Et toi ?

— Si tu pars, je pars.

Les négociations avec le capitaine de navire furent d'assez courte durée, car le lendemain, Edmond prévint Nicolas qu'il avait quelque chose de grave à lui dire.

— Tu sembles pas te plaire bien gros à travailler à l'auberge. Me semble que depuis la mort de Marcel, t'es plus le même. Je pense vraiment que t'aurais besoin d'un bon changement d'air qui parviendrait en même temps à te changer les idées. Je t'observe depuis quelque temps. Je dis pas que tu fais pas bien ton travail, mais c'est remarquable que tu le fais à reculons. Il est grand temps que tu apprennes qu'il y a autre chose dans la vie que Baie-Saint-Paul. T'as dix-huit ans. À ton âge, je commençais déjà à gagner ma vie. C'est le temps pour toi d'en faire autant. Souvent, c'est ailleurs qu'on apprend le plus à se débrouiller dans la vie. Es-tu d'accord avec ça ?

C'était le plus long discours que son père lui avait jamais fait. Encore étonné, Nicolas répondit :

— Vous avez raison, p'pa, faudrait pas me demander par exemple de travailler du même métier que vous.

— Comme maréchal-ferrant ou comme aubergiste ?

— Les deux ! C'est pas quelque chose que j'aime, servir des clients capricieux, et c'est pas mieux ferrer des chevaux…

— Tu fais ton difficile, mais rassure-toi, c'est pas ce que je veux te proposer. J'ai trouvé pour toi une belle occasion de voir du monde.

— Je sais où vous voulez en venir.

— Comment ça ?

— Le capitaine de vaisseau qui est venu hier, il paraît qu'il cherche des hommes pour remplacer ses marins qui sont morts en venant au pays.

— Qui t'a parlé de ça ?

— Jérôme l'a entendu. Il paraît qu'il parlait et riait très fort. Aurait fallu être sourd pour pas l'entendre.

— Qu'est-ce que tu dirais de t'engager pour le voyage en France ?

— Je dirais pas non, et si j'y vais, Jérôme viendrait aussi.

— Tiens donc ! Ça serait pas une mauvaise idée : on ne sépare pas des inséparables. Mais il me faudra trouver quelqu'un pour vous remplacer.

Dans leur cuisine, Émilie et Marie-Josephte avaient tendu l'oreille.

— C'est fait, dit Émilie, notre Nicolas va nous quitter.

— Faut pas vous en faire, m'man, ça sera pas pour bien longtemps. Ça va lui faire du bien de voir autre chose.

— T'as peut-être bien raison, mais n'empêche que depuis la mort de Marcel, c'est le seul homme de la maison, avec ton père. Mais c'est pas tout. Je pense que ton père se prépare à partir pour Québec lui aussi : il veut profiter du voyage pour aller faire une commission. Il refuse de me dire de quoi c'est.

— Ça lui ressemble pas mal, de faire ses choses sans en parler. Vous avez bien raison, m'man, têtu comme il est, il a certainement quelque chose derrière la tête : il ira pas à Québec pour rien.

Chapitre 11

Les souvenirs d'Edmond

Quelques jours plus tard, après des adieux remplis d'émotion à sa mère et à ses sœurs, baluchon sur l'épaule, Nicolas Grenon, accompagné de son père Edmond et de Jérôme Dufour, quittait Baie-Saint-Paul pour Saint-Joseph-de-la-Rive. Nicolas et Jérôme profitaient de ce que huit hommes de l'Île-aux-Coudres s'étaient engagés, tout comme eux, auprès du capitaine Durand pour faire le voyage en leur compagnie. Ils allaient se faire embaucher sur *L'Aigle d'or*, en partance pour les îles d'Amérique et la France. Quant à Edmond et quelques autres passagers, ils profitaient du voyage pour se rendre par affaires à Québec. Soixante milles les en séparaient. Nicolas et Jérôme, quittant Baie-Saint-Paul pour une rare fois, n'avaient pas assez de leurs deux yeux pour admirer le paysage qui se déroulait devant eux.

L'embarcation sur laquelle ils voguaient, *La Sainte-Anne*, était dotée de deux voiles et pouvait accueillir une douzaine de personnes dans son entrepont. Elle quitta Saint-Joseph-de-la-Rive à la faveur de la marée haute, sous une forte pluie mais avec un vent du Sud-Est qui lui permettait une progression assez rapide. Nicolas et Jérôme n'auraient rien appris de ce voyage sans la présence sur le navire d'un vieux loup de mer qui avait fait ce trajet des dizaines de fois. Il se montra pour eux un guide précieux. Ils venaient de passer devant Baie-Saint-Paul et filaient allègrement vers Québec quand le vieillard leur dit :

— Regardez, les jeunots, nous serons bientôt à la Petite-Rivière-Saint-François.

Déjà, ils apercevaient la masse du Cap-Maillard. Quand la goélette passa devant la Petite-Rivière-Saint-François, où Nicolas avait eu l'occasion d'aller en compagnie de son père, le vieil homme commenta :

— Vous connaissez sans doute la place pour vous y être rendus par terre, mais d'icite, c'est pas du tout pareil.

— Vous avez raison, s'enthousiasma Nicolas, on dirait que c'est pas en tout le même village.

Malgré les embruns, ils pouvaient apercevoir l'église et quelques fermes au pied des belles montagnes de Charlevoix qui faisaient le dos rond sous la pluie. Le vieil homme connaissait toutes les anses par cœur et pouvait nommer chaque baie. Il ne manqua pas de le faire chaque fois que Nicolas ou Jérôme l'interrogeaient.

Ce qui rendait le voyage encore plus intéressant, c'était que cet homme ne se contentait pas de nommer les places devant lesquelles ils passaient : il était en mesure d'expliquer pourquoi ces endroits portaient tel ou tel nom. Ainsi ils apprirent que Sault-au-Cochon devait son nom à la mésaventure d'un habitant qui, passant par là, avait voulu faire traverser à son cochon le petit cours d'eau qui s'y trouve. L'animal n'avait qu'à faire un bond pour atteindre l'autre berge, mais il s'y prit si mal qu'il tomba dans le cours d'eau et fut emporté par le courant jusqu'au fleuve. L'endroit venait de trouver son nom.

Nicolas et Jérôme furent très heureux d'apprendre du vieux loup de mer les noms des anses suivantes : l'Anse-aux-Vaches, l'Anse-à-la-Sauvagesse, l'Audience, l'Anse-aux-Pets — dont le nom les fit bien rire — et l'Anse-aux-Bardeaux. Curieux d'en connaître l'origine, Nicolas demanda :

— Qui peut avoir donné de pareils noms à toutes ces places ?

— Les premiers qui y sont passés.

— Ils avaient de drôles d'idées.

— Prenez par exemple l'Anse-aux-Pets, où il y a un fort bel endroit pour débarquer et dont le nom vous fait tant rire, reprit le vieil homme. Cet endroit était très fréquenté par les marins. Un jour, l'un d'entre eux, paraît-il, qui s'apprêtait à sauter un ruisseau à cet endroit, lâcha un pet si sonore que l'écho le lui retourna. Témoins de ce phénomène, les autres marins l'imitèrent, si bien que l'endroit fut baptisé de ce nom fort approprié. Quant à l'Anse-aux-Bardeaux, une lieue plus loin, elle doit son nom à monsieur Péan, le bras droit du fourbe intendant Bigot. Péan y fit fabriquer des bardeaux qu'il voulait expédier ensuite aux îles d'Amérique. Il en a été pour ses frais, parce que les Anglais ont pris Québec, et les bardeaux sont restés là où ils avaient été faits.

C'est précisément à cet endroit que les hommes firent halte et débarquèrent. Une maison y accueillait pour la nuit les voyageurs de passage. Nicolas profita de la soirée pour interroger son père sur les trophées qu'il avait gagnés et les voyages qu'il avait faits.

— Vous avez gagné plusieurs trophées en plumets, mais vous avez jamais voulu me dire où et à quelle occasion.

— C'est vrai ! Ce serait peut-être bien le temps que je t'en parle. J'ai pas hérité comme ma sœur de la force de mon père, mais je suis pas non plus un poireau ni un navet. Pendant quelques années, quand j'ai travaillé dans les chantiers, je me suis mesuré au poignet et j'ai fait toutes sortes de tours de force contre deux hommes forts de notre temps, un nommé Monarque et un Dumouchel : ils n'ont jamais réussi à me battre.

— Comme ça, vous avez déjà été à Québec en bateau comme nous autres aujourd'hui ?

Son père esquissa un sourire qui en disait long. La question de Nicolas venait de le replonger dans des souvenirs qui semblaient heureux et il répondit :

— Tu sais bien qu'on a pas du sang de Grenon si on a pas voyagé. J'avais vingt-deux ans quand j'ai pris pour la première fois un bateau pour me rendre d'abord à Québec et ensuite à Montréal.

— Vous êtes allé jusqu'à Montréal ?

— Ah ! Bien plus loin que ça ! J'avais un ami des Éboulements, Jean-Marie Lavoie, qui m'arrive un beau jour en me disant : « Edmond, je suis engagé à la traite des fourrures pour trois ans. » Je pensais qu'il s'en allait du côté du Saguenay et du lac Saint-Jean.

« Du côté du lac Saint-Jean ? qu'il me dit en riant. T'y es pas en toute ! Je m'en vais dans l'Ouest. » « Dans l'Ouest ? » « Pour la compagnie du Nord-Ouest. Ça te tenterait pas de venir avec moi ? » Je lui réponds : « C'est un pensez-y bien, mais mon père me laissera pas partir comme ça. » « T'es majeur, qu'il me dit. C'est à toi de décider. » J'ai pensé à mon affaire pendant une couple de jours puis j'ai informé mon père de ma décision.

— Est-ce qu'il était fâché ?

— Il m'a regardé et m'a dit à peu près la même chose que je t'ai dit l'autre jour : « Il est temps que tu voies du pays ! » Une semaine plus tard, je partais m'engager pour trois ans à la traite des fourrures.

Edmond s'arrêta de parler un moment, le temps d'allumer sa pipe et de rassembler ses souvenirs. Voyant que Nicolas était impatient de connaître la suite, il poursuivit :

— Toujours que je me rends avec Jean-Marie Lavoie à Montréal.

— C'était votre meilleur ami ? Comment était-il ? demanda Nicolas.

— Ah, mon garçon ! C'était un malin, soupe au lait, qui se laissait pas piler sur les pieds, je t'en passe un papier. Mais il était quand même un compagnon agréable qui se plaignait jamais et travaillait comme un bœuf.

— Où est-ce que vous êtes allés après Montréal ?

— On est partis de Lachine à trois, Jean-Marie Lavoie, Joseph Fournel et moi, dans un canot rempli de marchandises jusqu'au bord. On a remonté par la rivière des Outaouais, celle des Français comme on l'appelait, en faisant je sais pas combien de portages, jusqu'aussi loin que le Grand Portage, où y avait un magasin pour la vente des marchandises et quelques camps pour les engagés.

— Êtes-vous restés là tout l'hiver ?

— Non ! Une fois nos marchandises déchargées en partie, parce qu'on gardait de la nourriture pour nous permettre de passer l'hiver, on s'est rendu à une cinquantaine de lieues plus haut, au lac à la Pluie. C'est là qu'on a passé l'hiver. On était à peine arrivés qu'il a fallu nous occuper de l'entretien du poste et de la récolte des patates.

Nicolas écoutait son père avec attention, quand Jérôme, qui s'était longuement entretenu avec un des engagés, vint les rejoindre. Nicolas était justement en train de demander :

— Qu'est-ce que vous faisiez durant l'hiver ?

Sans se formaliser de l'arrivée de Jérôme, Edmond continua son récit.

— On allait rencontrer les Sauvages sauteux pour être certain qu'au printemps ils garderaient leurs fourrures pour notre compagnie. On leur échangeait à l'avance des marchandises, comme un acompte sur les fourrures qu'ils conserveraient pour nous autres.

Jérôme, qui s'était aussitôt intéressé à la conversation, s'informa :

— C'était quelles sortes de fourrures ?

— Des ballots de castor et de rat musqué.

À ce souvenir, Edmond se mit soudainement à sourire, ce qui eut pour effet d'intriguer Nicolas.

— Qu'est-ce qui vous fait sourire de même ?

— C'est rien ! Seulement un souvenir qui m'est revenu comme ça, d'un coup.

— Quoi donc ?

Edmond se laissa quelque peu prier avant de passer aux aveux.

— La deuxième année que j'étais au lac à la Pluie, des Sauteux sont venus nous visiter durant l'été. Y en a un qui avait amené sa fille avec lui : il me l'a offerte, comme ça, pour que je la marie. C'était une vraie belle Sauvagesse, mais y avait jamais moyen de savoir ce qu'elle pensait, jamais un sourire, toujours une face longue comme la côte des Éboulements. De temps à autre, elle se fâchait pour un rien, pis elle parlait pas pendant des jours ; elle m'intéressait pas vraiment. Elle a passé l'été pis l'automne avec nous autres et malgré son caractère difficile, Fournel l'a mariée.

Nicolas se mit à son tour à sourire. Son père lui demanda :

— Veux-tu bien me dire ce qui te trotte dans la tête ?

Nicolas s'esclaffa.

— Dire qu'elle aurait pu être ma mère !

Edmond, tout comme Jérôme, rirent un bon moment de la tête que faisait Nicolas. Jérôme ne manqua pas d'ajouter en se moquant:

— Te vois-tu avec un paquet de plumes sur la tête ?

Sa réflexion jeta de nouveau la bonne humeur. Edmond mit un peu de temps à ressasser encore ses souvenirs. Une question de Nicolas réanima la conversation.

— Êtes-vous restés les trois années au lac à la Pluie ?

— La deuxième année, à la fin de l'été, avec mon ami Lavoie, on s'est rendu au lac des Bois négocier une autre fois des fourrures avec les Sauteux. Celui qui au début de l'été m'avait laissé sa fille s'en inquiéta. Il fut tout heureux d'apprendre que Fournel couchait avec et qu'elle se portait très bien. On retourna au lac à la Pluie à la moitié d'octobre, avant le début des neiges, avec une bonne quantité de peaux de castor et de rat musqué et plusieurs sacs de riz sauvage, notre nourriture durant l'hiver. Heureusement que nous en rapportions plusieurs sacs, parce qu'à notre arrivée au lac à la Pluie, Fournel nous informa que trois coureurs des bois en route pour notre poste, avec un canot chargé de marchandises, avaient chaviré à deux lieues de notre emplacement. Deux d'entre eux s'étaient noyés. Le troisième, qui savait nager, avait réussi à se rendre au rivage, qu'il avait remonté pour venir porter la mauvaise nouvelle jusqu'au poste. «Avez-vous pu retrouver les noyés?» qu'on a demandé à Fournel. «Ça vient juste d'arriver. Je suis seul au poste avec le rescapé. On a pas pu aller faire des recherches.» À peine arrivés, nous revoilà partis pour le rapide où les deux autres s'étaient noyés. Le survivant, un nommé Hall qui ne parlait presque pas français, nous accompagnait. On a cherché leurs corps, en pure perte. On a pu récupérer quelques marchandises, celles qui se trouvaient dans des barils échoués sur presque une lieue en bas du rapide. Un accident de même, ça fait réfléchir. Je commençais à m'ennuyer de chez nous. J'avais pas de nouvelles de Baie-Saint-Paul depuis que j'en étais parti et il me restait une année à écouler à mon contrat. Le troisième hiver m'a semblé bien long.

— Vous avez passé cet hiver-là à la même place?

— Oui! Mais tout l'automne, on a seiné l'esturgeon, qu'on mettait en filet et qu'on salait pour nos provisions d'hiver. On pêchait aussi sous la glace en hiver pour refaire nos provisions au fur et à mesure.

Jérôme se montra étonné.

— C'était tout ce que vous mangiez?

Edmond protesta vivement.

— S'il avait fallu qu'on mange que ça, je serais revenu à la maison à la nage. On avait aussi du riz sauvage et du blé d'inde, du bœuf salé et parfois du castor quand on pouvait en piéger quelques-uns.

Nicolas, dont l'intérêt pour les aventures de son père ne se démentait pas, l'interrogea à son tour.

— Quelles sortes de marchandises échangiez-vous avec les Sauvages pour obtenir des fourrures?

Après quelques secondes de réflexion, Edmond les énuméra :

— Y avait des chapeaux à plumes, des couteaux, du fil, des aiguilles, des alênes pour coudre les canots d'écorce, et aussi des couvertes. Ils aimaient beaucoup quand on apportait des tissus de toutes les couleurs, des pièces de fusil, des pierres à feu, de la ficelle et, pour les Sauvagesses, des billes en verre trouées. Avec, les Sauvagesses se faisaient des colliers et des décorations sur leurs robes. À mon dernier printemps au lac à la Pluie, j'ai appris à trapper le rat musqué. Quand mon contrat s'est terminé avec la compagnie, j'ai choisi de revenir à la maison. J'étais avec deux autres, des Anglais, dans un canot chargé jusqu'au bord de peaux de rat musqué. J'ai bien pensé en cours de route, deux fois plutôt qu'une, qu'on allait chavirer. Si c'était arrivé, je serais plus là pour vous en parler et Nicolas serait pas là à m'écouter.

— Vous deviez être content de revenir ? questionna Jérôme.

— J'étais surtout heureux de pouvoir manger d'autre chose que du poisson ; le porc frais me manquait beaucoup. Toujours est-il que je suis revenu vivant à Baie-Saint-Paul.

Il se tut un moment au souvenir de ce retour puis se mit de nouveau à sourire.

— Je pense qu'il vous vient un souvenir de quelque chose qui vous a fait plaisir, fit remarquer Nicolas.

— Quand je suis arrivé à la baie, je me suis arrêté chez mon parrain Poléon Girard pour le saluer. Tout le monde était bien content de me revoir. Ma marraine trouvait que j'avais maigri et voulait à tout prix me faire manger du ragoût. Comme j'étais pas encore allé chez nous, je lui ai dit : «Faites excuses, marraine, mais j'ai grand hâte de voir mon père.» Pendant que je parlais de même, j'étais resté debout, le dos à la porte, prêt à m'en aller. Tout à coup, pendant que je causais, quelqu'un arrive par derrière moi et me prend la tête entre ses mains. J'essaye de bouger : pas moyen. Je comprends tout de suite. Je dis aux autres qui me regardaient en riant : «Je connais rien qu'un chrétien dans tout le pays capable de me faire tenir tranquille de même. Ça, c'est mon père tout craché!» C'était bien lui! Pendant que je parlais avec mon parrain, un des enfants de la maison avait couru avertir mon père que j'étais arrivé. Vous comprenez bien qu'on est tombé dans les bras l'un de l'autre. C'est de même que s'est passé mon premier voyage loin de la maison.

— C'est après votre retour, s'informa Jérôme, que vous vous êtes marié?

— D'abord, j'avais un peu de sous, gagnés durant ces trois années au loin, mais j'étais devant rien : pas de métier, pas de femme, pas de maison. Mon père m'a dit : «Que comptes-tu faire à partir de tout de suite?» J'ai répondu dret là : «Travailler avec vous!» Ça l'a tellement pris de court qu'il a accepté.

— Est-ce qu'il avait déjà sa forge?

— Il l'avait déjà et y en avait pas un comme lui pour ferrer les chevaux et aussi pour battre le fer pour des jambages de roue, pour des S en fer, pour des crochets, des outils et toutes sortes de ferrures de porte ou de fenêtre.

— C'est comme ça que vous avez appris votre métier.

— C'est de même et c'est aussi comme ça que j'ai rencontré Émilie.

— Racontez-nous votre rencontre, p'pa, le supplia Nicolas. J'aimerais tellement ça l'entendre encore !

— C'est bien parce que tu t'en vas que je vais le faire, répondit son père.

Il se racla la gorge et, après avoir craché au loin, entama son récit :

—Je montais vers les Éboulements. En route, qu'est-ce que je vois pas ? Une charrette en panne avec un homme qui tente de redresser une roue, et sa fille qui attend au bord de la route qu'il y parvienne. Je m'approche. Je dis : « Bonjour monsieur ! Vous me semblez avoir de la misère avec votre charrette ? » « Comme tu vois, dit l'homme en sueur. J'ai une roue qui est quasiment sortie de son moyeu et je parviens pas à la remettre à sa place. » « Je peux vous donner un coup de main, si ça vous va ! » « Un coup de main est jamais de refus », qu'il me dit. J'ajoute aussitôt :

« Vous tombez bien, je suis maréchal-ferrant et forgeron. » Il me regarde droit dans les yeux et me dit : « Tu serais pas un des fils à Jean-Baptiste Grenon, par hasard ? » « C'est en plein ça. Je me nomme Edmond, je suis le plus jeune. Je travaille avec mon père. » Sans plus attendre, je m'approche de la charrette et je remarque tout de suite que ce sera jamais possible de remettre la voiture en marche tant que la roue sera pas réparée. «Vous êtes pas chanceux, monsieur. Monsieur qui d'abord?» «Josephat Simard!» «Monsieur Simard, le moyeu de la roue est trop brisé pour que vous puissiez continuer avec votre charrette. Si vous voulez, on peut faire quelque chose. Je vais démancher la roue de votre voiture et la mettre dans la mienne. On va dételer votre cheval et l'attacher en arrière de ma voiture. Vous allez monter avec moi et je vais vous mener chez vous. Je retourne ensuite à Baie-Saint-Paul, je répare votre roue. Je reviens aux Éboulements raccommoder votre charrette, restée sur le bord de la route, et je vous la ramène chez vous en même temps que je vais visiter ma sœur.»

Jérôme, qui entendait cette histoire pour la première fois, s'exclama:

— Il devait être content le monsieur Simard!

— Je comprends donc, mais moi aussi parce que, pendant que je travaillais, j'avais eu le temps de jeter un coup d'œil à sa fille, que je trouvais pas mal de mon goût.

— Elle était pour devenir ma mère! s'extasia Nicolas. Tu vois-tu ça, Jérôme? C'est bien curieux comment, des fois, les choses se passent.

— Voilà! C'est comme ça, conclut Edmond que j'ai rencontré mon Émilie. Quelques mois après, avec le consentement de mon père et celui de ses parents, on était mariés.

Le lendemain, défilèrent sous leurs yeux le Cap-Gribane et la grande anse du même nom, le Cap-Rouge, l'Anse-aux-Cenelles, le Cap-Brûlé, le Ruisseau de l'Arc-en-ciel, l'Anse-aux-Galattes, l'Anse-de-la-montée-du-lac, La Petite-Ferme, le Cap-Tourmente et, enfin, Saint-Joachim où ils passèrent la nuit.

À peine arrivé sur les lieux, Nicolas demanda :

— Quel est ce magnifique château, là-bas, droit devant nous ?

— Là, dit le vieil homme, c'est la Grande-Ferme. Le château qui s'y trouve, c'est le château Bellevue.

— J'y coucherais bien ! s'exclama Jérôme.

Le vieil homme sourit.

— Pensez-y pas, c'est la maison de repos des prêtres du Séminaire de Québec.

Il leur indiqua, non loin de là, une ferme.

— Devinez quel nom elle porte ?

— La Maisonnée, proposa Nicolas.

— La Miche de pain, risqua Jérôme.

— La Friponne, précisa le vieil homme. Elle porte le nom de la petite rivière qui coule sur ses terres et qu'on a baptisée ainsi, parce qu'en bonne friponne qu'elle est, elle multiplie les détours dans la plaine avant de se laisser avaler par le fleuve.

Le soir de ce troisième jour, grâce aux vents favorables tout le long du trajet, après avoir laissé derrière eux Château-Richer, L'Ange-Gardien et Beauport, ils atteignirent enfin Québec, au grand soulagement d'Edmond qui n'avait guère le pied marin. Il accompagna Nicolas et Jérôme à l'auberge où ils devaient loger avant leur départ. Le capitaine Durand était tout heureux de les voir. Il promit à Edmond que les deux jeunes hommes seraient employés à la cuisine et au service des repas, et qu'il prendrait bien soin d'eux.

Deux jours plus tard, Edmond se tenait sur le quai de la Basse-Ville pendant que Nicolas et Jérôme s'apprêtaient à monter dans une barque qui devait les mener jusqu'au navire du capitaine Durand, ancré au large en face de Québec.

Il y eut beaucoup d'émotion dans l'air quand les deux hommes s'étreignirent, à l'heure des adieux. Edmond demeura longtemps sur le quai à regarder d'abord la barque qui conduisait son garçon vers le navire, puis le navire lui-même, qui gonflait ses voiles en emmenant son fils aîné au loin. Il y avait en lui comme un remords de l'avoir lancé dans cette aventure. Il se justifiait en se disant que c'était ce qui pouvait arriver de mieux à son Nicolas. S'il avait connu l'avenir, il ne l'aurait jamais laissé partir.

Chapitre 12

La visite paroissiale

Edmond était à peine de retour à Baie-Saint-Paul qu'il reçut, une fois de plus, la visite du curé. Cette fois, le pasteur faisait sa tournée de visites dans la paroisse et en profitait pour percevoir la dîme. C'était un homme austère et rigide, solidement enraciné dans ses idées. Quand il voulait quelque chose de ses paroissiens, il n'en démordait pas.

Émilie le vit entrer chez les voisins et comprit qu'il serait bientôt à l'auberge. Le curé avait pour principe de dîner là où il se trouvait au moment où sonnait l'angélus. Émilie, qui s'était fait dans toute la paroisse une réputation de cuisinière hors pair, se précipita vers ses chaudrons.

— Marie-Josephte, dit-elle, mets une place de plus pour monsieur le curé ; je suis certaine qu'il va dîner avec nous autres.

— Vous inquiétez pas, m'man, je m'en occupe. Heureusement qu'il y a pas personne à dîner à l'auberge, comme ça on sera tranquille.

— Ton père est au hangar. S'il apprend que monsieur le curé va dîner avec nous autres, j'ai bien peur qu'il va se trouver du travail pressé pour pas être avec lui longtemps.

— P'pa pis le curé sont comme deux coqs. Dès qu'ils se voient, c'est pour se chicaner.

— Je le sais bien, mais ton père pourra pas faire autrement que de le recevoir.

Elles en étaient là dans leur échange quand Dorothée et Alicia revinrent de l'école.

— Dorothée, dit Émilie, serais-tu assez bonne pour aller au hangar dire à ton père que monsieur le curé s'en vient chez nous pour sa visite.

— J'y vais tout suite, m'man.

Émilie avait vu juste. Moins de cinq minutes avant midi, le curé s'amenait d'un bon pas vers l'auberge. Il s'arrêta devant la porte principale puis se ravisa et fit le tour de la maison.

— Bonjour monsieur le curé ! Pourquoi ne rentrez-vous pas par la grand-porte ? demanda Émilie.

Arrivant du hangar, Edmond entendit le curé répondre :

— La grand-porte, madame Grenon, c'est celle de l'auberge, un lieu de perdition. Jamais je n'entrerai par là, vous le savez bien !

Edmond serra les deux poings et ne put se contenir plus longtemps.

— Vous faites bien des façons pour venir chez les gens, monsieur le curé ! Depuis quand une auberge est un lieu de perdition ?

— Depuis que les auberges existent, il s'y passe toutes sortes de choses qu'un bon chrétien ne devrait pas admettre sous son toit.

— Sauf votre respect, monsieur le curé, c'est vous qui le dites. Depuis que je tiens auberge, tous ceux qui y sont venus ont su se tenir correctement.

— Si tu veux, Edmond, nous allons changer de sujet. Je suis venu chez vous…

Il s'interrompit et se signa : à l'église sonnait l'angélus. Il resta recueilli tant que les cloches retentirent. Dès qu'elle en eut la chance, Émilie dit :

— Vous allez manger avec nous autres, monsieur le curé. Peut-être bien qu'on pourrait passer à table tout de suite. Ça jase mieux autour d'une table, en mangeant.

— Voilà une bonne idée, madame Grenon. Je voulais justement vous faire l'honneur de ma présence pendant le repas. Toute la paroisse connaît vos dons pour la bonne cuisine.

— Vous auriez dû nous faire savoir que vous alliez dîner avec nous autres, je vous aurais préparé un plat spécial.

— Comme quoi, par exemple ?

— Une bonne tourtière de Charlevoix ou un ragoût de pattes, avec comme dessert une tarte à la farlouche.

— Je me contenterai de votre quotidien, ma bonne dame. Vous savez, pour moi, la nourriture du corps n'est pas la plus importante.

Edmond le regardait en se disant : « Il se voit pas, il est gras comme le plus beau des porcs à Josephat. »

Pendant ce temps, le curé engloutissait la soupe aux pois que venait de lui servir Marie-Josephte. Il y trempait des morceaux de pain gros comme le poing, qu'il avalait avec grand appétit. Quand il eut terminé sa soupe, Marie-Josephte s'empressa de déposer devant lui une pleine assiette de bouilli de bœuf, accompagné de patates jaunes et de carottes.

— Vous prendrez bien du beurre sur votre pain, monsieur le curé? proposa Émilie, tout en servant ses enfants.

Le curé prenait tellement de place que personne n'osait parler. On n'entendait que les ustensiles frapper le bord ou le fond des assiettes, tous attendant que le curé reprenne la parole. Même Edmond se taisait. Sans doute pour meubler le silence, trop long à son goût, le curé dit tout à coup:

— Madame Grenon, vous avez de beaux grands enfants.

— Merci, monsieur le curé. C'est vrai qu'on a de beaux et bons enfants qui font notre bonheur.

— Il me semble que ça fait longtemps que vous n'avez pas pensé d'en faire d'autres.

— C'est pas qu'on a pas essayé, monsieur le curé, mais le bon Dieu a pas voulu nous en donner d'autres.

— Vous en avez perdu quelques-uns, il me semble.

— Ma femme a fait trois fausses couches de suite, monsieur le curé, insinua Edmond. Si ça c'est pas essayer…

— Mais ça ne vous excuse pas de ne pas tenter d'en avoir d'autres. Il me semble que quelques années ont passé depuis ce temps-là.

— Qui vous dit, monsieur le curé, qu'on a pas continué à essayer ?

— Qui me le dit ? C'est le fait que vous n'en avez pas d'autres et ça c'est pas normal.

— Pas normal ?

— Ne me fais pas dire, Edmond, ce que tu sais déjà. Quand on accomplit l'œuvre de chair, c'est pour avoir des enfants, autrement le devoir d'un chrétien lui commande de s'abstenir.

Edmond ne jugea pas pertinent de relever la remarque. Un lourd silence retomba, troublé seulement par les bruits des convives affamés. Pour détendre l'atmosphère, Émilie demanda :

— Monsieur le curé, est-ce que vos visites se passent bien ? Ça doit être agréable de connaître tout le monde de la paroisse et de pouvoir les visiter comme vous le faites.

— Ce n'est pas toujours aussi agréable que vous le pensez, madame Grenon. Il y a des gens qui ne sont guère heureux de me voir arriver. Vous savez, il y a dans notre paroisse des pauvres incapables de payer la dîme. Pourtant, c'est leur devoir de le faire. Sans la dîme, comment voudriez-vous qu'il y ait un prêtre dans la paroisse pour vous apporter les sacrements du bon Dieu ? On dirait que certains ont de la misère à comprendre ça, comme si j'arrivais chez eux pour leur voler le pain de la bouche.

— Monsieur le curé, reprit Émilie, c'est bien triste d'entendre ça. Heureusement, le bon Dieu a voulu que j'aie un bon mari qui a toujours travaillé fort pour qu'on manque de rien.

— Parlant de travail, questionna le curé en s'adressant à Edmond, as-tu toujours de l'ouvrage à ta forge ?

— Pas autant qu'avant, mais de temps en temps. Je suis plus tout seul à ferrer et on dirait que les gens ont moins besoin de ferrures et d'autres choses de même. En été, je répare les patins des traîneaux, en hiver les roues des charrettes, mais j'en ai beaucoup moins que par les années passées.

— Ça ne serait pas dû au fait que les gens te voient désormais comme un aubergiste et non plus comme un maréchal-ferrant et un forgeron ? Tu vois, le bon Dieu nous punit toujours par où on a péché.

— Pourquoi vous dites le « bon Dieu » s'il passe son temps à punir ?

— Toi qui es friand des proverbes, je vais te servir celui qui s'applique exactement à ce que nous disons : « Qui aime bien, châtie bien ! »

Edmond venait de se faire couper l'inspiration. Pendant la discussion, Marie-Josephte et Dorothée avaient retiré les assiettes vides et servi le dessert. Profitant de sa courte victoire, le curé revint sur la question des enfants.

— L'année prochaine, lors de ma visite, je veux voir un enfant de plus dans cette famille.

— Qu'est-ce qui peut garantir qu'Émilie va tomber en famille ? s'insurgea Edmond.

— Quand on veut vraiment des enfants, Edmond Grenon, le bon Dieu nous en donne.

— Voulez-vous dire que je fais exprès pour pas en avoir?

— Comprends ce que tu veux bien comprendre, répliqua le curé.

Edmond en avait assez entendu et se fâcha pour de bon. Il débita sur un ton qui ne tolérait aucune réplique:

— Coudon, monsieur le curé, voudriez-vous les faire à ma place?

Insulté, le pasteur blêmit, se leva de table, un morceau de tarte encore à la bouche et, en claquant la porte, sortit aussi vite que ses jambes et sa corpulence le lui permettaient. Se ressaisissant aussitôt, Edmond donna l'argent de la dîme à Dorothée.

— Cours lui porter ça, dit-il, sinon il serait bien capable de colporter par toute la paroisse qu'Edmond Grenon a pas voulu payer sa dîme.

— S'il veut pas la prendre?

— T'inquiète pas, ma fille, il est assez près de ses sous qu'il la prendra bien.

Quand Dorothée rejoignit le curé, il fit d'abord celui qui ne voulait rien entendre. Mais Dorothée insista si bien, comme l'aurait fait tout Grenon digne de ce nom, que le religieux finit par accepter l'argent. Encore furieux de la tournure des événements, le curé donna à Dorothée un message pour son père. Il lui dit entre ses dents serrées:

— Tu diras à ton père que son excommunication, il va l'avoir!

Chapitre 13

La maladie s'installe

Comme elle le faisait tous les jours, Marie-Josephte alla porter son dîner au grand-père Grenon. Ce dernier ne bougeait guère de sa chaise, habituellement placée près de la fenêtre. Un peu de clarté filtrait à travers ses yeux malades et il écoutait, au dehors, le chant des oiseaux, qui restait son seul agrément.

En passant la porte de la chambre, Marie-Josephte lança, sur un ton enjoué :

— Bonjour grand-père ! Je vous apporte votre dîner.

Elle ne s'attendait pas à une réponse, mais elle faillit échapper le cabaret qu'elle portait en apercevant le grand-père étendu par terre, près de sa chaise. Elle se dit : « Il aura voulu se lever et n'en a pas été capable. » Elle posa le cabaret en vitesse sur la paillasse du lit et s'approcha du vieillard. Il respirait avec difficulté. Il ne pouvait plus bouger tout le côté gauche de son corps. Sans prendre panique, Marie-Josephte parvint à glisser un oreiller sous sa tête. Elle se précipita ensuite pour

appeler à l'aide. Émilie monta le plus vite qu'elle put
et demanda d'une voix inquiète :

— Qu'est-ce qui se passe, ma fille ?

— Il se passe que grand-père peut plus bouger du
côté gauche.

— Dis-moi pas qu'il serait paralysé ? Ma fille, cours
chercher le docteur Dufour. Dis-lui que ça presse.

Moins d'un quart d'heure plus tard, Marie-Josephte
ramenait le docteur.

— Votre fille, madame Grenon, m'a dit que vous
croyez que votre beau-père est paralysé. Laissez-moi
l'examiner…

Il ausculta le vieil homme, qui ne semblait plus
avoir de sensibilité ni dans le bras ni dans la jambe
gauches. Puis, il descendit avec Émilie à la cuisine.

— Vous avez vu juste, madame Grenon, c'est bien
une paralysie.

— Est-ce que ça peut revenir ?

— Il arrive que ça guérisse, mais n'y comptez pas
trop, c'est pas fréquent ! Vous allez être prise avec un
gros cas sur les bras. C'est tout un travail de s'occuper
de quelqu'un qui est paralysé. Vous devriez songer à
le faire soigner quelque part.

— Je connais pas de place pour ça !

— Moi, j'en connais une et c'est l'Hôpital
Général de Québec. Ça adonne bien, ma fille, qui est
religieuse là, s'occupe justement de la salle des malades.
Si vous le permettez, je pourrai lui faire dire un bon
mot pour votre beau-père. Il y serait assurément bien
soigné.

— C'est fort aimable de votre part, docteur, mais je peux pas prendre cette décision toute seule. Edmond est justement arrivé hier de Québec et il est reparti à La Malbaie pour une commission.

— Pour longtemps encore ?

— Non, je l'attends de retour demain.

— Voulez-vous me l'envoyer dès qu'il sera arrivé ?

— Bien sûr ! C'est la première chose qu'il fera dès qu'il sera icite. Mais, en attendant, qu'est-ce qu'on peut faire ?

— Pas grand-chose, sinon nourrir votre beau-père à la petite cuillère et le nettoyer pour vous savez quoi.

— C'était déjà pas facile quand il se bougeait encore lui-même, imaginez ce que ça va être à partir de maintenant !

— Voilà pourquoi je vous recommande de le placer.

— C'est bien ce qu'on va être obligé de faire ! Pauvre grand-père !

En partant, le médecin ajouta :

— Madame Grenon, je vous envoie quelqu'un pour vous aider à le remettre au lit.

Quand le lendemain, en fin d'après-midi, Edmond fut de retour de La Malbaie et qu'on lui apprit l'état de son père, il ne paniqua pas un seul instant. Comme un capitaine possédant une parfaite maîtrise de son navire, il commença par se rendre chez le docteur Dufour. Malgré quelques patients déjà présents dans la salle d'attente, le docteur le reçut tout de suite et, pour calmer les autres, prétexta une urgence.

— Edmond, commença-t-il, tu as constaté l'état de ton père? Comme je l'ai dit à ta femme, vous devriez vous arranger pour le placer à un endroit où il recevra les meilleurs soins. Cet endroit, peut-être le connais-tu? C'est l'Hôpital Général, à Québec. Émilie t'a certaine-ment dit que j'ai un bon tuyau pour le faire entrer là.

— Merci docteur! Émilie m'a informé de ça, et je crois bien qu'on va suivre votre conseil pas plus tard que demain.

— Je suis désolé, mais il n'y a rien d'autre à faire. Quand la paralysie frappe quelqu'un, c'est bien rare que ça revienne en arrière. En plus, ton père dépasse les quatre-vingts ans.

— Va falloir qu'on se fasse à l'idée de plus le revoir comme il était.

— Vous n'aurez guère le choix. À cet âge-là, la vie ne fait pas de cadeau.

À son retour à l'auberge, Edmond résolut d'orga-niser le transport de son père jusqu'à Québec, et ce dès le lendemain. Il savait que Rémi Harvey, comme chaque semaine, entreprendrait à ce moment un voyage à Québec avec sa goélette. Edmond possédait une charrette; il y coucherait le vieillard sur une bonne paillasse, en l'abritant du soleil ou de la pluie au moyen d'une bâche, et le transporterait comme ça jusqu'à Saint-Joseph-de-la-Rive. Il passa la plus grande partie de sa soirée à préparer son équipée.

— J'arrive tout juste de Québec, dit-il à Émilie. C'est bien pour dire qu'on sait pas ce qui nous pend au bout du nez !

— Mon pauvre homme, te voilà bien mal pris d'être obligé de retourner à la ville.

— Heureusement, le docteur m'a donné une lettre de recommandation à l'intention de sa fille religieuse.

Plus pratique, Émilie se montrait anxieuse.

— Va rester à voir si, une fois là, y aura de la place pour ton père.

— Pour ça, je suis pas inquiet. C'est un grand hôpital. Ça m'étonnerait qu'il refuse quelqu'un qui vient de si loin. Si elles sont certaines qu'on va payer, les religieuses lui trouveront bien un petit coin. Ce qui me turlupine le plus, c'est de savoir si le voyage à Québec ne l'achèvera pas.

— Ça devrait pas, il va être couché tout le long, un peu comme il l'aurait été icite.

— Mais ça va brasser pas mal plus dans la goélette à Rémi.

— Ton père est fait fort et en plus, il s'en rendra même pas compte.

Le lendemain, Edmond se servit d'une large toile et de deux perches de huit pieds de longueur pour fabriquer un brancard. Aidé de Romuald, il y installa son père et tous deux le descendirent jusque sur la charrette aménagée en conséquence. Il laissa le soin à Émilie et à Marie-Josephte de s'occuper de l'auberge pendant son absence. Romuald, moins familier qu'Edmond avec les déplacements, croyait que ce dernier se préparait à mener son père à Québec par voie terrestre.

Dès leur départ de Baie-Saint-Paul, il lui fit part de ses inquiétudes.

— Tu trouves pas ça audacieux, de partir de même avec un moribond ?

— Est-ce que j'ai le choix ?

— Quel chemin es-tu en train de prendre ?

— Celui de Saint-Joseph-de-la-Rive !

— Pourquoi passes-tu par là ? Tu serais pas mieux de le faire amener en goélette ?

— C'est en plein ça que je fais. Pourquoi penses-tu que je m'en vais à Saint-Joseph-de-la-Rive ? Voyons, Romu ! Pense un peu avant de parler !

— Insulte-moi pas, Edmond ! Je disais ça comme ça, c'est tout. Je pensais me rendre à Québec avec vous autres.

— Non, voyons ! T'es bien de service de venir avec moi jusqu'au quai d'embarquement. Je compte sur toi pour reconduire la jument et ramener la charrette à l'auberge. Mais, dis-moi, pourquoi t'étais encore à l'encontre de ce que je voulais faire ?

— Bah ! Je te l'ai dit, j'étais distrait, mais rien n'empêche, Edmond Grenon, que t'as vraiment une tête de cochon.

— Je le sais aussi bien que toi, mais il est pas né celui qui va me l'enlever.

Une fois par semaine, quand le temps le permettait, Rémi Harvey allait à Québec avec sa goélette. Il faisait escale à tous les endroits où il le pouvait, pour faire monter ou descendre quelqu'un tout en chargeant ou déchargeant des marchandises. Ce n'était pas la première fois qu'il conduisait un malade à Québec. Il fit grand cas, cependant, d'y mener Jean-Baptiste Grenon, l'Hercule de Charlevoix.

— C'est un honneur pour moi, Edmond, de conduire ton père à Québec, même que je lui chargerai rien.

— T'es trop bon, Rémi. Si tu faisais de même avec tous tes passagers, tu vivrais pas gras.

— Justement, je fais pas de même avec tout le monde, parce que toi, mon Edmond, t'as beau être le fils d'une célébrité, tu vas devoir payer ton voyage.

— J'avais jamais pensé, non plus, le faire gratis! Même que j'avais apporté l'argent pour te payer la place de mon père.

— Tu le garderas pour toi et tu prendras un coup avec à ma santé, une fois rendu à Québec.

Edmond en était à son deuxième voyage à Québec en autant de semaines. S'il se sentait à l'aise dans sa forge entouré des outils, il se trouvait perdu quand, jasant avec le capitaine, ce dernier sortait, comme il le lui fit remarquer, des «mots du dimanche». Le capitaine protesta vivement.

— Mais Edmond, ce ne sont pas des mots du dimanche! Ce sont les mots qu'il faut pour dire les choses. Regarde le grand mât. Tu le connais bien, non?

— Ouais! Qu'est-ce qu'il a, le grand mât?

— Il porte tout naturellement la grand-voile. L'autre mât plus avant s'appelle le mât de misaine. Il porte une voile qu'on appelle une trinquette. C'est pas un beau mot, ça?

— C'est un beau mot, mais ça me dit pas qu'est-ce que c'est!

— Je viens de te le dire, c'est une voile du mât de misaine. Y a aussi, comme voile, le foc, la voile en triangle à l'avant.

— Tout ça c'est bien beau, protesta Edmond, mais si je finissais par démêler toutes ces voiles, je m'enfargerais dans les cordages.

— Comment ça? Y a rien de plus simple à apprendre que leurs noms.

— C'est toi qui le dis, Rémi, mais y a rien de plus facile pour un marin. Ça change rien pour moi. Comment tu me les nommerais tous maintenant, je les retiendrais pas plus.

— Pauvre Edmond, tu sais pas ce que c'est qu'une têtière, une drisse, un calebas, une ralingue et une grande balancine? Je t'engagerais pas sur ma goélette!

— Pauvre toi-même! Sais-tu ce que c'est le forgeage, l'écrouissage, les tenailles pour bouterolle, les becs gueules de loup, l'étampe à dégorger?

— Comment veux-tu que je le sache?

— Alors, je t'engagerais pas comme forgeron. Mais parlant d'engagement, tu sais que mon fils Nicolas s'est embarqué avec son ami Jérôme sur le vaisseau du capitaine Durand, pour aider à le ramener en France?

Le capitaine passa sa main dans sa barbe et se frotta un œil avant de poursuivre :

— Ah ! Je me demandais s'ils étaient bien partis, tu ne m'en avais pas reparlé. Y en a plusieurs de l'Île-aux-Coudres qui en ont fait autant. Ils doivent revenir cet automne avec le premier navire à venir ici.

— Je compte bien que mon fils sera avec eux. Il me manque déjà, tu sais. C'est quand les enfants sont partis qu'on se rend compte qu'ils sont plus utiles qu'on pensait. J'ai de la misère, certains jours, à arriver avec l'auberge et la forge.

— Tu tiens toujours les deux ouvertes ?

— Quand y a des sous à faire aux deux places, je suis pas pour cracher dessus.

— T'as bien raison, mais dis donc ? Quand ton Nicolas va te revenir, si t'as pas besoin de lui, tu pourrais me l'envoyer : j'en ferai un bon marinier.

C'est au rythme de propos de ce genre que se fit le voyage jusqu'à Québec. Edmond veilla à ce que son père ne manque de rien. Le pauvre ne montrait aucun signe de rétablissement. Au départ, à peine semblait-il conscient de ce qui lui arrivait. Puis, Edmond lui expliqua qu'il le conduisait à l'hôpital à Québec où il recevrait de bons soins. Le vieillard semblait indifférent. Voyant le peu de réaction manifestée par son père, Edmond se félicita d'avoir suivi le conseil du docteur Dufour. Il se disait : « C'est vraiment la meilleure décision qu'on pouvait prendre. »

Il s'inquiétait toutefois de la façon dont, à son arrivée à Québec, il pourrait faire transporter son père jusqu'à sa destination. Il se tracassait pour rien. Près du quai de débarquement, des charretiers faisaient le pied de grue, tous disposés à conduire les voyageurs à l'endroit de leur choix.

Chapitre 14

Des aides précieuses

La goélette était à peine accostée qu'Edmond se retrouvait sur le quai en quête d'un charretier.

— Pour l'Hôpital Général, lui lança un grand gaillard, c'est moi !

Edmond en conclut que ces charretiers, pour conduire les voyageurs, avaient réparti entre eux les différents quartiers de la ville.

— Mon père malade est resté sur la goélette. Il est sur un brancard. Il me faut de l'aide pour le transporter.

— J'arrive ! cria le charretier, après avoir vérifié que son cheval était bien attaché.

Ils descendirent le vieillard à terre puis l'installèrent du mieux qu'ils le purent en appuyant le brancard sur les ridelles de la charrette. Le charretier se mit ensuite en route par la rue Saint-Pierre, contournant le Cap-aux-Diamants, évitant dans les circonstances la côte de la Montagne, qu'il jugeait trop à pic. Ce détour allongeait le trajet, mais le bien-être et la sécurité du vieillard l'exigeaient.

Habitué à rencontrer beaucoup de monde, Edmond voulut d'abord savoir à qui il avait à faire.

— On t'appelle comment, mon gaillard ?

— Étienne Gagné, pour vous servir. Je suis un des gars de Théophile Gagné, le jardinier de l'Hôpital Général.

— Edmond Grenon, de Baie-Saint-Paul. Je conduis mon père Jean-Baptiste à l'hôpital : il est paralysé !

— Vous avez fait un bon choix, c'est en plein l'hôpital qu'il lui faut, le meilleur pour ceux qui ont des vieillards à placer et qui ont les moyens de payer.

Ils se turent un moment. Ils arrivaient au bout de la rue Saint-Pierre. Le charretier dirigea le cheval de façon à ce qu'il emprunte la rue des Fossés, pratiquement déserte. Les gens soupaient. Le soleil n'éclairait plus que la Haute-Ville. Déjà, la noirceur envahissait le bas de la falaise, la plongeant entre chien et loup. Edmond demanda :

— Est-ce qu'on en a pour longtemps avant d'arriver à l'hôpital ?

— Ah, mon bon monsieur ! Tout dépendra de la vitesse à laquelle nous pourrons aller. Avec un moribond dans la charrette, vaut mieux prendre notre temps et lui laisser la chance de vivre le plus longtemps possible. Serait-ce indiscret de savoir, vous qui venez de loin, comment vous avez appris l'existence de cet hôpital ?

Avant de répondre, Edmond s'étira longuement afin de se dégourdir un peu.

— C'est une histoire bien courte, répondit-il. Mon père a été soigné par le docteur Dufour. Sa fille est religieuse à cet hôpital.

— Savez-vous son nom de sœur? Comme je les connais pas mal toutes, peut-être que je pourrais vous dire comment vous y prendre avec elle.

Edmond tira un papier de sa poche.

— C'est écrit, dit-il, sœur Sainte-Marie-des-Anges.

Le charretier se mit à rire.

— Oh là là! s'écria-t-il, vous tombez pas sur la dernière venue, mon cher Edmond. Sœur Sainte-Marie-des-Anges, c'est la directrice de la salle des malades: elle a du poids. Faut faire bien attention à ce qu'on lui dit: elle a aussi son caractère, un peu pincée, parfois même à pic. Faut l'amadouer en lui laissant voir son importance.

Ils avaient maintenant quitté le faubourg de Saint-Roch pour s'engager dans la rue Saint-Ours, en direction de l'hôpital. La noirceur était venue. Il n'y avait toujours personne dans les rues. Ça et là, les fenêtres des maisons laissaient filtrer un peu de rare lumière. Seule la lanterne que le charretier avait apportée leur permettait de se diriger. Ils arrivèrent à l'Hôpital Général au moment où les religieuses se réunissaient à la chapelle pour les prières du soir.

Avec un peu d'appréhension, malgré la lettre de recommandation du docteur Dufour, Edmond se servit du heurtoir de la porte principale pour signaler sa présence. Une religieuse finit par ouvrir un guichet grillagé, lança un «*Deo gratias!*» sonore avant de lui demander:

— Que peut-on faire pour vous ?

— Ma sœur, je vous amène de Baie-Saint-Paul mon père paralysé .

— Ce n'est pas dans les habitudes de notre hôpital de recevoir des malades à une heure si tardive. Adressez-vous plutôt à l'Hôtel-Dieu.

Le charretier, qui attendait la suite des événements, comprit tout de suite qu'Edmond n'aurait pas gain de cause.

Tout étonné de cette réponse, ce dernier répliqua vivement :

— Ma sœur ! Où pensez-vous qu'on va passer la nuit ?

— À l'Hôtel-Dieu, justement.

— Mon père pourrait pas passer la nuit icite en attendant une chambre pour demain ?

— Non, monsieur ! Pour entrer ici, il faut des recommandations et une acceptation par les autorités de l'hôpital.

Edmond dont la patience était à fleur de peau s'écria :

— Allez-vous laisser mourir mon père en pleine rue ?

— J'observe les règles de notre maison. Je vous le répète : pour faire hospitaliser quelqu'un dans nos murs, il vous faut de hautes recommandations.

— J'en ai !

— Alors, revenez demain matin, notre mère supérieure saura certainement prendre les décisions qui s'imposent. Bonne nuit !

Le petit carreau se referma en un bruit sec. Edmond, la rage au cœur, resta planté devant la porte. Le charretier le tira de ce mauvais pas.

— On va, dit-il, mener votre père chez nous, à deux pas d'ici ; il pourra y passer une nuit paisible, et vous aussi. Ma jumelle Étiennette va bien s'en occuper ; elle a l'habitude, c'est son travail à l'hôpital. Demain, de jour, on reviendra demander une place pour votre père.

La maison des Gagné était voisine de l'hôpital. Ils y conduisirent le grand-père. Étienne fit les présentations. Réquisitionnée par son frère, la jumelle Étiennette, une grande femme énergique, prit les choses en main.

— Votre père sent pas la rose, dit-elle à Edmond. Il est grand temps qu'une femme s'en mêle.

Edmond n'avait pas l'habitude de laisser d'autres prendre l'initiative à sa place et protesta.

— Je peux m'en occuper moi-même, mademoiselle. Je l'ai fait quand même pas pire sur la goélette.

— Allez ! Mon cher monsieur, laissez-moi faire et profitez bien de votre nuit pour vous reposer.

La maison des Gagné était vaste. À l'arrivée des hommes, elle vivait paisiblement les heures qui suivent le souper quand tout à coup, elle se mit à grouiller comme une fourmilière. Madame Gagné avait aussitôt mis de la soupe sur le feu. Ses filles s'étaient affairées à dresser la table et à préparer les chambres. Edmond, lui, ne cessait de s'excuser de tout le trouble qu'il causait.

— Vous en faites pas, monsieur Grenon, c'est ni la première ni la dernière fois que ça nous arrive, le rassura Théophile Gagné. Presque chaque fois que quelqu'un peut pas rester à l'hôpital, il vient cogner à notre porte. Nous faisons pas auberge, mais presque.

— J'aurais pu, justement, aller coucher dans une auberge.

— Vous irez demain si ça vous plaît. Y en a une, pas loin d'ici, sur la rue Saint-Ours, l'auberge de monsieur Allaire. Pour à soir, vous avez votre lit chez nous.

Edmond ne savait plus comment remercier ces gens de leur hospitalité. Il se rappela subitement qu'il avait oublié de payer le charretier Étienne. Quand il le lui dit, ce dernier éclata de rire.

— Vous avez eu trop d'émotions aujourd'hui pour vous fatiguer avec ça. On verra ça demain !

Sur ce, il l'invita à passer à table avec lui. Cette fois, Edmond ne se fit pas prier : il était affamé.

— Votre père est dans un bon lit, le rassura madame Gagné. Ma fille Étiennette sait comment s'y prendre avec les malades. Imaginez-vous donc qu'il y a bientôt un an, est arrivé un beau jeune homme qui travaillait sur les cageaux de bois qui viennent de par en haut du fleuve. Il était estropié des deux jambes. Le docteur a dit : « Pour lui, c'est fini. Il ne pourra jamais plus marcher. » Ma fille, qui a le cœur grand comme le monde, l'a entrepris. « Tu vas marcher, mon Pierrot – il s'appelle Pierre – qu'elle lui dit. Je vais t'aider et tu vas marcher. » Ma fille a la tête dure. Elle l'a pas lâché. Aujourd'hui, il a quasiment plus besoin de béquilles.

— C'est un vrai miracle !

— Vous savez, monsieur Grenon, faut pas croire tout ce que disent les docteurs. Mais vous savez pas la meilleure? Ma fille Étiennette pis le Pierre en question sont en amour.

— Pas vrai!

Elle baissa soudain le ton avant de chuchoter:

— Ça va finir par un mariage. Le beau Pierre a dit: « Étiennette, on va faire ensemble les plus beaux enfants du monde. » C'est ça qu'il a dit. Pensez pas que c'est pas beau? Des histoires de même, moi je dis qu'il en faudrait des milliers, ça ferait mieux marcher le monde.

Elle s'arrêta de parler, les yeux embués, mais sur son visage, on pouvait lire toute la bonté qui l'habitait. Edmond, ne sachant trop que dire, risqua:

— Il faudrait une fille comme la vôtre pour mon père. Peut-être bien qu'il reviendrait de sa paralysie.

— Qui sait? continua la mère Gagné. Si c'est la volonté du bon Dieu qu'il revienne, il va revenir.

La soirée était passablement entamée. Les deux hommes avaient englouti leur souper. Déjà, la maison qui, une heure plus tôt, ressemblait à une ruche, avait repris son rythme normal et les jeunes filles qui lui tenaient lieu d'abeilles avaient disparu. Le père Gagné s'apprêtait à monter se coucher. Étiennette choisit ce moment pour revenir et inviter Edmond à en faire autant.

— Votre père est bien installé. Je l'ai fait boire un peu. Il a avalé quelques cuillérées de bouilli. Ma sœur Agathe a lavé son linge, qui en avait bien de besoin.

Il devrait être sec pour demain. Il vous reste juste à le saluer avant d'aller dormir vous aussi.

C'est ainsi qu'Edmond Grenon dormit ce soir-là sous un bon toit, parmi des gens pour qui «hospitalité» était plus qu'un mot du dictionnaire.

Quand, le lendemain matin, la maison se mit de nouveau à bourdonner, Edmond se retrouva à déjeuner autour d'une table qui accueillait, outre le père et la mère, deux jeunes hommes et cinq filles qui ne donnaient pas leur place pour rire et se taquiner. Étiennette partit la première pour son travail à l'hôpital. Le père Théophile la suivit de près.

— Mon mari vous l'a-t-il dit, monsieur Grenon? Il est le jardinier de l'hôpital. Il y travaille avec Jean-Marie, notre fils aîné qui est marié et reste pas loin d'ici.

— Ça fait pas bien des années qu'on est à Québec, poursuivit Étienne. Avant ça, on était à Saint-Nicolas pour deux années et auparavant à Montmagny. Quand on aura déjeuné, prenez votre temps, monsieur Grenon, je veux pas vous presser, on ira à l'hôpital voir si y aurait pas une place pour votre père. En attendant, ma mère et mes sœurs cadettes vont s'en occuper, soyez pas inquiet. Nous avons gardé le grand-père Gagné pendant des années. À la fin, il était un peu comme votre père, pratiquement paralysé. Il est mort ça fait bien deux années, hein m'man?

— Oui ! C'est ça, deux ans et deux mois.

Ils se levèrent de table pour aller à l'hôpital. Edmond, qui y était arrivé à la noirceur, n'en revenait pas des dimensions de l'édifice.

— C'est bien plus grand que je pensais ! s'étonna-t-il.

— Ah oui, même que c'est une paroisse. Y a le monastère des religieuses à même l'hôpital, et la chapelle qui est en réalité une église, et aussi, dans l'enclos, le cimetière. Y a ensuite les chambres des malades et une douzaine de cellules pour les aliénés. C'est pas un petit hôpital, vous savez !

Tout en causant, ils se retrouvèrent soudain devant le portique de l'entrée. Étienne tira sur une corde qu'Edmond n'avait pas remarquée la veille : une clochette se mit à tinter. Quelques secondes plus tard, une religieuse ouvrait le guichet.

— Ah ! C'est toi, Étienne ? dit-elle. Qu'est-ce qu'il y a, mon bon ?

— Je vous amène monsieur Grenon. On est venu hier soir. Son père est paralysé et il voudrait avoir une place pour lui à l'hôpital.

— Je ne pense pas qu'il y en a une seule de libre. Tu sais comment ça marche, Étienne. On ne rentre pas ici sans recommandation.

— Justement, ma sœur, dit Edmond, j'ai une lettre de recommandation pour mère Sainte-Marie-des-Anges.

Il s'approcha avec la lettre du docteur Dufour et la glissa par l'ouverture du guichet.

— Mon bon monsieur, je vais porter la lettre à ma sœur Sainte-Marie-des-Anges. Revenez avant le dîner, nous vous ferons part de notre décision.

Elle ferma le guichet et Edmond, une fois de plus, resta stupéfait, jusqu'à ce qu'Étienne le tire par la manche.

— Venez, monsieur Grenon, ça sert à rien d'attendre. Si vous voulez venir avec moi, pour tuer le temps, j'ai des marchandises à aller chercher à Saint-Roch pour l'hôpital. On en aura bien pour une couple d'heures, ça donnera le temps aux bonnes sœurs de se décider.

Edmond, qui n'avait rien d'autre à faire que d'attendre, ne demanda pas mieux que d'accompagner Étienne. Il suivit le charretier jusqu'à l'étable, derrière la maison. Étienne attela le cheval de la veille et, sans plus de cérémonie, ils partirent tous deux en direction de la ville. Edmond était tout heureux de pouvoir découvrir de la sorte cette ville où il était rarement venu. Il s'extasia devant les échafauds des chantiers navals et les montagnes de billes des cours à bois. Les berges de la rivière lui semblaient en ébullition tant se succédaient les chantiers.

— Ça fait longtemps que c'est de même ? s'informa-t-il.

— Depuis une couple d'années, reprit Étienne, ça n'arrête pas. Les Anglais ont besoin de vaisseaux et ils ont décidé de les faire construire ici.

Ils poursuivirent leur route, croisant sur leur chemin d'autres voitures dans une rue qui nécessitait de bonnes réparations et où un groupe d'ouvriers s'affairaient à combler les nids-de-poule. Il fallait constamment louvoyer entre des cratères et des fissures. Impassible, Étienne ne s'en formalisait pas, se contentant de donner des ordres à son cheval docile et habitué d'obéir. Ils parvinrent ainsi devant un grand magasin sur la façade duquel étaient fixés des anneaux. Étienne attacha les cordeaux du cheval à l'un d'eux.

— C'est le magasin général d'Armand Bédard, commenta le charretier. C'est ici que je viens chercher la plupart des denrées et des marchandises pour l'hôpital : ils ont de tout.

— Même de la nourriture ?

— Même de la nourriture en vrac, comme du sucre, du sel, de la mélasse, des fèves, du riz, du sirop, de la morue séchée et bien d'autres choses, comme de la farine et des pois. Mais c'est pas ça que je viens chercher.

Tout en parlant, ils entrèrent dans le magasin et ce qu'Edmond y découvrit le laissa bouche bée.

— Moi qui pensais qu'il y avait beaucoup de choses au magasin général de Baie-Saint-Paul…

Étienne le regarda et rit de le voir si ébahi.

— J'en ai pour un moment, dit-il, profitez-en pour faire le tour de la place, ça vous donnera une idée de ce que vous pourrez acheter si jamais vous y revenez.

Edmond s'avança dans l'allée qui s'ouvrait devant lui. Il s'arrêta un moment devant une dizaine de pompes à eau alignées sur une table puis il s'émerveilla devant la quantité d'objets qui s'offraient à sa vue.

Quand il rejoignit Étienne, ce dernier avait chargé sur la charrette un baril de clous, quelques planches, une bêche neuve et une barre à clous. En apercevant Edmond, il lui demanda :

— La tournée a été bonne ?

— Bonne ? J'en suis pas encore revenu. Y a tout ce qu'il faut pour vivre icite : de la cassonade en quarts, du sucre en boucauts, du rhum des îles Sous-le-Vent[1], du vin en pipes et en quarts, des boulons de cuivre, des clous, de la taule, des vitres, des toiles d'Irlande, du goudron, de la résine, du plomb à tirer, des planches de douves, des mâts !

Il s'arrêta pour réfléchir deux secondes avant de reprendre sa litanie.

— Des souliers de cuir et de maroquin, des bottes, des caisses de citrons, des boucauts de sucre en pain, des balles de drap et de toile, des quarts de coutellerie, des scies, des poêles à frire, des pelles, des bêches et toutes sortes d'autres outils. J'ai vu tout ça, et bien d'autres choses, j'en reviens pas. Quand je vais conter ça à mon Émilie, elle le créra pas.

Étienne fit entendre son bon rire.

— Vous avez de la mémoire !

— C'est parce que c'est la première fois que je vois autant de choses à vendre en même temps.

— Vous vous y ferez, monsieur Grenon, dès que vous aurez l'habitude, vous vous y ferez. Bon, si vous

_____

1. On parle ici de l'archipel situé dans la mer des Antilles, le long de la côte du Venezuela, et non de l'archipel de la Polynésie française (Note de l'éditeur).

voulez bien, on va y aller. Le temps de retourner là-bas et les bonnes sœurs devraient avoir décidé si elles vont garder votre père.

Ils regagnèrent l'hôpital en traversant tout le quartier qui grouillait comme une fourmilière. Aussitôt rendu, Edmond voulut prêter main-forte à Étienne pour décharger la charrette.

— Vous en faites pas, dit ce dernier, j'ai l'habitude. Allez plutôt voir ce qui advient de votre demande ! Je vous rejoins tantôt.

— C'est bien aimable à toi, mon garçon, reprit Edmond. Je te le revaudrai.

— C'est de bon cœur, conclut Étienne, en dirigeant le cheval et son chargement en direction de la grande porte du jardin.

Laissé à lui-même, Edmond hésita un moment avant de marcher d'un pas résolu vers le portique de l'hôpital. Il saisit la corde, fit tinter la clochette et attendit.

La religieuse qui ouvrit le guichet n'était ni celle de la vieille ni celle du matin même. Il dut expliquer de nouveau en long et en large les raisons de sa démarche. La bonne sœur l'écouta attentivement puis se leva et disparut. Il entendit tout près le bruit d'une serrure qu'on déverrouille puis une porte s'ouvrit dans une pièce en retrait. La religieuse apparut dans l'embrasure et lui fit signe de venir.

— Entrez et assoyez-vous. Une de nos mères, sans doute la supérieure, va venir vous voir.

— Est-ce que ce sera long ?

— Tout dépendra des priorités de notre mère.

La religieuse disparut et le silence retomba sur Edmond comme un linceul. Il attendit patiemment en regardant tout autour de lui, dans cette pièce froide et sombre, à la merci de la bonne volonté d'une religieuse qu'il ne connaissait pas. Au bout d'une demi-heure, il entendit le froufrou d'une robe et quelques pas furtifs, puis avant même qu'il s'en rende compte, une religieuse au regard hautain se tenait devant lui. Sans le saluer, elle débita :

— Monsieur, je suis mère Saint-Amable, la supérieure de cette institution. Vous êtes venu d'aussi loin que Baie-Saint-Paul, sur la recommandation du père de notre mère Sainte-Marie-des-Anges, avec votre père malade en espérant avoir comme ça une place pour lui dans notre institution. Sachez que nous ne procédons pas de cette façon pour admettre quelqu'un dans nos murs, sinon tout le monde agirait de la sorte et ce serait la confusion la plus totale. Nous avons une très longue liste d'attente et c'est sur cette liste que nous inscrirons le nom de votre père. En attendant, vous devrez trouver un autre endroit pour le loger, car nous n'avons présentement aucune chambre disponible et vous ne devez pas espérer voir votre père hospitalisé ici avant des mois, sinon des années.

Edmond, qui n'avait pas encore dit un seul mot, risqua :

— Si vous avez pas de chambre de libre dans l'hôpital, ma sœur, vous pourriez peut-être le mettre temporairement dans la chapelle, avec le bon Dieu.

La religieuse se signa, en s'exclamant d'une voix indignée :

— Mon Dieu ! Qu'est-ce qu'il ne faut pas entendre !

Edmond bredouilla :

— Je disais ça comme ça !

La religieuse lui tourna brusquement le dos en disant d'un ton sec :

— Nous n'avons plus rien à nous dire, monsieur.

Edmond sortit de là en furie. Il ne savait plus trop quoi faire et se dirigea vers la porte du jardin où il avait vu disparaître Étienne, près d'une heure auparavant. Il finit par le trouver en grande conversation avec un homme costaud qui maniait la bêche avec dextérité et semblait fort affairé.

— Tiens ! Monsieur Grenon, vous voilà, dit Étienne avec un grand sourire. Est-ce qu'il y a une place pour votre père ?

— Pas avant des mois, et même des années.

Se tournant vers l'homme à la bêche, Étienne dit :

— Jean-Marie, je te présente monsieur Grenon.

Il lâcha sa bêche, s'avança et lui tendit la main.

— Excusez mes mains sales, dit-il. Je suis bien heureux de vous connaître. Mon frère Étienne m'a parlé de vous. Je pense que vous allez être obligé de ramener votre père chez vous. Vous aurez tout fait ce voyage-là pour rien.

— Y a pas d'autres endroits où je pourrais le mener ? questionna un Edmond démuni.

— J'en vois pas, à part l'Hôtel-Dieu, conseilla Étienne. En attendant, votre père est bien chez nous.

Ça vous donnera le temps d'aller vous informer là-bas. Je monte justement à la Haute-Ville après dîner, je vous laisserai à l'Hôtel-Dieu en passant.

— Qu'est-ce que je deviendrais si vous étiez pas là ? soupira Edmond.

— Mais on est là, lui lança Jean-Marie en riant. C'est toujours bien ça de pris !

— Venez, l'invita Étienne, on va aller dîner, on pense toujours mieux le ventre plein.

Dès son retour chez les Gagné, Edmond se renseigna sur l'état de son père.

— Y a rien de changé, monsieur Grenon, lui dit madame Gagné. Ma fille Étiennette a vu à sa toilette et Agathe l'a fait manger. Il va aussi bien qu'on peut aller, amanché comme il est.

— Je sais pas tout ce que je vais vous devoir, reprit Edmond, à vous, à vos filles, à Étienne. Une chance que je vous ai !

— Si ça s'était pas adonné que ce soit nous autres, c'aurait été quelqu'un d'autre, monsieur Grenon. On est pas sur terre pour se faire du tort, vous croyez pas ?

— Pour ça, vous avez bien raison, madame. Rien n'empêche que je vous cause beaucoup de trouble. En tous les cas, à soir, je vais aller coucher à l'auberge, ça vous fera ce trouble-là de moins.

— C'est vous qui décidez, mon cher monsieur. Vous savez, un de plus, un de moins !

— Mais là, reprit vivement Edmond, avec mon père pis moi, c'est pas un mais deux de plus que vous avez sur les bras, et un qui est pas facile à garder.

— Qu'est-ce que ça change?

— Vous êtes bien bonne, madame, mais ça change que moi je me sens mal d'être à votre charge et vous m'en voudrez pas si je vais coucher à l'auberge.

— Faites comme vous l'entendez, monsieur Grenon, on sera pas pires amis pour ça.

Après le repas, une idée fit subitement son chemin dans l'esprit d'Edmond.

— Je connais quelqu'un, dit-il, qui pourrait peut-être m'aider.

— Vraiment? interrogea Étienne.

— Oui! Monsieur Panet.

— L'avocat?

— Il est venu à mon auberge, à Baie-Saint-Paul. En plus, il connaît mon père.

— Ah bien! reprit Étienne. Ça, c'est une bonne nouvelle. S'il y a un monsieur pesant à Québec, c'est bien lui. En plus, c'était le grand ami de son beau-père, monsieur Badelard.

— Qui est ce monsieur Badelard?

— C'était un docteur, il est mort ça fait à peu près un an, peut-être même deux. Il a donné des sous pour l'hôpital.

Encouragé par les propos d'Étienne, Edmond reprit quelque peu courage. Il demanda vivement:

— Est-ce que monsieur Panet reste loin d'icite?

— Monsieur Panet, intervint Théophile Gagné, qui s'apprêtait à passer la porte, habite à la Haute-Ville. Tu y vas après-midi, Étienne, tu pourrais y amener monsieur Grenon!

— C'est justement ce que j'allais lui proposer.

Edmond poussa un profond soupir.

— Ça sera pas de refus, reprit-il, mais avant, il faut que j'aille voir à l'auberge pour une chambre.

— On a juste à arrêter en passant, suggéra Étienne. Après on montera à la Haute-Ville.

Aussitôt dit, aussitôt fait. L'*Auberge Allaire* s'élevait non loin de là, dans la rue Saint-Ours. Edmond s'y arrêta, s'assura d'avoir une chambre pour la nuit, après quoi, guidé par le fidèle Étienne, il débarqua une heure plus tard devant la demeure de l'avocat Panet. Étienne promit d'arrêter l'y reprendre dans à peu près une heure. D'un pas décidé, Edmond gravit les quelques marches qui menaient à l'entrée principale de cette imposante maison de pierre. Il n'hésita pas à faire retentir le heurtoir. Un domestique, en belle tenue, vint répondre.

— Que peut-on faire pour vous, mon cher monsieur?

— J'aimerais voir monsieur Panet.

— Vous me voyez désolé, il vient tout juste de partir au palais de justice, il plaide une cause cet après-midi.

— À quelle heure pensez-vous qu'il sera de retour?

— Pour le souper, pas avant, j'en ai bien peur.

— Pourriez-vous me dire où se trouve le palais de justice?

— Il n'y a rien de plus simple, monsieur. En sortant d'ici, à votre droite, vous n'avez qu'à suivre la rue jusqu'au bout, vous tournez encore à droite et vous verrez se dresser devant vous l'édifice du palais de justice.

Edmond le remercia, sortit dans la rue puis se ravisa aussitôt et frappa de nouveau à la porte des Panet. Le même serviteur vint répondre.

— Faites excuses, monsieur, pour ce nouveau dérangement, j'avais simplement oublié de vous dire que, d'icite une heure, monsieur Étienne Gagné doit s'arrêter me prendre. Pouvez-vous lui dire que je vais être au palais de justice?

— Je le ferai volontiers, mon cher monsieur. Il ne me reste plus qu'à vous souhaiter bonne chance.

Edmond se dirigea aussitôt vers le palais de justice, non sans s'attarder à jeter un coup d'œil de part et d'autre de la rue pour admirer les maisons, souhaitant ardemment que sa démarche aboutît à quelque chose. Il fut particulièrement impressionné de se retrouver devant le grand édifice de pierre, qu'il voyait pour la première fois, et se trouva fort courageux d'y pénétrer comme s'il avait été un habitué de la place. Il n'y avait pas fait deux pas qu'un gardien lui demandait ce qui l'amenait en ces lieux.

— Monsieur! Vous cherchez quelque chose ou quelqu'un?

— On m'a dit que monsieur Panet est en cour aujourd'hui.

— Monsieur Panet plaide en effet cet après-midi dans la salle que vous trouverez à gauche, au bout de ce corridor.

Edmond suivit le corridor et buta contre une grande porte derrière laquelle s'élevait la voix d'un avocat en pleine plaidoirie. Sans hésiter, il poussa la porte pour se retrouver au fond d'une grande salle à moitié vide dans laquelle se déroulait un procès. Discrètement, il alla s'asseoir sur le dernier banc. Il ne comprenait pas grand-chose à tout ce qui se disait. Ce qui lui importait le plus, c'était de repérer parmi tous ces hommes à toge le seul qu'il connaissait et qu'il tenait à tout prix à rencontrer.

Un premier procès se termina et ce ne fut qu'au deuxième qu'il reconnut maître Panet, venu défendre un client accusé d'abus de pouvoir dans une transaction à laquelle Edmond ne comprit rien. Cela lui importait peu, il souhaitait seulement se tirer du mauvais pas dans lequel il s'était mis. De nouveau, patiemment, il attendit que la cause prenne fin. Ce fut à ce moment qu'Étienne le rejoignit. Quelques minutes plus tard, le juge reportait la suite des causes au lendemain. Dans le corridor, tous deux guettèrent le passage de maître Panet et le virent bientôt marcher dans leur direction, en grande conversation avec un de ses confrères. Comme il arrivait à leur hauteur, Edmond se précipita vers lui et, sans autre préambule, l'interrompit :

— Monsieur Panet! Monsieur Panet! J'ai quelque chose d'important à vous demander.

Interpellé de la sorte, l'avocat s'arrêta et dévisagea Edmond avec une expression interrogative. Puis, soudain, contre toute attente, il le reconnut.

— Mais c'est monsieur Grenon, de Baie-Saint-Paul! Comment allez-vous? Quel bon vent vous amène à Québec?

— C'est pas un bon vent, monsieur Panet, loin de là, c'est mon père, il est paralysé.

Monsieur Panet prit le temps de saluer son confrère puis il s'approcha et dit :

— Monsieur Grenon, je suis en route pour chez moi. Si vous voulez bien m'accompagner, vous pourrez me dire, tout au long du chemin, ce qui vous trouble.

C'est ainsi qu'Edmond put l'informer de la situation pénible où il se trouvait.

— Vous avez un endroit où coucher ce soir ? s'informa le magistrat.

— Ah, pour ça oui ! Je suis à l'auberge de monsieur Allaire, sur la rue Saint-Ours.

— Et votre père est en sécurité chez vos amis, si j'ai bien compris. Écoutez, mon cher monsieur, demain matin, pas plus tard que ça, je vais me rendre à l'Hôpital Général. Je verrai bien ce que je peux faire. Je vous ferai informer, à l'auberge où vous passerez la nuit, des résultats de ma démarche.

— Merci ! Merci beaucoup ! s'écria Edmond. Le ciel a été bon quand il vous a mis sur ma route.

L'avocat, sourire aux lèvres, releva fièrement la tête, heureux de pouvoir rendre service.

— Je vous inviterais bien à entrer chez moi, mon cher monsieur, mais nous recevons des amis à souper et il me sera impossible de vous consacrer autant de temps que je désirerais le faire. Nous nous reverrons demain.

Ils se quittèrent là-dessus. Étienne, qui attendait discrètement non loin de là, rejoignit Edmond et ils regagnèrent le faubourg ensemble.

La journée ensoleillée du lendemain fut pour Edmond à marquer d'une pierre blanche. Vers les neuf heures, un garçon se présenta à l'hôtel avec un message à son attention. Edmond se demandait bien ce qu'il devait faire ou ne pas faire dans les circonstances.

— Tiens, mon garçon, voici un *chelin* pour ta peine.

Le jeune messager, sans doute déjà rémunéré par monsieur Panet, esquissa un sourire et, avant de disparaître, dit sans plus :

— Merci monsieur !

Edmond s'empressa d'ouvrir le pli, écrit d'une belle et large écriture, et dont la teneur se lisait comme suit :

Monsieur Grenon, j'ai rencontré ce matin mère Saint-Amable, la supérieure de l'hôpital, et je lui ai fait part de votre situation et de celle plus urgente de votre père. Vous pourrez, dès réception de mon message, faire le nécessaire pour transporter votre père à l'Hôpital Général où il sera hospitalisé sans frais, puisque la fondation de feu mon beau-père monsieur Badelard permet aux religieuses d'y accueillir quelques patients atteints de paralysie comme votre père ou devenus tout aussi impotents que lui. Je tenais à ce que cet homme qui a tant fait par son courage puisse terminer ses jours en paix, entouré des meilleurs soins que nécessite son état.

Jean-Antoine Panet

Edmond resta un moment à relire le billet, incapable de croire en sa chance. Il courut ensuite chez les Gagné annoncer la bonne nouvelle. Ni Théophile Gagné ni son fils Étienne ne se trouvaient à la maison.

— Prenez une chance de vous rendre à l'hôpital, lui conseilla madame Gagné, tout heureuse de la tournure des événements. Peut-être qu'Étienne n'est pas encore parti pour la ville. Vous savez, il y va pratiquement chaque jour : un hôpital, ça demande beaucoup de va-et-vient.

— J'y vais tout droit, ma bonne dame ! répondit un Edmond ragaillardi par la nouvelle qu'il venait d'apprendre. Je reviendrai, aussitôt que je le pourrai, vous délivrer de mon père et de toute la peine qu'il vous cause.

Il avait tout juste esquissé quelques pas vers l'hôpital qu'il vit Étienne, en route pour la ville, s'amener avec sa charrette. Il l'arrêta et lui fit part de la bonne nouvelle.

— Aussi bien conduire votre père tout de suite à l'hôpital pendant que j'y suis, proposa Étienne.

Edmond ne demandait pas mieux.

— C'est bien la meilleure chose à faire ! Il faut prendre la grâce pendant qu'elle passe.

Quelques minutes plus tard, aidé d'Étienne, il ramenait son père à l'Hôpital Général, sur le brancard qui avait servi à son transport jusqu'à Québec. Des religieuses très empressées le reçurent, si bien qu'en quelques minutes, Jean-Baptiste Grenon, l'Hercule de

Charlevoix, faisait maintenant partie des patients de cette institution. Au sortir de l'hôpital, Edmond eut cette réflexion :

— Faut croire qu'il y avait une place de libre, à moins que les sœurs aient mis un autre patient dans la chapelle.

— C'est toujours commode, fit remarquer Étienne Gagné, d'avoir de bons tuyaux : le vôtre était certainement pas percé.

Ils se mirent tous deux à rire de bon cœur, cependant qu'Edmond sortait de sa poche une livre sterling qu'il tendit au charretier en disant :

— C'est pas beaucoup pour tout ton trouble, mais pour moi ça vaut de l'or.

L'autre fit mine de ne pas vouloir accepter. Edmond se montra si contrarié qu'Étienne finit par dire d'un ton enjoué :

— Il faut recevoir de bon cœur ce qui est donné de bon cœur !

Ils éclatèrent de rire. Edmond laissa le charretier aller à son ouvrage. Au passage, il fit halte chez les Gagné pour remercier la maîtresse de maison et ses filles de toutes leurs bontés à son égard et à celui de son père. Il fit comme il venait de le faire avec Étienne et tendit une livre sterling à madame Gagné. Elle ne voulut jamais l'accepter, disant que c'était beaucoup trop.

— Si vous pensez, monsieur Grenon, que nous faisons ça pour de l'argent ! C'est notre dette au bon Dieu. Gardez pour vous votre argent, vous en aurez bien besoin pour payer la place de votre père à l'hôpital.

— C'est justement ce qui est merveilleux, s'écria Edmond, sa place me coûte rien : elle sera payée par les dons de monsieur Badelard.

La figure radieuse, madame Gagné s'écria :

— Ah bien ! C'est la meilleure nouvelle du jour. J'ai bien hâte que mon mari entende ça !

Edmond n'avait toutefois pas perdu son idée de récompenser les Gagné. Mine de rien, il abandonna en catimini sur le bord de la table sa livre sterling.

— Vous avez été bien bonne, madame, et toute votre famille. Soyez certaine que je vous oublierai jamais et que mon Émilie saura bien prier pour vous autres.

Sur ce, il repartit, cette fois en direction de l'auberge, où il comptait passer les nuits qui le séparaient encore de son retour à Baie-Saint-Paul.

Quand, à l'heure du dîner, attablé à l'auberge, il raconta à monsieur Allaire ce qu'il venait de vivre, un grand vent d'amitié s'installa entre eux. Après quelques minutes, ils se tutoyaient déjà.

— T'as une auberge et moi avec, mon cher Edmond. Entre aubergistes, on se comprend. Mange à ta faim, après, je te ferai faire le tour de mon auberge, ça pourra peut-être te donner des idées.

— Pour ça, c'est certain, mon cher Rosario : deux têtes valent mieux qu'une.

Comme il le lui avait promis, Allaire lui montra avec enthousiasme les moindres recoins de l'auberge. Il ne manqua pas de lui faire voir aussi les dépendances, le hangar et l'écurie où pouvaient loger trois chevaux à la fois. Edmond était aux anges. Cette journée, ne cessait-il de répéter, valait une croix d'or sur le calendrier. Il ne manqua pas, avant de quitter Québec, d'aller remercier de vive voix monsieur Panet, qui lui dit :

— Mon ami Philippe Aubert de Gaspé évoque souvent les bons moments passés à votre auberge. Je ne manquerai pas, la prochaine fois que je le verrai, de vous rappeler vous et votre père à son souvenir.

— Vous êtes bien bon, monsieur Panet. Je pourrai jamais vous remercier assez pour tout ce que vous avez fait pour nous.

— Contentez-vous de continuer à rendre heureux ceux qui ont le plaisir de fréquenter votre auberge.

À court de mots, Edmond, comme il le faisait toujours, sortit un autre de ses proverbes :

— Tout est bien qui finit bien !

Monsieur Panet approuva d'un large sourire.

— Comme vous le dites, mon cher monsieur, comme vous le dites !

La veille de son retour à Baie-Saint-Paul, Edmond se rendit une dernière fois au chevet de son père. Même si, en raison de sa paralysie, ce dernier avait peine à parler, il lui trouva meilleure mine. Il l'assura qu'il ne tarderait pas à revenir le voir et il le quitta, l'âme en paix, certain d'avoir fait pour lui ce qu'on pouvait espérer de mieux dans les circonstances.

Le lendemain, il montait à bord de la goélette de Rémi Harvey, en route pour Baie-Saint-Paul.

DEUXIÈME PARTIE

LA SUITE DES RÊVES

Chapitre 15

Une drôle de surprise

Printemps 1805

Comme l'avait laissé entendre Émilie à Marie-Josephte, son père avait quelque chose derrière la tête quand il était allé à Québec, à l'automne. Il était allé y conduire Nicolas et en était revenu sans parler de rien de spécial. Après son dernier séjour en ville pour y laisser son père, outre des louanges pour les Gagné et pour monsieur Panet, il n'avait rien laissé voir de ce qui lui trottait dans la tête. Émilie était toutefois certaine qu'il avait manigancé quelque chose. N'avait-il pas dit à Romuald, avant de partir :

— Penses-tu que je vais me laisser bâdrer par le curé qui veut pas le bien de ses paroissiens et trouve toujours le moyen de leur mettre des bâtons dans les roues ? Alors que mon auberge commence à peine à bien marcher, il fait des pieds et des mains pour que je la ferme. Il a même été chercher une lettre de l'évêque pour me menacer d'excommunication. Est-ce qu'il pense que je suis assez fou pour cesser de vivre par peur de ses menaces et de celles de l'évêque ?

— Je sais bien. Me semble qu'il se conduit pas comme un bon chrétien, avait été la réponse de Romuald.

— C'est pas l'habit qui fait le moine ! s'était écrié Edmond, pour placer un de ses fameux proverbes. Mais t'inquiète pas, mon Romu, avait-il poursuivi, j'ai des petites nouvelles pour lui.

— Quoi donc ?

— La réponse viendra en son temps, avait-il conclu.

Peu après la fonte des neiges, au moment où le lilas commençait à fleurir, Edmond pria Émilie d'inviter toute sa famille pour un grand souper à l'auberge. Plutôt que de se réjouir, Émilie s'inquiéta aussitôt :

— Veux-tu bien me dire ce que t'as décidé ?

— Tu le sauras en même temps que je vais en informer ta famille. C'est là que je sortirai le chat du sac.

Émilie mit tout en œuvre pour accueillir les siens le mieux possible. Pour une fois qu'ils y seraient tous, se dit-elle, il fallait qu'elle les reçoive en grand.

Marie-Josephte, Dorothée et Alicia furent réquisitionnées pour lui donner un coup de main. Elle fit sortir sa meilleure vaisselle. Dorothée et Alicia se chargèrent de la décoration. La salle de l'auberge n'avait jamais paru plus belle et plus colorée. Des bouquets de fleurs sauvages printanières décoraient les tables.

Émilie choisit de servir une soupe aux fèves rouges, suivie de son fameux bouilli de bœuf aux légumes accompagné de patates jaunes. Elle expédia Marie-Josephte chez le boulanger chercher du bon pain frais. Pour dessert, elle choisit de faire un blanc-manger comme elle seule en avait la recette. Tout semblait être prêt pour recevoir dignement les siens quand elle s'aperçut qu'elle risquait de manquer de beurre. Aussitôt, elle mit Marie-Josephte à contribution.

— Va vite chez le laitier chercher deux pintes de crème fraîche bien épaisse !

— Pourquoi donc ?

— Faut faire du beurre. Allez, va !

Dès le retour de Marie-Josephte, la baratte à beurre entra en action. Lentement mais avec régularité, les femmes firent tourner la baratte, libérant le petit lait de la crème. Au bout d'une demi-heure, après avoir retiré le petit lait de la baratte et l'avoir remplacé par de l'eau glacée puis baratté de nouveau, elle retira des parois le beurre qui s'y était accumulé. Elle le sala et le coula dans un moule. Il ne restait plus qu'à le faire durcir. Dorothée fut chargée de le déposer dans une chaudière, qu'elle descendit au fond du puits, juste au-dessus de l'eau.

Les Simard arrivèrent à l'auberge à l'heure dite, Jean-Roch et Aurélie en premier, suivis de Lucien et Rose-Aimée. Jean-Louis se montra seul. Mathilda se présenta avec son Onésime. Lise, la vieille fille, qui vivait toujours chez ses parents, se pointa à son tour en leur compagnie.

En bon aubergiste, Edmond mit tout le monde à son aise en offrant un petit remontant.

— Vous prendrez bien chacun de quoi vous rafraîchir le gosier! lança-t-il d'une voix enjouée.

Déjà regroupés autour d'une table de l'auberge, les hommes acceptèrent qui un peu de rhum, qui un petit gin, qui un verre de whisky. Les femmes papotaient déjà dans la cuisine et s'exclamaient pour tout et pour rien de ce qu'elles voyaient et sentaient. Elles n'en finissaient pas de s'émerveiller des fumets de la cuisine d'Émilie. Les conversations allaient bon train et les rires fusaient d'un bout à l'autre de la maison.

Au bout de trois quarts d'heure, en bonne cuisinière, Émilie chassa tout le monde de son territoire.

— On mange dans l'auberge sur les tables préparées par les petites. Edmond a fermé l'auberge pour que nous soyons juste entre nous.

— Qu'est-ce qu'il prépare encore, celui-là? s'informa Lise.

— Chère! répondit Émilie, je vais l'apprendre en même temps que vous autres, mais je suis à peu près certaine que ça va être une grande nouvelle.

— Quelque chose d'agréable, j'espère?

— Edmond a pas l'habitude de nous réserver de mauvaises surprises.

Une fois tout son monde réuni autour de la grande table, Émilie, secondée par Marie-Josephte et Dorothée, se mirent en frais de servir la soupe.

Le repas se déroula à vive allure, tant les appétits étaient grands et les mets, délicieux. À tout bout de champ, des rires éclataient à l'un ou l'autre bout de la table. La bonne humeur était de la partie. L'oncle Onésime, un boute-en-train doublé d'un moulin à paroles, enfilait les histoires l'une à la suite de l'autre. Au bout de chacune, un grand rire en chœur déferlait sur l'auberge entière. Edmond jubilait. Émilie était tout attendrie de voir les siens rassemblés en un autre temps que celui des Fêtes ou d'un deuil. Tout se déroulait à merveille. Après le dessert, Edmond fit taire ses invités afin, dit-il, de pouvoir procéder à sa grande annonce. Tout le monde était réchauffé par le petit vin qu'il avait servi et il dut attendre un moment avant d'obtenir le silence.

— C'est pas dans mes habitudes de vous réunir tous autrement que dans le temps des Fêtes, commença-t-il. Mais comme j'avais une annonce pressée et importante à vous faire et que je savais que je pourrais vous réunir au complet à ce temps de l'année, et du même coup faire plaisir à mon Émilie, je lui ai demandé de vous préparer ce bon repas.

— Pour un bon repas, y était pas mal bon, dit en rotant le grand Jean-Roch, ce qui fit naître un sourire sur la figure de chacun.

L'infatigable Émilie avait déjà commencé à desservir les tables. Edmond la pria de s'asseoir.

— Je t'entends aussi bien debout, protesta-t-elle, les mains pleines d'assiettes.

— Je disais donc, poursuivit Edmond, que j'ai pris une décision irrévocable et définitive. J'ai mis l'auberge et du même coup la maison en vente : on déménage à Québec !

Au moment où Edmond faisait sa grande annonce, Émilie, les bras chargés, se dirigeait vers la cuisine. Tout le monde sursauta au bruit des assiettes fracassées sur le plancher. Il y eut des murmures parmi les invités consternés. Marie-Josephte et Lise se précipitèrent pour venir en aide à Émilie, prise de court par la nouvelle.

— M'est idée, lança l'oncle Jean-Roch, qu'il y en a une que t'avais pas informée de ton grand projet.

— C'est pas une chose à faire, Edmond Grenon ! reprocha la tante Aurélie.

— Elle a raison ! s'écria vivement l'oncle Lucien, y a des choses qui se font pas et tu viens d'en commettre une que j'avale pas. Viens ! lança-t-il à sa femme.

Sans attendre, ils quittèrent l'auberge, la tête haute et l'air indigné. Plus calme que son fils, le père Simard commenta doucement :

— C'est pas de mes affaires, mais as-tu pensé réellement à ce que tu fais, Edmond ?

— Si j'y ai pensé ? se défendit-il. Ça fait des mois que je pense qu'à ça. Si je vends pas, je vais être obligé de fermer. Le curé m'en donne pas le choix. Il a dit que si je fermais pas, dans un mois je serais excommunié.

— Tu comptes vraiment aller vivre à Québec ?

— C'est en plein ça. J'ai déjà en vue l'auberge que je vais y posséder.

— As-tu pensé à Émilie ? Qu'est-ce qu'elle va devenir en ville ?

Edmond haussa le ton :

— On vivra pas dans la rue. J'ai jamais laissé ma femme et mes enfants crever de faim.

— Pour ça, c'est juste. Il est vrai que t'as plus guère d'attaches icite, depuis que ton père est rendu là-bas à l'hôpital. Mais elle, elle nous a encore, moi son père, sa mère, ses frères et ses sœurs aux Éboulements. L'as-tu oublié ?

— Je sais bien ! Mais rien vous empêchera de venir nous voir à Québec. Je suis certain qu'Émilie va vite s'y faire des amies et ça prendra pas de temps qu'elle va se plaire. Ensuite, elle aura tous ses enfants avec elle. On pourra leur faire donner l'instruction qu'ils méritent ; c'est pas les écoles qui manquent à Québec.

À bout d'arguments, le beau-père ajouta, un peu méchamment :

— Dis-le donc, avant tout, que tu seras plus proche de ton père !

— J'ai perdu ma mère quand j'avais trois, quatre ans, argumenta Edmond. Il me reste plus que mon père, qu'Émilie aime bien d'ailleurs. Je veux pas être loin de lui quand il va nous quitter pour de bon. Et puis, je suis plus capable de travailler avec une excommunication toujours suspendue au-dessus de la tête. Québec est pas un petit village plein d'envieux comme Baie-Saint-Paul. Je vais y ouvrir mon auberge et je vous garantis que ça va marcher et qu'on y sera heureux, sinon je porte pas le nom de Grenon.

Tout était dit. Tristement, les invités vidèrent la place. Les rires qui fusaient encore une heure plus tôt

étaient chose du passé. Quand Edmond fut seul avec
Émilie et leurs filles, il alla les trouver et, comme pour
se faire pardonner, leur dit :

— Je croyais vraiment que mon annonce vous ferait
plaisir.

Émilie protesta :

— Laisse-nous au moins le temps de digérer cette
surprise et de nous faire à l'idée. Aurais-tu déjà profité
de tes voyages à Québec pour chercher quelque
chose ?

— Non seulement j'ai cherché, mais j'ai trouvé.
Avec la vente de l'auberge et la maison de Baie-Saint-
Paul, on va avoir l'équivalent à Québec.

— T'as déjà trouvé ? T'aurais pu me parler de ton
idée de partir, histoire que je m'y prépare à l'avance.
Ça aurait été moins dur pour mon cœur.

Interdit, Edmond baissa les bras comme un pugi-
liste qui vient de recevoir un bon coup au menton.

— Pauvre Émilie, dit-il, je voulais te faire une surprise. Comme je l'ai dit, j'ai quelqu'un de sérieux pour
la maison et l'auberge à Québec. On va y être presque
pareil comme icite. Si tu veux savoir où, ça te dira
peut-être pas grand-chose, mais elle est sur la rue
Saint-Ours, pas loin de l'Hôpital Général où est mon
père. Je vais peut-être même pouvoir ouvrir une forge
dans une des dépendances, à l'arrière de la maison.
Sais-tu ce qui m'intéresse encore plus ?

— Comment veux-tu que je le sache ? Tu me dis
jamais rien de tes projets. Tout ce qu'il me reste à
faire, c'est de suivre.

— Si je te l'avais dit, est-ce que ça aurait changé quelque chose ? Je pense que j'ai eu une bonne idée. Notre auberge ne sera pas loin de l'Hôpital Général, on pourra recevoir ceux qui restent en dehors de Québec et viennent voir un parent malade à l'hôpital.

Comme elle l'avait très vite appris avec Edmond, on ne tenait pas tête longtemps à un Grenon. Émilie se résigna au départ. Elle se consolait à la pensée que ses filles la suivraient là-bas. D'abord secouées par l'annonce de leur père, les trois filles se firent rapidement à l'idée d'aller habiter Québec. Il y avait beaucoup à faire pour préparer le déménagement. Le soir même, elles commençaient déjà à planifier leur départ.

Quelques jours plus tard, un homme qu'Émilie n'avait jamais vu se présenta à l'auberge. À peine le seuil franchi, il demanda à voir « monsieur Edmond Grenon ».

— Edmond est parti pour un quart d'heure à peu près. Est-ce que je peux vous offrir quelque chose pour vous faire patienter ?

— Un gin serait pas de refus, ma bonne dame. Après tout, comme cette auberge va bientôt m'appartenir, je peux bien prendre un verre pour célébrer l'événement.

Émilie alla préparer sa boisson. Quand elle la lui servit, elle en profita pour demander :

— C'est donc vous, notre acheteur. Me semble vous avoir jamais vu par icite. Avez-vous de la parenté dans le coin ?

— Vous allez trouver ça pas mal curieux, madame, mais je suis de Québec, j'ai aucun parent ici, mais ça me tente de venir rester en campagne.

— Mon mari m'en a dit un mot, justement.

— Quand il est venu à Québec pour amener son père à l'hôpital, il a couché à mon auberge. On a beaucoup discuté. J'ai décidé de faire un échange avec lui, votre auberge contre la mienne. D'après ce que je vois, l'échange va bel et bien se faire.

Il en était là de son discours quand Edmond arriva.

— Rosario ! s'écria-t-il. T'es venu.

— Quand je promets quelque chose, Edmond, je tiens mes promesses. J'avais promis de venir au printemps, me voilà !

— Tu vas vouloir visiter ?

— C'est certain ! Mais déjà, je trouve la place pas mal et j'ai idée que l'échange va se faire selon les conditions discutées. Tu pourras apporter les meubles que tu veux et moi les miens. On peut pas souhaiter meilleur arrangement. On va faire l'échange de nos maisons et de nos papiers et hop, tout sera réglé !

En parlant, il se frottait les mains de satisfaction. Toute l'affaire se concluait trop facilement au goût d'Émilie. Si Edmond n'avait pas été si excité, il aurait pensé : « Il doit y avoir anguille sous roche. »

Les deux hommes firent le tour de la maison. Quand ils revinrent, monsieur Allaire se dit fort satisfait de tout ce qu'il avait vu.

Edmond semblait pour sa part soulagé d'un grand poids. Il s'informa :

— As-tu apporté tous tes papiers ?

— Je les ai là, dit-il, en les sortant d'un sac de toile qu'il portait à la ceinture. Je présume que les tiens sont prêts aussi, mon Edmond.

— Mes papiers sont chez le notaire Pedneault. Je vais le faire prévenir, il me les apportera demain.

Le reste de la soirée se déroula calmement, à parler de tout et de rien autour d'un verre.

Quand, vers les dix heures, Edmond alla se coucher, Émilie lui demanda, anxieuse :

— T'es certain que les papiers de ce monsieur sont bons ?

— Pourquoi ils le seraient pas ? De toute façon, le notaire Pedneault va les vérifier demain. S'il y a quelque chose de louche, l'échange se fera pas. Que veux-tu, il faut parfois prendre des risques dans la vie. Qui ne risque rien n'a rien !

— Tout à coup que ses papiers seraient pas bons ?

— Dans ce cas-là, on reprendra notre maison. Mais t'en fais pas, je suis certain qu'ils sont bons.

— Comment tu peux dire ça ? Il te les a montrés ?

— Oui ! Quand j'étais à Québec. Et sais-tu qui les a préparés ?

— Tu sais bien que non !

— C'est monsieur Panet, quand il était notaire, avant de devenir avocat.

Tout était dit, Émilie se tourna dans le lit. Dans quelques jours, elle habiterait Québec.

Le lendemain, le notaire Pedneault se rendit à l'auberge où Edmond l'attendait avec son visiteur de Québec. Le notaire parcourut attentivement les papiers que lui remit monsieur Allaire.

— Ce sont bien, demanda-t-il, les actes notariés concernant votre propriété de la rue Saint-Ours, à Québec?

— C'est en plein ça, monsieur le notaire, tout est là!

Au bout d'une vingtaine de minutes, le notaire dit:

— Tout me semble en règle. Vous allez me donner le temps de faire les papiers d'échange. Demain à pareille heure, vous pourrez les signer, et l'affaire sera conclue.

Le lendemain, comme il s'y était engagé, le notaire se pointa de nouveau à l'auberge, papiers en main. Après avoir pris le temps d'en lire le contenu à voix haute, il les donna à signer aux deux hommes.

Émilie ne voulut pas quitter Baie-Saint-Paul sans passer par le cimetière afin de faire une dernière prière sur la tombe du pauvre Marcel. Elle s'y rendit accompagnée par ses trois filles. Arrivées près du cimetière, elles butèrent contre un tas de terre qui obstruait le passage et qu'elles durent contourner avant d'atteindre le pied d'une fosse où gisait le cadavre d'une jeune fille dont le corps, selon son degré de décomposition, semblait être là depuis un bon moment. Le cœur chaviré par cette vision, elles se précipitèrent au cimetière par l'entrée principale. Avisant le fossoyeur occupé à creuser une tombe, Émilie demanda :

— Pardon, monsieur, de mon audace ! Pouvez-vous me dire comment il se fait qu'il y a, hors du cimetière, le corps d'une jeune fille qu'on a pas pris la peine d'enterrer ?

— Y a rien de plus simple, madame ! dit le fossoyeur. Ce sont les restes d'une jeune fille de la paroisse dont je tairai le nom.

Il se signa en prononçant ces paroles.

— Pourquoi on l'a pas encore enterrée ?

— Parce qu'elle s'est donnée la mort. Elle allait être forcée de se marier par obligation.

— Comment ça ?

— Elle était enceinte de l'homme chez qui elle travaillait. Elle ne voulait pas que ça se sache. Quand elle n'a pu cacher davantage sa grossesse et comme elle voulait pas que ses parents l'apprennent, elle a voulu s'en défaire.

— Pauvre elle ! la plaignit Émilie.

— Elle a pris une potion de sorcière. Elle en a crevé le lendemain, avec son enfant. C'est pour ça, jeunes filles, continua le fossoyeur en regardant Marie-Josephte, Dorothée et Alicia, que monsieur le curé l'a laissée sans sacrement et sans enterrement à l'église, pour que ça vous fasse une bonne leçon au cas où il vous arriverait la même chose.

Sur le chemin du retour, Émilie était songeuse. Elle se disait que si un curé était capable d'une chose pareille, il était bien capable de tout. Au fond, Edmond avait raison : mieux valait quitter Baie-Saint-Paul, même si ça lui fendait le cœur. À partir de ce moment, malgré le fait qu'elle laisserait sa famille derrière elle, l'idée du départ ne la rebuta plus.

Au lendemain de cette sordide visite au cimetière, les déménageurs vinrent chercher à l'auberge, à la maison et à la forge, les meubles et les objets qui devaient suivre la famille. En réalisant son échange, Edmond s'était entendu avec monsieur Allaire pour n'apporter de l'auberge que ce qui ne pouvait se remplacer par quelque chose d'équivalent à celle de Québec. Il se trouvait de la sorte à laisser sur place les tables, les chaises, les bancs, la vaisselle, les ustensiles, etc., pour retrouver les mêmes choses à celle de la rue Saint-Ours. Les déménageurs transportèrent les biens des Grenon au quai de Saint-Joseph-de-la-Rive pour les charger à bord de la goélette *La Sainte-Anne*, sur laquelle la famille fit le voyage jusqu'à Québec. La première voiture, qui appartenait à Edmond, fut chargée telle quelle sur le pont. Le cheval, lui, trouva sa place tout à côté.

Quand la goélette quitta le quai, un seul homme y resta pour la regarder s'éloigner. Longtemps, il salua les Grenon de la main. Romuald Deschênes savait qu'il ne verrait pratiquement plus jamais Edmond, son frère d'adoption chassé par l'acharnement du curé. Sous son regard rempli de tristesse, Edmond, Émilie, Marie-Josephte, Dorothée et Alicia Grenon quittèrent définitivement Baie-Saint-Paul. Quant aux Simard, ils s'abstinrent de venir assister au départ de leur fille.

Chapitre 16

L'établissement à Québec

Quatre jours après leur départ de Baie-Saint-Paul, les Grenon se retrouvèrent rue Saint-Ours, à Québec. Émilie, qui n'avait pas vu la maison, craignait d'être déçue. Dès qu'elle mit les pieds dans l'auberge, elle fut rassurée. Edmond lui fit fièrement faire le tour de la nouvelle demeure, qui présentait de nombreuses similitudes avec celle qu'ils venaient de quitter. C'était un grand édifice en bois dont le rez-de-chaussée abritait la grande salle de l'auberge, la cuisine et la chambre des maîtres. La moitié des chambres de l'étage était réservée aux clients de l'auberge, l'autre moitié à la famille. Un mur mitoyen séparait les chambres des clients de celles de la famille. À chaque bout de la grande salle, un escalier donnait accès à l'étage.

Des tables à battants, placées le long des murs où étaient fixés des bancs, occupaient la grande salle de l'auberge. On pouvait y ajouter, du côté libre et au besoin, à chaque bout, les chaises nécessaires. À la cuisine, le poêle à deux ponts, pratiquement indispensable dans une auberge, ravit Émilie.

— T'as bien choisi, mon Edmond! C'est une vraie belle maison, ne manqua pas de lui dire Émilie, dès qu'elle en eut fait le tour.

— Tu vois, tu t'en faisais pour rien. Je pense qu'on va être bien icite. Rosario Allaire ne voulait plus tenir auberge en ville. Nous avons fait, j'en suis certain, une bonne affaire.

Il n'aurait pu mieux dire, car dès le premier soir après leur arrivée, les quatre chambres disponibles aux clients étaient occupées. Émilie et ses filles se démenèrent pour répondre à leurs attentes : la réputation de la nouvelle administration était en jeu. Mais la famille ne tarda pas à se trouver devant un problème, et de taille : l'absence d'eau — une chose à laquelle Rosario Allaire n'avait jamais fait allusion. Ce fut Marie-Josephte qui, la première, constata le gâchis. Ayant besoin d'eau, elle s'était rendue au puits, dans la cour, et avait réalisé qu'il était à sec.

— Ça, il me l'a pas dit! s'indigna Edmond. Je me suis fait passer un sapin!

— Espérons, ajouta Émilie, qu'il y en a pas d'autres de même en vue. Qu'est-ce qu'on va faire?

— On avisera demain : à chaque jour suffit sa peine!

Tôt le lendemain, Marie-Josephte et Dorothée, chacune munie d'un seau, se rendirent directement à la rivière y puiser l'eau nécessaire pour la maison et l'auberge. Elles apprirent bien vite qu'il valait mieux n'en apporter qu'un seul et le rapporter en le tenant toutes les deux par l'anse. Elles en seraient quittes pour faire plus de voyages, mais se fatigueraient moins ainsi.

Dès ce premier jour, Edmond, qui ne laissait jamais pourrir longtemps une situation, malgré tout le labeur de l'aménagement, décida de résoudre au plus tôt le problème de l'eau. Il se rendit droit chez les Gagné, où Théophile l'accueillit avec un étonnement marqué :

— Coudon, te v'la déjà de retour? Serais-tu venu voir ton père, par hasard?

— Oui, mais bien plus que ça! J'habite maintenant pas plus loin que sur la rue Saint-Ours. J'ai acheté l'*Auberge Allaire*.

— T'as acheté l'*Auberge Allaire*? Ma foi du bon Dieu, quand tu te décides pour quelque chose, ça traîne pas!

— Quand l'occasion se présente, faut sauter dessus! C'est ce que j'ai fait!

— Ça fait longtemps que t'es arrivé?

— Non! On y est que d'hier et c'est précisément pour vous saluer d'abord que je suis icite, et en même temps pour vous demander un renseignement.

— Vas-y donc, si je peux t'aider, tu me connais, je vais le faire.

— Connaîtrais-tu un sourcier qui reste dans le coin, pas loin?

— Un sourcier? Pour quoi c'est faire?

— Pour nous trouver de l'eau.

— Vous avez pas de puits?

— Y en a bien un, mais il est à sec.

— Allaire te l'avait pas dit?

— Non, justement!

— Tu parles d'un snoreau! Il mériterait rien de moins que tu le poursuives.

— Je veux bien, mais en attendant ça me donne pas d'eau, et une auberge pas d'eau, c'est comme une forge pas de soufflet, ça apporte de l'ouvrage de plus en pas pour rire.

— Ton sourcier, ça me revient, je pense qu'il y en a un pas loin d'icite dans Saint-Roch. Étienne va revenir à midi et il saura bien me le dire. Rapplique tantôt, on t'apprendra qui c'est. En attendant, si tu veux de l'eau, tu peux venir en chercher icite dans mon puits, ça fait pas mal moins loin qu'à la rivière.

— Mes filles, qui transportent les siaux, sont heureuses de s'y rendre. Ça leur donne un peu de temps pour placoter et voir du paysage. Si jamais ça dure encore longtemps, je les enverrai, sinon je vais les laisser continuer de même. Pendant qu'elles font ça, elles font pas autre chose. C'est pas que je m'ennuie, mais avec tout l'ouvrage que j'ai, tu comprendras, Théophile, que je suis pressé. Excuse-moi donc et à la revoyure. Dis mes saluts à ta Béatrice!

— Comment donc que je vais lui dire. Elle va être heureuse de vous savoir si près. Un bon jour, faudra que ta femme se fasse connaître.

L'angélus de midi finissait à peine de sonner à la chapelle de l'hôpital qu'Edmond filait de nouveau chez les Gagné. En le voyant arriver, Étienne le taquina en l'accueillant par ces mots:

— Vous êtes à sec, monsieur Grenon ? Pour un aubergiste, c'est pas recommandé !

— À qui le dis-tu, mon garçon !

— Avant de partir travailler au jardin, mon père m'a dit que vous cherchiez un sourcier. J'en connais un sur la rue des Fossés. S'il veut et s'il peut, je vous le ramène avant souper.

— T'es bien d'adon, mon Étienne. Je peux que me féliciter d'avoir des voisins comme vous autres.

— Comme ça, vous avez tellement aimé l'auberge du bonhomme Allaire que vous l'avez achetée ?

— On peut dire ça comme ça : faut pas manquer l'occasion quand elle passe. Bon bien, pour une plus longue jasette, mon Étienne, je reviendrai ou bien tu viendras nous voir à l'auberge. J'ai une fille d'à peu près ton âge qui est pas mal en toute si tu veux savoir et si ça peut t'attirer.

— Comptez pas trop là-dessus, monsieur Grenon... J'en ai une en vue qui me prend pas mal de temps.

Ils se quittèrent sur ces mots.

Comme promis, Étienne, sans s'y arrêter plus long-temps que pour laisser descendre un passager, laissa à l'auberge un homme aussi maigre qu'un bâton d'allu-mette, avec des mains comme des castagnettes et une pomme d'Adam à faire damner Ève. Il fit le tour de la maison et apparut derrière, une baguette de coudrier à la main.

— C'est bien icite qu'il faut que je charche ? lança-t-il sans autre préambule.

Dans sa cuisine, Émilie sursauta. Elle courut à la porte de derrière pour répondre :

— C'est bien là, en arrière.

Sous le regard attentif d'Émilie et de ses filles, accourues en entendant son cri, l'homme se mit à arpenter la cour avec, en équilibre dans la paume de ses mains, les deux branches de la fourche du coudrier, dont la pointe était dirigée vers le ciel. Il tourna un moment autour du vieux puits, fit non de la tête à plusieurs reprises puis, parvenu à quelques pieds de la porte arrière, il vit sa baguette s'animer et pointer vers le sol en se tordant. En voyant son manège, les filles eurent envie de le traiter de sorcier plutôt que de sourcier. Il se pencha, attrapa une roche qui traînait par là, la jeta juste à l'endroit pointé par la branche. Du bout du pied, il traça ensuite autour de la pierre un cercle dans la terre et dit :

— C'est icite qu'il faut creuser !

Edmond, qui avait manqué le spectacle, arriva juste au moment où le sourcier tendait la main en disant :

— Ça sera cinq *chelins*… à moins que ça soit trop cher, sinon ça sera six !

Il rit en montrant les quelques dents jaunes qui lui restaient. La boutade ne fit pas rire Edmond, qui lui demanda :

— Vous êtes sûr de votre affaire ? C'est bien là qu'il faut creuser ?

— Bien certain que je suis sûr, sinon je viendrais pas mûrir icite. Si y a pas d'eau au-dessous à dix pieds de terre, vous pourrez me nayer dedans.

— Ça sera difficile, reprit Edmond, surtout si y a pas d'eau.

— C'est bien certain, monsieur, mais autant que je vous parle, vous allez en avoir assez pour vous nayer ou bedon je m'appelle pas Jean Desnoyers.

Edmond, qui en avait assez entendu, lui donna ses cinq shillings et, sans un mot de plus, le bonhomme disparut comme il était venu, sa branche de coudrier sous le bras. Il avait à peine passé le coin de la maison qu'Edmond marchait d'un bon pas vers le hangar et en ressortait muni d'un pic et d'une pelle. Il se mit sans plus tarder à creuser son puits, comme il l'avait déjà vu faire par le puisatier de Baie-Saint-Paul. La terre s'avérait passablement meuble. Il y travailla jusqu'à la noirceur, sans même prendre le temps de souper, et poursuivit son travail, muni d'un fanal. Émilie eut beau lui dire :

— Tu devrais rentrer, Edmond, il se fait tard et si ça continue de même, tu vas te faire mourir.

— De l'eau, ça peut pas attendre, Émilie, tu le sais bien : j'aime mieux crever de même que crever de soif. Les filles sont pas pour se promener tous les jours, aller retour, avec des siaux d'eau. C'est pas ma tombe que je creuse, c'est un puits et un puits c'est pas la mort, c'est la vie. Dans deux jours, si ce sourcier de malheur a pas menti, on aura de l'eau.

Quand, aux petites heures du matin, il daigna aller se reposer un peu, le puits présentait un œil tout rond, déjà creux de cinq pieds. Le lendemain, à neuf pieds de profondeur, Edmond atteignait une veine d'eau suffisante pour les besoins d'une auberge.

— V'la le trou creusé, déclara-t-il. Il reste maintenant à en faire un vrai puits et c'est pas moi qui en suis capable. Va maintenant falloir nous trouver un maçon.

D'une voix timide, Émilie demanda :

— Où tu penses en dénicher un ?

— Chez les Gagné, on saura bien me renseigner.

Sans perdre un instant, à l'heure où le soleil disparaissait derrière l'horizon et où les nuages s'allumaient comme des braises, il fila droit chez les Gagné.

— C'est encore moi, dit-il à Béatrice venue lui répondre. Je cherche un maçon qui pourrait me fabriquer mon puits.

— Entre donc ! Quelle belle surprise tu nous as fait de venir t'installer par icite avec toute ta famille ! Ça fait plaisir.

— Théophile est pas là ?

— Y est pas loin.

Elle mit le nez dehors et cria d'une voix forte :

— Théophile, c'est Edmond qui cherche un maçon !

Resté sur le seuil, Edmond attendit en trépignant. Il vit paraître, venant de la cour, Théophile, pipe à la bouche, qui lui dit :

— Y en a un bon, à deux rues d'icite, vers Saint-Roch. Si tu regardes bien en t'en allant, tu vas voir son enseigne. Tu peux pas le manquer, au tas de roches qu'il y a devant sa maison.

Il s'arrêta avant d'ajouter :

— Comme ça, ton puits est déjà creusé ?

— Oui, et c'est pas l'eau qui manque. Je dois déjà te quitter, Théophile, si je veux avoir mon maçon pour demain. Merci pour tout.

— C'est de bon cœur !

Il repartit aussi vite dans la direction que lui avait indiquée le jardinier. Quand il revint à la maison, alors que la noirceur régnait depuis plus de deux bonnes heures, il sifflait. Émilie, qui l'attendait avec impatience, sut que sa démarche avait réussi.

— Le maçon sera là demain midi, dit-il. Il m'a promis qu'il travaillerait jusqu'à ce que notre puits soit parfaitement fini.

Là-dessus, il poussa un profond soupir, s'assit sur la première chaise venue. Deux minutes plus tard, le menton sur la poitrine, il dormait comme un bienheureux.

Le lendemain, dès six heures, il était déjà à l'ouvrage, à vérifier si le four à pain extérieur n'avait pas besoin d'être réparé. Il courut toute la journée, à sonder partout, ramassant, classant, ordonnant, sans s'arrêter, comme une vraie queue de veau. Émilie en était étourdie. Pendant ce temps-là, Marie-Josephte et Dorothée transportaient les seaux d'eau et Alicia s'affairait avec sa mère à préparer de la pâte à pain. À peine avaient-elles terminé qu'Émilie réquisitionnait les aînées pour courir porter la pâte chez le boulanger.

— Avec ça, mes filles, on aura du bon pain. Mais la prochaine fois, si votre père nous dit que le four est en bon ordre, on le fera cuire nous-mêmes. C'est de même qu'on sauve les sous qui nous permettent plus tard d'exaucer nos rêves.

Marie-Josephte et Dorothée, qui semblaient avoir hérité de l'énergie de leur père, demandèrent en chœur :

— Qu'est-ce qu'on va faire après-midi ?

— Ce qu'on va faire, mes filles ? Du savon ! Et si on en a le temps, des chandelles.

— Des chandelles ?

— Oui, des chandelles. Imaginez-vous donc que votre père a trouvé dans le hangar deux beaux moules à chandelle. Si on les fait nous-mêmes, ce sera de l'argent de plus encore pour nos rêves. Mais allez, tardez pas si vous voulez qu'on travaille après-midi.

Elles partirent aussitôt vers Saint-Roch avec deux seaux dans lesquels, bien enveloppée dans un linge de coton, se trouvait la pâte à pain pétrie.

L'après-midi était à peine entamée qu'Émilie et ses filles s'agitaient autour d'un grand chaudron posé sur des pierres, au bout de la cour, et sous lequel brûlaient quelques quartiers d'érable.

Pendant ce temps, près de la maison, le maçon préparait tranquillement ses pierres pour le puits. Occupé avec un client, Edmond rongeait son frein, impatient de poursuivre l'aménagement de l'auberge. Dès qu'il eut une minute, il décrocha l'échelle en bois suspendue au mur extérieur du hangar et la posa devant l'auberge. Il repartit un moment fouiller dans le hangar puis en ressortit, les mains pleines. Quand il réapparut dans la cour avec l'échelle sur l'épaule, Émilie, affairée à fabriquer des chandelles avec ses filles, lui demanda :

— Qu'est-ce que tu brasses encore ?

— Ce que je brasse ? Je vous le montrerai quand vous aurez fini vos affaires.

Fier d'avoir piqué leur curiosité, il entra dans l'auberge en sifflotant puis reparut deux minutes plus tard, la pipe au bec. Le grand chaudron laissait monter dans les airs une fumée grasse. Il y jeta un coup d'œil, s'approcha de ses filles et les serra l'une après l'autre contre lui, ce qu'il ne faisait à peu près jamais. Émilie était tout émue de le voir si heureux. Il dit :

— Vous autres aussi, vous brassez quelque chose.

S'adressant à Émilie, il ajouta :

— Tu fabriques nos chandelles maintenant ?

— Avant, j'avais pas de moule. Maintenant que j'en ai deux, pourquoi pas ?

Il se moqua, sourire aux lèvres :

— C'est une bonne chose et c'est le cas de le dire, ça va te permettre des économies de bouts de chandelles.

Le suif avait assez bouilli, il ne restait plus qu'à couler les chandelles. Émilie retira le chaudron du feu.

— On va le laisser refroidir un peu, dit-elle. Marie-Josephte, ma grande, va donc me chercher les mèches que j'ai préparées dans la cuisine.

— Est-ce qu'il faut que j'apporte en même temps une louche, pour puiser le suif ?

— Fais donc ça. Pendant ce temps-là, dit-elle à Dorothée, on va préparer les moules.

Elles les posèrent, grands ouverts près du sol, sur une pierre plate. Quand Marie-Josephte arriva avec les mèches, elles se mirent tout de suite en frais de couler le suif dans les moules. Marie-Josephte et Dorothée suivaient religieusement les instructions de leur mère.

— C'est dommage qu'Alicia soit à l'école, remarqua Dorothée. Elle qui est si curieuse, elle aurait certainement aimé apprendre comment on fait des chandelles.

Émilie opina :

— Oui, c'est dommage, mais je lui ai dit qu'elle aurait bien d'autres occasions de l'apprendre. Pour le moment, elle est bien chanceuse d'être à l'école. Les mères de l'hôpital ont été bien gentilles de l'accepter pour quelques mois avec la douzaine de filles qu'elles instruisent.

— Pourvu qu'elles veuillent pas en faire une sœur ! s'exclama Marie-Josephte.

— Pourquoi dis-tu ça, ma fille ? Si c'est son lot de le devenir, faudra bien qu'elle passe par là.

Tout en causant, elles terminaient la fabrication d'une bonne douzaine de chandelles. Leur père, après avoir rôdé autour un moment, était de nouveau entré dans la maison. Quand la dernière chandelle eut enfin pris forme, elles ramassèrent moules et chandelles avant de s'engouffrer à leur tour dans l'auberge, en contournant le trou qui, peu à peu, grâce au travail du maçon, commençait à ressembler à un puits. En les voyant entrer, Edmond leur dit :

— Posez tout ça sur la table et venez avec moi.

— On arrive ! lança Dorothée. M'man, viens, toi aussi !

Elles sortirent par la porte d'entrée de l'auberge. Sous la conduite d'Edmond, elles traversèrent ensemble la rue. Rendu de l'autre côté, il se retourna vers l'auberge et leur dit :

— Regardez !

Sur la façade, il avait accroché l'enseigne où l'on pouvait lire en lettres d'or sur fond rouge : *Auberge Grenon*.

Chapitre 17

Les Gagné

Marie-Josephte, qui s'était rendue à l'Hôpital Général au chevet de son grand-père, revint tout énervée de sa visite. La voyant dans cet état, sa mère lui demanda :

— Qu'est-ce qui te rend si joyeuse ? Ton grand-père serait-il redevenu correct ?

— Non ! Grand-papa est toujours pareil : il parle plus, il bave un peu et reste les yeux toujours grands ouverts, à fixer le plafond qu'il voit pas. En plus, il bouge pas. Pour moi, il comprend même pas quand on lui parle.

Sa mère reprit :

— C'est bien de valeur, sa maladie, mais le docteur dit qu'il faut lui parler quand même au cas où il comprendrait. Lui as-tu parlé ?

— Bien sûr ! Sans ça, qu'est-ce que j'irais faire là ? Je lui ai raconté ce qu'il venait de m'arriver juste avant que je rentre dans l'hôpital.

— Il t'est arrivé de quoi avant que tu rentres à l'hôpital ? reprit sa mère d'une voix inquiète. Quoi donc ?

— Rassurez-vous, m'man, c'est quelque chose de bien agréable à raconter.

— Bien, raconte-le au plus vite si c'est si intéressant, que ça nous change un peu les idées.

— Comme j'arrivais à la dernière maison avant l'hôpital, qu'est-ce que je vois ? Trois filles, à peu près de mon âge, à quatre pattes, le derrière en l'air, occupées à chercher quelque chose dans leur jardin.

— Qu'est-ce que t'as fait ?

— Je leur ai demandé : « Que cherchez-vous comme ça ? » Elles ont levé la tête toutes les trois en même temps. M'man, vous me croirez pas, y en a deux qui se ressemblaient tellement que j'aurais pas pu dire qui était qui. La plus grande des trois a répondu : « On cherche Joséphine ! » « Joséphine ? » Elles ont crié ensemble : « Oui ! C'est notre tortue ! » Vous me connaissez, m'man, j'ai pas pu m'empêcher de leur demander si je pouvais les aider à la trouver. « C'est pas de refus, a répondu la plus vieille, plus on est à la chercher, plus on a de chances de la trouver. Mais qui es-tu donc ? » « Marie-Josephte Grenon, votre nouvelle voisine. » Elles m'ont regardé en souriant. Y en a une qui a dit : « Grenon, me semble que c'est un nom qui me dit quelque chose. » « Bienvenue chez nous, a dit l'aînée, moi c'est Agathe Gagné, elle c'est Angèle et l'autre Angélique, des jumelles. » Elle aurait pas eu besoin de me le dire, tellement ça se voyait, y avait pas moyen de les distinguer l'une de l'autre. Pour les taquiner j'ai dit: «Angèle, Angélique, ça fait beaucoup d'anges dans la famille.» «Dis plutôt plusieurs démons», répliqua Agathe. Les deux autres lui ont sauté dessus et ont pas cessé de la tenir tant qu'elle a pas dit: «Pardon! La langue m'a fourchée, vous êtes deux petits anges du bon Dieu.» Les deux jumelles avaient pas aussitôt lâché leur sœur qu'elle ajoutait avec un grand sourire: «Deux petits anges du bon Dieu à la queue fourchue.» Elles ont rappliqué aussitôt, lui ont sauté dessus avec de grands cris mêlés de rires, jusqu'à ce qu'elle accepte de dire qu'elles étaient «les plus beaux anges du monde... avec des cornes». Ça a duré de même un bon bout de temps puis Agathe les a rappelées à l'ordre: «Que devient notre Joséphine pendant tout ce temps?» Profitant qu'elles se chamaillaient, j'ai sauté la clôture et, à quatre pattes à mon tour, je me suis mise, tout comme elles, à soulever les plants de concombres, les feuilles de rhubarbe et de citrouilles, à la recherche de cette chère Joséphine. Pendant que je cherchais de la sorte, je me suis souvenue que lorsqu'une tortue disparaît, c'est qu'elle s'est enfouie quelque part dans le sol. Pour s'enterrer ainsi, ça lui prend un endroit où le sol est friable. J'ai donc commencé à examiner les alentours et j'ai vu un carré de jardin où la terre était fraîchement retournée. C'est vers cet endroit que je me suis dirigée, convaincue d'y trouver Joséphine. Deux minutes plus tard, j'ai aperçu le dessus de sa carapace entre deux mottes de terre. Toute heureuse de ma découverte, j'ai crié: «Je l'ai !» Les trois sœurs m'ont entourée en me félicitant de ma trouvaille. Je leur ai demandé : « À qui est-elle ? » Elles ont répondu ensemble : « À nous trois ! On s'en occupe chacune notre tour. » Elles m'ont ensuite invitée chez elles. Elles ont une belle grande maison et un beau jardin plein de légumes. J'étais à peine entrée que j'ai appris, en les apercevant, qu'il y avait encore quatre autres filles dans la maison : Louise, Anne et Hélène. « Quant à Étiennette, notre sœur aînée, et nos frères, Jean-Marie et Étienne, le jumeau d'Étiennette, m'ont-elles dit, tu feras plus tard leur connaissance. Jean-Marie est marié et travaille avec notre père au jardin de l'hôpital. Étienne est charretier. » C'est quand elles ont dit ça que je me suis souvenue. P'pa avait dit que le premier soir qu'il était venu à Québec, il était resté dans une famille Gagné qui habitait près de l'hôpital et chez qui il avait très bien été reçu. J'ai compris que c'était cette famille dont il avait parlé. J'ai dit : « Est-ce que ce serait pas chez vous, y a pas très longtemps, que mon père a couché un soir ? Il venait conduire mon grand-père à l'hôpital. » « Ah ! Ça me revient, s'est écriée une des jumelles. Me semblait aussi, que le nom Grenon me disait quelque chose. C'était ton père et ton grand-père ? » « Bien oui ! »

Comme sa fille prenait enfin un moment pour reprendre son souffle, Émilie en profita pour dire à Marie-Josephte :

— Ça fait au moins deux fois que votre père va là pour demander des renseignements.

— M'man, je te le dis, elles sont bien gentilles. On va avoir de bonnes amies qui restent tout près.

— C'est bien tant mieux, ma petite fille!

Dès le lendemain, les jumelles Gagné se présentaient chez les Grenon et faisaient connaissance avec Dorothée. Entre elles, les affinités furent si fortes que le jour suivant, en compagnie d'Angèle et d'Angélique, Dorothée se rendait à l'hôpital avec idée d'y dénicher du travail. Elles furent reçues par mère Sainte-Honorine, une maîtresse femme qui n'avait pas le sourire facile, mais donna l'impression de savoir où elle allait.

— Mère Sainte-Honorine, commença Angélique qui parlait pour deux, on vous amène notre amie Dorothée Grenon; son grand-père est ici à l'hôpital. Elle aide sa mère à leur auberge.

— Où ça? demanda la mère.

— Sur la rue Saint-Ours, lui répondit Dorothée du tac au tac.

— Tu n'es pas un peu jeune pour travailler dans une auberge?

— Je suis habituée. J'aide à la cuisine et je fais le service à la table.

La bonne sœur fronça les sourcils et sortit son ton de sermon des dimanches:

— Une auberge est souvent un lieu de perdition, ma fille. Il est de loin préférable que tu penses à travailler pour le bon Dieu. Tu n'as jamais songé à te faire religieuse ?

Prise de court par la question, Dorothée ne sut que répondre, sinon un « euh ! »

C'est Angèle qui la tira de ce mauvais pas.

— Faudrait voir si elle a la vocation !

— La vocation, ma fille, c'est en essayant qu'on sait si on l'a : il faudrait que tu deviennes novice.

Pour se tirer d'affaire, Dorothée laissa entendre qu'elle y penserait. Leur démarche auprès de la religieuse ne fut guère fructueuse : la bonne sœur n'avait, pour le moment, rien à offrir.

En sortant de l'hôpital, Angèle et Angélique proposèrent de passer par le cimetière. Elles montrèrent à Dorothée l'endroit où était enterré leur grand-père Gagné.

— L'avez-vous connu ? s'informa Dorothée.

— Un peu ! dirent-elles. Il était extraordinaire pour compter.

— Comment ça ?

— Les gens venaient le voir avec des colonnes de cinq ou de six chiffres. Il les additionnait comme ça d'un coup et mettait le résultat de l'addition au bas de la feuille sans jamais se tromper. C'était un véritable phénomène. Tout Québec le connaissait.

— Comment faisait-il pour calculer si vite des colonnes de six chiffres ?

— On l'ignore, mais c'était, paraît-il, un don et un phénomène rare.

Les jumelles, qui connaissaient les lieux pour s'y être souvent rendues, conduisirent Dorothée jusque devant le tombeau d'un homme « très important pour le pays ».

Après avoir lu le nom de l'épitaphe, Dorothée demanda :

— Qui est ce monsieur Montcalm ?

— C'est le général qui a perdu la bataille des plaines d'Abraham contre le général Wolfe.

— Je le savais pas, dit piteusement Dorothée.

— C'est pas si important que ça, reprit Angèle, mais comme dit mon père, c'est bien à cause de lui que les Anglais ont envahi Québec et qu'on est pris avec.

De là, elles la menèrent à la chapelle.

— Ici, dit Angélique à voix basse, juste au-dessous de nous, est enterré le fondateur des religieuses de l'hôpital, monseigneur de Saint-Vallier. Il paraît qu'un bon jour, les religieuses vont faire ouvrir son tombeau pour voir si c'est un saint. Si son corps s'est bien conservé, ce sera le cas.

— Qui t'a raconté ça ?

— Mère Saint-Angèle, celle qui porte le même nom que moi. Garde-toi de le répéter, mais je l'aime pas. Elle voudrait que j'entre chez les sœurs. Chaque fois qu'elle me voit, quand je vais travailler à l'hôpital, elle tourne autour de moi pour me demander si j'ai bien réfléchi à ma vocation religieuse. Ça, c'est une vraie manie de sœurs !

— Faut pas qu'on s'attarde, dit soudainement Angélique. Le nouveau vicaire doit nous rendre visite avant souper. On a décidé de lui jouer un bon tour.

— Il vous connaît pas ?

— Il nous a jamais vues. Viens avec nous, tu vas bien t'amuser.

Les jumelles se ressemblaient tellement que personne, à part les leurs, ne parvenaient à les distinguer l'une de l'autre. Au début, Dorothée avait eu de la difficulté à les différencier. Puis, elle s'était rendu compte, à la longue, qu'Angèle avait un petit grain de beauté sous la paupière gauche. C'est ainsi qu'elle pouvait, au premier coup d'œil, faire la différence entre l'une et l'autre. Puis, plus tard, par toutes sortes de petits détails glanés au fil du temps, elle n'eut plus aucune misère à les reconnaître. Angèle était moins vive qu'Angélique ; elle parlait plus lentement et raisonnait beaucoup. Les deux se montraient cependant toujours enjouées, et elles aimaient rire et se servir de leur ressemblance pour jouer des tours.

Elles entraînèrent donc Dorothée avec elles, en lui promettant que le petit vicaire penserait avoir des hallucinations. Il passait chez les Gagné pour la dîme.

Quand il entra, Angèle, Angélique, Hélène et Agathe se trouvaient dans la cuisine avec Dorothée. Angèle alla répondre et lui dit :

— Bonjour, monsieur l'abbé ! Mes parents sont pas ici, mais je sais qu'ils ont mis des sous de côté pour la dîme. Attendez un moment, je vais aller les quérir.

— Très bien, jeune fille, dit le petit vicaire.

Elle revint du côté de la cuisine. Angélique partit avec l'argent, fit le tour de la maison par l'extérieur. Sans faire de bruit, elle entra par l'avant et se cacha le long du mur afin de n'être pas vue du visiteur. Angèle sortit de la cuisine et se dirigea vers le vicaire comme pour lui remettre l'argent puis revint sur ses pas, feignant d'avoir oublié quelque chose. Aussitôt, Angélique, surgit de sa cachette et s'amena derrière le vicaire en disant:

— Voilà vos sous, monsieur l'abbé!

Le jeune vicaire se retourna, elle lui remit les sous puis repartit aussi vite par où elle était venue. Angèle sortit alors de la cuisine et lui demanda:

— J'espère que tout y est, monsieur le vicaire?

Croyant avoir la berlue en apercevant Angèle devant lui, le vicaire se retourna brusquement dans la direction où il avait vu Angélique et se trouva nez à nez avec... une Angélique toute souriante.

— Mais, dit-il, qu'est-ce qui se passe? Il me semble que...

— Je suis là! lui lança aussitôt Angèle.

Il se retourna, l'aperçut, se gratta la tête puis tout à coup comprit le subterfuge et se mit à rire de bon cœur avec les jumelles, ainsi qu'Agathe, Hélène et Dorothée qui venaient de les rejoindre pour voir la réaction du vicaire. Le pauvre, il croyait vraiment avoir rêvé et les jumelles ne boudaient pas leur plaisir de s'être payé sa tête!

Cette amitié naissante entre les Gagné et les Grenon devait se perpétuer. À son tour Alicia se lia d'amitié avec Hélène, celle des filles Gagné qui avait le même âge qu'elle.

Chapitre 18

Une visite chez les voisins

La famille Gagné avait déjà tellement fait pour la sienne qu'Edmond, malgré tout le travail à abattre à l'auberge, ne refusa pas l'invitation à les visiter quand ils exprimèrent le souhait de faire connaissance avec Émilie. Un beau dimanche après-midi, les Grenon se rendirent chez leurs voisins. Émilie ne manqua pas de les remercier pour tout ce qu'ils avaient fait pour eux.

— En venant à Québec, dit-elle, on pensait jamais avoir d'aussi bons voisins.

— On est pas meilleurs ni pires que les autres, assura Béatrice Gagné. On fait ce qu'on a à faire pour que les autres soient pas malheureux.

— Vous êtes bien bonne, en tous les cas, d'avoir hébergé mon Edmond et son père quand il est venu pour le conduire à l'hôpital, et de nous avoir aidés depuis notre arrivée.

— Ce qui me fait plaisir, Émilie, si tu me permets de t'appeler par ton nom, c'est de voir comment nos filles s'entendent bien. Tout de suite, aux premiers jours de votre arrivée, elles ont fait connaissance et elles ne se lâchent pas depuis ce temps-là.

— Elles ont un peu le même âge, ça va de soi. Pour nos filles, c'est une bonne chose parce qu'elles ont laissé des amies à Baie-Saint-Paul et elles avaient bien peur de trouver ça difficile de s'habituer icite. Par chance, vous êtes nos voisins de pas loin et vous avez beaucoup de filles qui sont bien fines.

— Si mes filles sont bien fines, moi je le suis guère ! s'exclama Béatrice. J'oublie de vous offrir un verre d'amitié.

Pour mettre tout le monde à son aise, Edmond répondit pour tous :

— Ça nous fera plaisir d'en prendre un, mais à une condition : faudra que vous veniez à votre tour à mon auberge avant longtemps.

— On ira ! On ira ! promit Théophile.

Ils burent à la santé de tout le monde. Les filles avaient disparu comme par enchantement. Leurs amies les avaient emmenées dans leur chambre. Théophile, qui ne parlait pas beaucoup, se décida tout d'un coup à inviter Edmond.

— J'ai bien envie de te faire voir le jardin que j'entretiens pour l'hôpital.

— C'est une très bonne idée, approuva Edmond.

— Pendant ce temps-là, proposa Béatrice à Émilie, je pourrais en profiter pour te faire voir le mien. C'est tôt dans la saison, mais ça va te donner une idée de mon jardin qui me demande beaucoup de temps, mais qui produit aussi passablement. Tiens, j'y pense, si jamais t'as quelques minutes, un après-midi, tu pourrais venir me rejoindre et on pourrait y travailler ensemble.

— Oh! Que ça me ferait plaisir, Béatrice, mais le travail à l'auberge me laisse pas grand temps pour respirer. Je vais tâcher de venir, une bonne journée qu'il y aura pas beaucoup de clients, même si c'était juste pour une heure ou deux.

Les hommes partirent à pied vers l'hôpital. Théophile fumait sa pipe et devisait tout en marchant.

— J'ai été pas mal chanceux d'avoir un travail à l'hôpital. Faut dire que j'ai trois de mes sœurs qui sont entrées en religion ici. C'est une communauté sévère. On peut pas les voir bien souvent et encore, quand on les voit, c'est toujours derrière un grillage. De cette manière-là, c'est pas long qu'on a plus grand-chose à se dire. Elles disent qu'elles sont les servantes du bon Dieu. Pour eux autres, on existe quasiment plus. Mais qu'est-ce que tu veux, c'est fait de même.

Tout en causant, ils parvinrent au jardin dont ils firent le tour, pendant que Théophile expliquait le rendement de chaque carré de carottes, de poireaux, de pois, de blé d'Inde. La production dépassait tout ce qu'Edmond aurait pu imaginer.

— J'aurais jamais pensé que ce jardin pouvait être si grand et produire autant!

— Il le faut! En plus des sœurs, on doit nourrir les malades de l'hôpital pour une partie de l'année.

Du jardin à légumes, ils passèrent à celui des fruits et ensuite à celui des fleurs.

— Ça doit demander un travail énorme, dit Edmond.

— Avec Jean-Marie, on y arrive bien. Faut dire qu'il y a tout l'hiver où on est quasiment à rien faire. Mais dès que février se pointe, on commence à bouger plus, à préparer les graines de semence. À partir de mars jusqu'à l'automne, ça nous tient pas mal occupés. Tu devrais voir, dans les fondements de la bâtisse, les grands caveaux à légumes quand ils sont pleins. Je t'y conduirais volontiers, mais les sœurs aiment pas que j'amène des visiteurs. Je me le suis fait dire une fois. Faudrait pas que je recommence. Une bonne place de même est vite perdue.

— Je comprends ça, mon Théophile, et je suis déjà bien comblé par ce que tu m'as fait voir.

Ils revinrent tranquillement à la maison, sans se presser, comme deux bons vieux amis qui veulent profiter de chaque minute passée ensemble.

Pendant ce temps, Béatrice avait eu largement le temps de montrer son jardin à Émilie. Quand les hommes réapparurent, les deux femmes échangeaient des conseils sur la façon de faire cuire et de conserver différentes sortes de confitures.

— Tu sais pas, Edmond, ce que Béatrice m'a dit?

— Quoi donc!

— Elle a jamais mangé de gourganes!

— Va falloir que tu lui fasses une de tes bonnes soupes, un de ces jours.

— Je suis certaine, assura Émilie, que vous allez adorer ça.

— Si je m'adonne à aller à Baie-Saint-Paul dans le bon temps, je vous promets, renchérit Edmond, de rapporter des gourganes. On va tous vous inviter à venir en manger à l'auberge. Ça, avec une de ces bonnes tourtières de Charlevoix, vous allez être heureux comme des princes.

— Maintenant que la glace est cassée, souhaita Théophile, y va falloir remettre ça.

— Faut dire, reprit Edmond, qu'elle était pas bien épaisse.

Sa réflexion les fit sourire. Ils se quittèrent bons amis sur ces mots, ignorant que, malgré ces promesses et toute leur bonne volonté, leur travail les empêcherait de se voir aussi souvent qu'ils le souhaitaient.

En revenant à l'auberge, les Grenon trouvèrent sur le seuil de leur porte une lettre que Dorothée s'empressa de ramasser.

— Tout à coup, dit Marie-Josephte tout excitée, que ce serait une lettre de Nico !

— Suffisait que tu le dises ! s'exclama Dorothée. C'est bien une lettre de Nico !

— Ouvre-la vite, lui dit sa mère. Je me languis depuis si longtemps d'avoir de ses nouvelles.

— Elle est datée du mois d'octobre de l'année passée, à Dieppe.

Bonjour chers parents!

C'est moi, votre fils Nicolas, qui trouve enfin le moyen de vous écrire. Je vous espère tous en santé comme je le suis. Nous avons fait bon voyage avec Jérôme sur le vaisseau du capitaine Durand. Nous avons eu une belle traversée, mais nous avons travaillé à la cuisine comme des désâmés. Comme nous ne pouvions pas retourner tout de suite à Québec avant le printemps à cause des glaces, pour ne pas être dégradés pendant des mois dans la ville de Dieppe, même si c'est une belle ville, nous nous sommes engagés dans l'armée, Jérôme et moi, sans trop savoir pourquoi. Quand vous allez recevoir ma lettre, je serai déjà en route pour m'entraîner à combattre. Je ne pourrai pas vous écrire avant des mois, parce que je serai trop occupé. Je ne vous oublie pas, même si je ne donne pas de nouvelles, et je me languis de vous retrouver tous à un retour le plus tôt possible.

Votre fils affectueux!

Nicolas Grenon

— Quelle bêtise a-t-il encore fait, celui-là! s'exclama Edmond quand Dorothée eut fini sa lecture. Le v'là dans l'armée. Pour moi, on est pas près de le revoir.

— Il est en bonne santé, au moins, se consola Émilie.

— C'est curieux, fit remarquer Dorothée, sa lettre s'est promenée jusqu'à Baie-Saint-Paul. Je me demande qui l'a apportée jusqu'icite?

— Quelqu'un de passage, sans doute. Rosario Allaire la lui aura confiée, conclut Edmond. Rien n'empêche qu'avec tout ça, on sait pas où lui écrire. Et même si on le savait, dans l'armée, ils changent toujours de place, quand ils se font pas tout simplement tuer.

Chapitre 19

L'enfant perdu

Un soir, presque à la brunante, Dorothée, revenant de l'hôpital, entendit un enfant pleurer. Il était assis au bord du chemin et semblait complètement perdu. Dorothée lui demanda son nom : il ne répondit pas. Elle eut beau lui parler doucement, lui demander où il demeurait, il restait muet. Ne pouvant se résoudre à laisser l'enfant tout seul dans la rue, elle décida de le ramener à la maison. Une fois là, Marie-Josephte, Émilie et Alicia tentèrent, chacune à son tour, de lui arracher un mot : il ne répondit pas plus. Émilie en conclut :

— On pourra pas le garder chez nous, va falloir en parler à monsieur le curé. Lui réussira bien à savoir qui est cet enfant.

Elles n'eurent pas besoin d'aller voir le curé. Le lendemain, chez le boulanger où elle était allée chercher quelques brioches réclamées par un client de l'auberge, Marie-Josephte releva une annonce dans *La Gazette de Québec*.

— Regardez, m'man, ce que je viens de trouver.
— Quoi donc?
— L'annonce, juste là!

« *Monsieur l'ingénieur Jean-Baptiste Du Berger et son épouse éplorée signalent la disparition de leur fils Louis-Thomas. Si quelqu'un a vu un enfant de quatre ans, habillé d'un pantalon gris et d'une chemise blanche, errer dans les rues de la Basse-Ville, il est prié de communiquer aussitôt avec les parents qui vivent dans la peine et l'inquiétude. Est-il nécessaire de préciser que la famille de notre honorable concitoyen habite à la Petite-Rivière-Saint-Charles.* »

— Dis à ton père d'atteler Roussine, commanda Émilie, on va ramener l'enfant tout de suite à ses parents.

En moins de temps qu'il ne faut pour le dire, Émilie, Marie-Josephte, Dorothée et Alicia quittaient la rue Saint-Ours avec l'enfant, qui n'avait toujours pas ouvert la bouche, même si, pour le rassurer, Dorothée ne cessait de lui répéter:

— Tu vas revoir ta maman et ton papa, on s'en va chez toi.

Elles se rendirent jusqu'au bout de la rue Saint-Ours puis s'informèrent où était la Petite-Rivière-Saint-Charles. D'un renseignement à l'autre, elles finirent par trouver la maison des Du Berger. Quand elles y arrivèrent avec l'enfant, l'émoi fut à son comble. Des voisins se précipitèrent pour voir le petit, pendant que sa mère pleurait de joie. Troublé par toute cette agitation, l'enfant se mit à pleurer à son tour, ce qu'il n'avait pas fait depuis la veille.

— Rassurez-vous, madame Du Berger, la réconforta Émilie, il a pas eu de mal. On était sur le point d'aller voir monsieur le curé avec quand ma fille a trouvé votre annonce dans *La Gazette*. On a pas perdu une minute pour vous le ramener.

— Quelle reconnaissance nous vous devons, chère madame ! parvint à articuler madame Du Berger. Et dire que nous ne savons même pas comment vous vous appelez.

— Ah ! C'est vrai. Dans toute cette excitation, j'ai oublié de me présenter : Émilie Grenon. Et voici mes filles : Marie-Josephte, Dorothée et Alicia.

— Je n'en reviens pas qu'il était rendu si loin de chez nous. On ne penserait jamais qu'un petit enfant comme lui peut marcher aussi loin. Si vous saviez, madame, quelle frousse il nous a donnée.

— Vous pouvez m'appeler Émilie, vous savez. Nous autres aussi, on a eu une grande épreuve y a pas si longtemps. On a perdu notre fils Marcel qui s'est tué, dans une chute. Je peux comprendre un peu ce que vous avez ressenti.

— Vous êtes bien bonne, Émilie. Le hasard a fait que nous avons pu nous rencontrer, il ne faudrait pas que ce soit la dernière fois. Mon mari est parti à la recherche du petit, de bonne heure ce matin, il va être tellement content qu'il soit retrouvé. Vous savez, mon mari est ingénieur. Il travaille présentement à un plan en relief de la ville, il faudra que je vous amène avec vos filles voir ce qu'il fait. Je suis certaine que vous allez aimer.

— J'en doute pas, madame Du Berger, reprit Émilie. Ça nous fera grand plaisir de vous revoir et de connaître votre mari, mais dans des circonstances différentes.

— Nous avons à peu près le même âge, reprit madame Du Berger, nous pourrions sûrement nous tutoyer et pourquoi pas commencer tout de suite ? Appelle-moi Geneviève.

— Je manquerai pas de le faire, rassure-toi, et ça sera un plaisir de te revoir. Mon mari tient auberge, rue Saint-Ours, pourquoi ne viendrais-tu pas nous rendre visite avec le tien ? On pourrait faire meilleure connaissance.

— C'est promis ! Nous irons.

Les deux nouvelles amies se laissèrent sur cette promesse. Une bonne s'occupait du jeune Louis-Thomas qui avait déjà recouvré l'usage de la parole.

— Dis bonjour à madame et à ses filles, insista sa mère.

L'enfant esquissa de la main un bonjour timide.

Dorothée sauta de la voiture pour aller lui donner un bec sur la joue qui lui valut un beau sourire de l'enfant.

— Vraiment, Émilie, lança Geneviève Du Berger, tu as de charmantes filles !

À quelques jours de là, Émilie reçut une invitation qui lui fit grand plaisir :

Chère madame,

Mon époux a été profondément touché par la sollicitude que vous avez témoignée à l'égard de notre famille en ramenant sain et sauf notre fils Louis-Thomas. Pour vous remercier, il a pensé vous faire bénéficier, ainsi qu'à vos filles, d'un privilège qu'il accorde rarement : celui de vous faire admirer le plan en relief de la ville de Québec qu'il est en train de réaliser. Il m'a demandé de vous guider pour cette visite. Comme vous êtes propriétaire d'une auberge, il a pensé que vous disposeriez sans doute de temps, dimanche après-midi, pour répondre à son invitation. Si ce moment vous convient et que vous êtes disposée à venir, nous vous enverrons, dimanche à une heure, une voiture pour vous conduire, vous et vos filles, à la maison où mon mari accomplit son travail. Nous vous y attendrons. Si nous n'avons pas d'avis contraire de votre part, nous considérerons que vous acceptez cette invitation et il nous fera grandement plaisir d'y donner suite.

Geneviève Du Berger

Le dimanche venu, Émilie, Marie-Josephte, Dorothée et Alicia attendaient fébrilement la voiture qui devait leur permettre d'aller admirer ce que plusieurs considéraient comme un des plus beaux plans miniatures jamais réalisés au pays.

À l'heure dite, elles virent déboucher au bout de la rue Saint-Ours un cocher aux commandes d'une voiture à quatre roues comme elles n'en avaient jamais encore vue : une diligence tirée par deux chevaux. Arrivé devant l'auberge, le conducteur descendit et pria ces dames de monter en prenant bien garde au marchepied. Dès que ses passagères eurent trouvé place dans la voiture, il fit faire demi-tour aux chevaux et reprit tranquillement la rue Saint-Ours, afin de traverser tout Saint-Roch et d'emprunter la côte du Palais jusqu'à la Haute-Ville.

Dans la diligence, les passagères s'extasiaient du spectacle de la ville. Les « As-tu vu, m'man ? » et « Regarde, m'man ! » fusaient à tous les coins de rue.

Jusque-là silencieux, le cocher se transformant soudain en guide, lança d'une voix de stentor :

— Mesdames, vous voyez sur votre gauche le chantier maritime où se construit présentement le navire *Le Saint-Laurent*, dont vous pouvez apercevoir la carcasse qui se détache là-bas, près de la rivière. Plus de cent hommes y travaillent. Il sera prêt à prendre la mer dans quelques mois.

Pendant que les Grenon admiraient ce travail colossal, la diligence poursuivait son chemin cahin-caha sur la route infestée de nids-de-poule que le cocher s'efforçait d'éviter de son mieux. À l'intérieur, Émilie et ses filles rivalisaient de « oh ! » et de « ah ! » Dorothée, qui se sentait toute fière d'être à l'origine d'une pareille faveur, ne put se retenir d'en faire la remarque.

— M'man ! Si j'avais pas trouvé Louis-Thomas, on serait pas là à se promener dans Québec comme des riches.

— T'as raison d'être fière, ma fille, et profite bien de cette promenade, parce que je crois pas que t'auras la chance d'en faire de semblables bien souvent. Tu vois, à mon âge, c'est la toute première fois pour moi.

La voiture venait maintenant de s'engager dans une rue beaucoup mieux entretenue. Le cocher accéléra un peu l'allure en prévenant ses passagères.

— Nous allons bientôt monter la côte du Palais. Ne manquez pas de remarquer à votre gauche l'édifice même du palais, construit du temps de messire Jean Talon, premier intendant du pays.

Dès qu'ils attaquèrent la montée, les chevaux ralentirent le pas, ce qui permit au cicérone de poursuivre.

— Nous allons passer bientôt devant l'Hôtel-Dieu, le premier hôpital de la ville. Vous le découvrirez à votre gauche.

De là, la voiture remonta jusque près de l'église Notre-Dame puis emprunta la rue Saint-Louis, pour conduire ses passagères au pied d'un immeuble où les attendait Geneviève Du Berger. Le cocher rangea sa voiture puis s'en alla tirer le marchepied pour faire descendre ses quatre passagères.

— Comme je suis heureuse de vous revoir! s'écria leur hôtesse. Mais un qui sera encore plus heureux, c'est mon Jean-Baptiste: il est tellement fier de pouvoir montrer son chef-d'œuvre. Mais ne nous attardons pas plus. Ne soyez surtout pas inquiètes pour le retour, j'ai donné ordre au cocher de vous attendre.

— Tu nous fais tout un honneur, et ton mari aussi, de bien vouloir nous favoriser de la sorte.

— Qui le mérite plus que celles qui m'ont ramené mon pauvre Louis-Thomas ?

Par une porte basse, elle les fit pénétrer dans ce qui se révéla être un genre d'entrepôt. Là, au beau milieu de la salle, brillait le plan en relief de la ville de Québec, plus qu'aux trois quarts fini. Celui qui avait créé ce chef-d'œuvre s'approcha, main tendue. C'était un bel homme, de taille moyenne, aux traits doux et au regard vif.

— Bonjour madame et mesdemoiselles, commença-t-il. Vous ne pouvez pas savoir comment il me fait chaud au cœur de vous recevoir ici, dans un endroit auquel très peu de gens ont accès. Mon épouse m'a dit tellement de bien de vous que je m'en serais voulu de ne pas vous récompenser à ma façon des attentions et des bons soins que vous avez prodigués à notre fils Louis-Thomas, lors de sa récente fugue.

— C'est tout un honneur, monsieur, que vous nous faites, répéta Émilie. Qui de nous quatre aurait pu penser un jour avoir le plaisir de voir une œuvre pareille ?

— Parlons-en de cette œuvre, puisque c'est précisément pour cela que j'ai le bonheur de vous recevoir.

Il les fit avancer devant sa formidable réalisation et commenta :

— Le plan mesure trente-cinq pieds de longueur et y figurent en bonne partie la Basse et la Haute-Ville de Québec.

Muni d'une mince perche dont il se servait pour indiquer des maisons sur le plan, il commença à faire faire un tour de ville aux dames émerveillées.

— Est-ce que les maisons, questionna Dorothée, sont toutes reproduites exactement comme on les voit dans la ville ?

— Oui, jeune fille. Puis-je savoir ton nom ?

— Dorothée !

— Et tes sœurs sont ?

— Marie-Josephte et Alicia.

Pendant qu'elle les nommait, chacune fit une petite révérence qui amusa beaucoup l'ingénieur.

— Je ne veux pas, poursuivit-il, vous ennuyer en commentant chacune des maisons que vous voyez, mais je vais, si vous le voulez bien, vous offrir un tour rapide du plan-relief. Imaginez que vous êtes des colombes ou encore des hirondelles et que vous survolez Québec. Qu'est-ce que vous allez y remarquer en premier ? Je pense bien que ce seront les édifices suivants.

De sa baguette, il pointa tour à tour le château Saint-Louis, la cathédrale de Québec, le Séminaire, le collège des jésuites, l'Hôtel-Dieu et ajouta :

— Plus près, ici, le nouveau palais de justice récemment construit.

— On l'a vu tout à l'heure, s'empressa de dire Alicia.

— Tu as raison, Alicia, vous y êtes passées tout à l'heure. Ce que vous n'avez sans doute pas vu, même si vous en étiez tout près, c'est la maison du Chien d'or. Si je vous en parle, c'est que sur cette maison, il y a dans la pierre le relief d'un chien d'or en train de ronger un os. Si jamais vous passez devant, arrêtez-vous pour lire l'inscription amusante qu'on y trouve.

— Qu'est-ce qui est marqué? questionna Marie-Josephte.

— C'est une formule étrange, mais qu'il vaut la peine de méditer :

Je suis un chien qui ronge l'os
En le rongeant, je prends mon repos
Un jour viendra qui n'est pas venu
Où je mordrai qui m'aura mordu

— C'est vraiment curieux, approuva Marie-Josephte.

— Maintenant, continua l'ingénieur, si nous survolons l'autre côté du plan, vers l'ouest, que voyons-nous? Le monastère des ursulines et la porte Saint-Louis. En filant vers le nord, nous passons au-dessus de la porte Saint-Jean et, si nous allons là où vous habitez, nous passons au-dessus de la rivière Saint-Charles pour arriver à l'Hôpital Général. Bientôt, vous pourrez voir votre maison sur la rue Saint-Ours. Quant à la nôtre, où vous êtes allées, elle se trouve là, au bout de ma baguette.

— C'est extraordinaire! dit Émilie. N'est-ce pas, les enfants?

— Oh oui!

Et en guise de réponse plus élaborée, elles se mirent toutes trois à applaudir.

— Maintenant que vous avez vu ce plan, conclut l'ingénieur, vous aurez une meilleure idée de la ville et, quand vous aurez l'occasion d'y venir, vous saurez davantage l'apprécier.

En souvenir de leur visite, il donna à chacune une maison miniature.

— Ce sont, dit-il, des maisons qui, en raison d'un défaut quelconque, ont dû être reprises, mais je suis certain que ces demoiselles sauront les garder précieusement.

Proprement émerveillées, les quatre femmes quittèrent l'endroit. Sur le chemin du retour, elles se tordaient le cou dans tous les sens pour repérer des bâtisses et des sites représentés sur le plan-relief.

— M'man, dit Dorothée, j'ai tellement hâte de voir ce qu'aura l'air notre maison quand monsieur Du Berger l'aura terminée !

— Imagine, lui dit sa mère, ce que ton père va dire quand on va lui raconter la merveilleuse journée qu'on vient de passer !

Chapitre 20

La grande faucheuse frappe encore

Dès qu'elle en avait la chance, Émilie prenait le chemin de l'Hôpital Général afin de passer quelque temps avec son beau-père paralysé. Elle parvenait parfois à y amener Edmond qui, tel un enfant, se laissait tirer l'oreille pour s'y rendre. Il était incapable d'admettre que son père, jadis si fort, pût être devenu ce moribond incapable de bouger et de parler. Son état le chavirait et il s'efforçait de ne pas se retrouver en sa présence. Depuis son hospitalisation, la condition du vieillard n'avait fait d'ailleurs qu'empirer.

Un beau matin de printemps, après avoir supplié en vain Edmond de l'accompagner, elle se rendit seule à l'hôpital, selon son habitude. Dès qu'elle eut passé le seuil de la chambre, une religieuse se précipita vers elle.

— Madame Grenon, faites prévenir vos proches s'ils veulent voir leur aïeul une dernière fois avant qu'il ne s'éteigne.

— Je suis venue toute seule. Si vous pensez que j'ai le temps de le faire, je vais retourner tout de suite, sinon j'aime mieux être là pour son départ.

— Si je me fie à mon expérience, reprit la religieuse, il n'en a plus pour très longtemps.

Émilie décida de rester sur place et s'approcha du lit du moribond, qui respirait à peine. Elle dit à la religieuse :

— Y aurait pas quelqu'un dans l'hôpital qui pourrait courir jusqu'à notre auberge afin d'aller prévenir mon mari ?

La religieuse se leva et dit :

— Je vais aller voir !

Comme elle arrivait au rez-de-chaussée, elle vit passer le charretier Étienne Gagné qui s'en allait en ville. Elle se précipita à la fenêtre et, au prix d'une gesticulation effrénée, parvint à attirer son attention. Il fit demi-tour. La religieuse lui expliqua la situation. Il promit de prévenir Edmond en passant. Quelques minutes plus tard, Marie-Josephte et Dorothée accouraient à la fine épouvante, suivies de leur père qui marchait du plus vite qu'il le pouvait.

Quand, à bout de souffle, les jeunes filles et leur père pénétrèrent dans la chambre, ils trouvèrent Émilie en pleurs et, tout près d'elle, cherchant ses mots pour la consoler, le chapelain de l'hôpital, arrivé à temps pour bénir le vieillard et lui fermer les yeux. Jean-Baptiste Grenon venait tout juste de trépasser. Comme on disait si bien dans son beau pays de Charlevoix : il avait terminé son règne.

Une fois le plus fort des émotions passé, Marie-Josephte demanda à sa mère :

— Est-ce qu'il a pu parler avant de mourir ?

— Non, il a pas pu, fit Émilie.

— Mon père était mort depuis deux ans, formula lentement Edmond, depuis ce jour où Marie-Josephte l'a trouvé paralysé.

— Qu'est-ce qu'on va faire ? questionna Dorothée.

— On va le ramener à l'auberge et l'exposer dans la grande salle, assura Edmond. Il le mérite bien.

— C'est ton père, approuva Émilie, c'est à toi de décider.

— La première chose à faire avant tout, reprit Edmond, c'est de prévenir ma sœur et mes deux frères.

— Même s'ils voulaient venir, ils arriveront jamais à temps, répliqua Émilie. De toute façon, ils sont pas venus le voir une fois en deux ans qu'il était ici, ils commenceront pas demain.

— À chaque jour suffit sa peine ! conclut Edmond. Retournez-vous-en à la maison, moi je m'occupe du reste.

— C'est certain ? T'auras pas besoin de nous autres ? insista Émilie.

— Tout ce que je vous demande de faire, poursuivit Edmond, c'est de voir à fermer l'auberge à partir de tout de suite jusqu'à après-demain. Vous mettrez à la porte une couronne noire.

Le service de Jean-Baptiste Grenon, l'Hercule de Charlevoix, eut lieu dès le lendemain dans la chapelle même de l'hôpital, qui servait en même temps d'église paroissiale. Même si la nouvelle avait été annoncée dans le journal, il y eut peu de monde aux obsèques. Edmond fut cependant profondément touché d'y voir messieurs Panet et de Gaspé, qui n'avaient pas oublié leur visite au vieil homme à Baie-Saint-Paul. Les Gagné et les Du Berger y étaient, eux aussi. Edmond obtint que son père soit enterré dans le cimetière paroissial, à l'intérieur même des murs de clôture de l'hôpital, non loin des nombreux soldats des armées de Montcalm et de Wolfe qui reposaient à cet endroit.

Une fois le service terminé, la tâche d'Edmond ne s'arrêta pas là. Il lui fallait gagner Baie-Saint-Paul pour faire ouvrir le testament par le notaire. Il s'attendait à ce que ses frères et sa sœur soient présents à cette lecture. Dès son arrivée à Baie-Saint-Paul, il se rendit chez le notaire qui fixa l'heure de la rencontre au lendemain, à trois heures. Edmond en fit aussitôt avertir ses frères et sa sœur par un voyageur qui se rendait aux Éboulements. Ensuite, il voulut aller passer la nuit à son ancienne auberge, mais eut la surprise de sa vie en la trouvant fermée et à vendre. «Devant mauvaise fortune, se dit-il, il faut faire bon cœur.» Il alla demander à son ami Romuald s'il pouvait l'héberger.

Ce dernier, qui ne l'attendait pas, lui fit la fête. Il vivait seul dans sa petite maison du rang Saint-

Antoine et profita, une fois de plus, de la visite de son ami pour piquer une longue jasette sans queue ni tête dans laquelle toute la paroisse fut passée en revue.

— Qu'est-ce qui t'amène dans nos parages?

— Le testament de mon père.

— Le testament de ton père? Ça veut dire qu'il est mort.

— C'est ça, on l'a enterré y a trois jours à peine. J'ai eu juste le temps d'attraper la goélette de Rémi Harvey pour venir.

— Mes sympathies, mon Edmond. C'est bien tout ce qu'on peut offrir à quelqu'un en deuil.

— Je te remercie, Romu, mais pour moi, mon père était mort depuis sa paralysie. Faut astheure que je fasse lire le testament par le notaire.

— Vas-tu inviter tes frères et ta sœur?

— Faut bien! C'est possible que ça les regarde, eux autres aussi.

— Si c'est de même, je te souhaite bonne chance, parce que ta famille, tu sais, c'est pas quelque chose de très très clair qui s'est passé dedans.

— Qu'est-ce que tu veux dire, au juste? Aurais-tu appris des choses que j'ignore sur ma famille?

— Oui, mais compte pas sur moi pour te renseigner là-dessus! Tu demanderas au notaire. Peut-être bien qu'il saura t'éclairer.

Les réflexions de Romuald firent tomber un lourd silence dans la pièce. Romuald ne s'habituait pas au silence et se parlait à lui-même toute la journée; il ne mit pas beaucoup de temps à reprendre le crachoir et, cette fois, pour se lancer dans une série de nouvelles plus ou moins agréables à l'oreille d'Edmond.

— Tu sais pas la dernière, dit-il. Notre méchant curé a été en chicane avec ton successeur à l'auberge.

— C'est quelqu'un qui aime le trouble.

Edmond qui ne voulait pas s'éterniser sur le compte du curé, demanda abruptement à Romuald :

— Peux-tu me dire où est passé monsieur Allaire, justement ? J'ai vu que l'auberge est de nouveau à vendre.

— Où il est passé, je le sais pas, mais le curé a eu sa tête ! Ça te tenterait pas, par hasard, de racheter ton auberge et de revenir à la baie ?

— Pour qu'il ait ma tête ? Je suis pas pour venir encore au-devant des troubles. On s'habitue à Québec et on a pas à se plaindre.

— Tu pourrais ravoir ton auberge à bon prix.

— À Québec, j'ai absolument pas de trouble et mon affaire marche assez bien. Je suis sur le trottoir… Pourquoi je me mettrais dans la rue ?

— C'est toi qui le sais. Je disais ça juste comme ça. Mais je vois que t'as pas changé, avec tes proverbes. Qu'est-ce que tu dirais si je te disais « Un homme averti en vaut deux » ?

— Pourquoi tu me dis ça ?

— T'es venu pour le testament de ton père. Attends-toi à y trouver des choses qui risquent de pas faire ton bonheur.

— Qu'est-ce que t'en sais ?

— Mon petit doigt me dit que ce testament-là, ça doit être quelque chose d'explosif.

— Qui vivra verra, dit Edmond, à chaque jour suffit sa peine, et si ça te fait rien, j'ai eu une grosse journée et j'en aurai une autre pareille demain. Sans vouloir t'offenser, j'irais bien me coucher.

— Faisons donc ça, répondit Romuald avec un petit sourire. Après tout, la nuit porte conseil...

Le lendemain, après avoir flâné avec son ami Romuald un peu partout dans le village et pris le temps de saluer les uns et les autres, sans oublier de se procurer un sac de gourganes, Edmond se retrouva à l'heure dite chez le notaire. Comme il était fin seul avec le notaire et que l'horloge marquait trois heures et quart, ce dernier lui demanda :

— As-tu l'impression, mon Edmond, qu'ils vont venir ?

— J'en ai aucune idée !

— Nous allons leur donner encore un peu de temps. Ils peuvent avoir été retardés. Les routes ne sont pas toujours faciles par les temps qui courent.

— Disons plutôt, fit remarquer Edmond, qu'avec eux autres, elles le sont pas par tous les temps.

À bout de patience, le notaire allait commencer sa lecture, quand se présentèrent ensemble la sœur et les deux frères d'Edmond. Philibert, qui sentait la boisson à plein nez, regarda Edmond avec un air de bœuf.

Quant à Ernest, les deux mains dans les poches, il passa devant lui comme s'il ne l'avait pas vu. Seule Marie daigna le saluer. Le notaire, qui n'était pas un modèle de patience, commença par une remarque que les arrivants n'apprécièrent guère :

— À ce que je vois, vous n'avez pas la même heure aux Éboulements qu'à Baie-Saint-Paul.

Il n'eut pour toute réponse qu'un grognement de la part de Philibert. Quant à Ernest, il avait la tête rejetée vers l'arrière et contemplait le plafond. Marie, pour sa part, avait visiblement hâte que tout finisse au plus vite.

— Comme vous le savez, reprit le notaire, si je vous ai convoqués ici, c'est à la suite du décès de votre père.

— Dieu ait son âme, lança Philibert, après avoir roté bruyamment.

— Je vous rappelle, au cas où vous ne le sauriez pas, se fâcha le notaire, que la lecture des dernières volontés d'une personne aussi honorable que votre père n'est pas une comédie.

Son avertissement sembla calmer Philibert, d'autant plus que sa sœur Marie changea de chaise pour s'asseoir près de lui, prête à le rappeler à l'ordre au besoin. Sans plus tarder, le notaire commença la lecture. Le défunt recommandait son âme à Dieu et cédait un montant de trente livres pour faire dire des messes pour le repos de son âme. Il donnait ses instructions pour son enterrement, instructions qu'Edmond, sans les connaître, avait suivies à la lettre. Il rappelait ensuite qu'Ernest, Philibert et Marie avaient déjà eu leur héritage, grâce aux terres qui leur avaient été données auparavant.

À ce stade de sa lecture, le notaire s'interrompit.

— Si je vous ai convoqués ici, dit-il aux trois qu'il venait de mentionner, c'est que vos noms paraissaient à cet endroit dans le testament. Si vous n'êtes pas intéressés à en connaître la suite, vous êtes bien libres de partir, mais avant, je veux vous dire que votre père a cédé l'entièreté de ses biens à votre frère Edmond et qu'il a eu pour vous trois la recommandation suivante :

À mes autres enfants, je souhaite que leurs propres enfants aient à leur égard plus de respect et d'amour qu'eux en ont eu pour moi, qui leur ai toujours témoigné l'amour qu'ils pouvaient attendre d'un bon père. Qu'ils se souviennent qu'il n'y a que Dieu qui peut juger le comportement des hommes, car lui seul a assez de sagesse pour le faire. Je meurs en paix, assuré que toutes mes actions à leur égard ont été faites dans un seul but : leur bonheur sur terre.

« C'est là, poursuivit le notaire, le message de votre père. Puissiez-vous en tirer leçon pour votre propre vie ! C'est tout ce qui vous concerne dans son testament. »

Ernest et Philibert se levèrent en grognant. Seule Marie resta jusqu'à la fin de la lecture. Avant de partir, elle alla embrasser son frère Edmond.

— Ne crois pas, dit-elle, que je t'en veux pour tout le passé et parce que t'as toujours été le préféré de notre père. Je te remercie de t'en être si bien occupé et je pense que t'as ce que tu mérites. Tu sais que pour toi, notre porte est toujours ouverte.

— Je l'ai pas oublié, dit Edmond. Il me reste encore deux jours à passer dans Charlevoix avant de reprendre la goélette pour Québec. J'irai te voir, toi et ta famille, avant de partir.

Le notaire prit le temps de remettre une copie du testament à Edmond.

— Comme ça, dit-il, personne ne pourra revendiquer quoi que ce soit.

— Ça me fait pas peur, reprit Edmond, mon père avait bien dit à mes frères et à ma sœur qu'ils avaient déjà eu leur héritage. Il a rien changé dans son testament. Tout est correct de même.

Deux jours plus tard, avant de reprendre la goélette pour Québec, Edmond s'arrêta comme il l'avait promis chez sa sœur Marie, aux Éboulements. Entouré de ses neveux et nièces, il s'amusa à tirer du poignet avec leur mère. Pas une seule fois il ne gagna. Il tenta bien d'en savoir plus long par sa sœur sur ce qui avait pu tant les irriter à propos de leur père.

— Je t'aime bien, répondit Marie, mais compte pas sur moi pour te l'apprendre.

Les paroles de sa sœur vinrent le hanter tout au long du voyage de retour.

Chapitre 21

De la grande visite

L'ingénieur Jean-Baptiste Du Berger avait été charmé par la visite d'Émilie et de ses filles, qui s'étaient pâmées d'admiration devant son plan-relief. Son épouse n'était pas en reste, elle qui s'était fait une bonne amie d'Émilie.

— Ils vivent sur la rue Saint-Ours, où son mari tient une auberge. Ce sont des gens qui n'ont pas nos moyens, mais ils sont fiers de ce qu'ils possèdent. Émilie a promis de nous inviter. Serais-tu intéressé à faire la connaissance de son mari ?

— Bien sûr ! D'autant plus qu'ils habitent tout près de là où j'en suis dans mon plan-relief.

Ce fut ainsi qu'un beau dimanche après-midi, sur l'invitation d'Émilie, les Du Berger arrivèrent à l'auberge en carrosse avec cocher, accompagnés de leurs trois enfants. Émilie avait pris la peine de préparer quelques pâtisseries en prévision d'un goûter. Comme chaque dimanche, l'auberge était pratiquement déserte ; seuls deux voyageurs s'y trouvaient. Puisque

Edmond n'avait jamais rencontré les Du Berger, Émilie, entourée de ses filles, fit les présentations. Tout de suite, Marie-Josephte, Dorothée et Alicia s'occupèrent d'amuser les trois petits Du Berger. Spontanément, Louis-Thomas choisit Dorothée. Autant il était silencieux quand elle l'avait trouvé, autant il était volubile aujourd'hui.

Pendant ce temps, leurs parents, après une brève visite de l'auberge, se retrouvèrent dans la cuisine autour d'un verre d'absinthe. Émilie et Geneviève, comme les deux grandes amies qu'elles étaient devenues, échangèrent des recettes de cuisine pendant qu'Edmond, pipe en main, se laissa conter par Jean-Baptiste Du Berger les péripéties de son arrivée à Québec.

— Je suis né à Détroit. Alors que j'allais sur mes quinze ans, mon père a décidé de me faire instruire en français et il m'a expédié à Québec, où je suis arrivé seul, à bord d'une diligence, avec mon coffre de hardes. Je suis descendu de voiture. Deux hommes avaient déposé mon coffre près de moi, au bord de la rue. Je regardais d'un côté et de l'autre pour tâcher de m'orienter dans cette ville que je ne connaissais pas, tout en me demandant comment je pourrais me rendre à destination, quand une voiture s'est arrêtée à ma hauteur. Son conducteur avait dû deviner mon désarroi. « Où vas-tu comme ça, jeune homme ? » m'a-t-il demandé. « Au Séminaire ! » « Monte, je vais t'y conduire, c'est sur mon chemin. » Il est descendu de sa voiture à bord de laquelle, en un tournemain, il a déposé mon coffre. Chemin faisant, il m'a dit : « Tu t'en vas pensionnaire au Séminaire, je suppose, mais à ce temps-ci de l'année, m'est idée que ces bons messieurs ne voudront pas de toi.» «Comment ça?» «L'année est beaucoup trop entamée, même qu'elle achève, si je ne me trompe pas.» «Qu'est-ce que je vais faire?» «T'en retourner d'où tu viens et revenir dans une couple de mois, quand la nouvelle année d'études débutera.» Il s'est rendu compte de ma contrariété; nous arrivions au Séminaire. «Va d'abord te renseigner, dit-il. Je t'attends! S'ils ne veulent pas de toi, tu viendras pensionner chez moi si ça te chante, c'est pas la place qui manque. Je te trouverai bien quelques petits travaux à faire en paiement de ta pension. C'est pas une bouche de plus pendant deux mois qui va faire une grosse différence, d'autant plus que nous sommes maintenant tout seuls, ma vieille et moi.» C'est ainsi que j'ai abouti chez grand-père Langlois, dont un des fils, Thomas, m'apprit-il avec un clin d'œil bien senti, avait une maison qui débordait du plus bel assortiment de filles de Québec. Voilà comment je me suis retrouvé à son service.

— Est-ce que…? commença Edmond, avant de se raviser. Je veux pas faire de manières, mais si vous n'y voyez pas d'inconvénients, monsieur Du Berger, comme j'ai plus que votre âge, je me sentirais plus à l'aise si je pouvais vous tutoyer.

— Faites donc! Non pas, se corrigea aussitôt l'ingénieur, faisons donc de même. À partir de tout de suite, c'est tu et Jean-Baptiste.

— J'allais te demander, reprit Edmond, si t'as travaillé longtemps chez les Langlois.

— Le temps des vacances. J'étais bien jeune, mais parmi les filles de Thomas Langlois, j'en avais remarqué une, ma Geneviève. Quand j'ai eu l'âge, je suis retourné chez les Langlois. Elle était toujours libre. Les fréquentations n'ont pas été longues.

Pendant que les hommes causaient ensemble, les femmes continuaient à parler de choses et d'autres. D'une confidence à l'autre, elles en étaient revenues au temps de leur jeunesse.

— J'étais l'aînée de la famille, racontait Geneviève, et tu sais comment ça se passe quand tu es l'aînée, tu deviens le bras droit de ta mère. C'est en plein ce que j'ai été. Pendant que mes sœurs avaient la chance d'aller à l'école pour y apprendre à lire, à écrire et à compter, moi je me morfondais à laver, à nettoyer, à seconder ma mère dans toutes les corvées de la maison. Quand, quelques années plus tard, mes amours avec Jean-Baptiste ont pris un tournant plus sérieux, j'ai décidé que si je voulais réussir quelque chose dans la vie, il fallait que je m'instruise. Je suis allée à l'école. Ça n'a pas pris de temps, après avoir entendu mes sœurs pendant des années réciter leurs leçons, que j'ai appris à lire, à écrire et à compter. Tu peux être certaine que j'étais fière de moi. Pour tenir maison, je l'avais assez fait avec ma mère que j'étais prête à me marier. Et c'est ça qui est arrivé.

Au moment où les femmes étaient plongées dans leurs souvenirs, Jean-Baptiste vantait à Edmond les vertus de sa femme.

— Regarde-la, et tu vas savoir tout de suite pourquoi je l'ai mariée.

— T'as fait un bon choix, Jean-Baptiste, ta femme est vraiment belle.

— Sais-tu ce que j'ai aimé le plus d'elle, dès que je l'ai vue ?

— Quoi donc ?

— Ses yeux ! Regarde les beaux yeux bruns qu'elle a. C'est une femme délicieuse, vive et enjouée. En plus de ça, elle est débrouillarde ; rien ne l'embête et elle n'a peur de rien.

— Je comprends, Jean-Baptiste, pourquoi tu l'as choisie et je comprends aussi pourquoi elle est amie avec la mienne : elles partagent à peu près les mêmes qualités.

— Ç'a été des noces grandioses, poursuivait de son côté Geneviève. Jean-Baptiste aime beaucoup la musique. Une danse n'attendait pas l'autre et nous avons eu beaucoup de plaisir.

— Pour nous, ç'a été beaucoup plus simple, expliqua Émilie. Nos invités étaient tous de notre famille. Ç'a été une belle noce avec de la bonne nourriture et aussi des danses menées par de bons violoneux.

— Dès après nos noces, Jean-Baptiste devait partir plusieurs mois pour faire des arpentages du côté du Saguenay et du Saint-Maurice. J'ai décidé de l'accompagner. Pendant qu'il passait de longues journées dans les bois à tirer le tracé d'un futur chemin, je vivais sous la tente. J'avais l'air d'une vraie Sauvagesse. Je suis restée dans le bois des mois durant, sans me soucier des moustiques. Il fallait bien que je m'occupe de mon homme !

— T'es vraiment courageuse, Geneviève… Vivre comme ça dans les bois !

— Sais-tu, Émilie, que j'aimais ça ? Je lavais le linge dehors, sur le bord d'un lac ou d'une rivière. Je préparais les repas sur des feux de bois, en pleine forêt. Je pêchais et nous mangions mes prises. Ce que j'aimais surtout, c'était le grand silence de la forêt. J'étais entièrement dévouée à mon homme. Il me le rendait bien, parce qu'il était fier de m'avoir avec lui et de pouvoir partager avec moi ces premiers moments de notre vie commune.

— Ma vie après mon mariage a été pas mal plus simple que la tienne. J'ai pas tardé à avoir Nicolas. Je restais à la maison, comme je le fais depuis ce temps-là, à voir au bonheur des miens, en faisant à manger, en m'occupant de tout. Sais-tu que je couds, que je fais même nos chandelles ? Quand on a tout juste de quoi pour vivre, il faut ménager. J'ai quasiment envie, chère, de te confier un secret.

— Ça me fait plaisir que tu me témoignes cette confiance-là.

— Il faut que ça reste entre nous deux.

— Tu n'as pas à t'inquiéter, Émilie, je suis capable de garder un secret.

— Je mets de l'argent de côté pour réaliser un de mes rêves.

— Lequel ?

— Celui d'avoir un jour une commode, un peu comme celle que j'ai vue chez vous.

— Je te souhaite de tout cœur de pouvoir parvenir à t'en acheter une. Mais tu m'intrigues, tu as parlé de *tes* rêves.

— J'en ai d'autres dont je parle à personne, parce qu'il paraît que quand on en parle, ils se réalisent quasiment jamais. J'en ai un qui me tient beaucoup à cœur. Peut-être bien que je te le dirai un bon jour.

Elles se turent un moment. Les hommes eux aussi avaient fait une pause dans leur conversation et le silence tomba dans la pièce. On entendait au loin, dehors, les cris et les rires des enfants qui s'amusaient à jouer au chat et à la souris. Geneviève brisa ce silence en disant :

— Un ange passe.

— Un ange a passé, dit Émilie.

Geneviève reprit :

— Après que j'ai eu mon premier-né, ma vie a changé complètement. J'ai été obligée de laisser mon mari aller tout seul à ses arpentages. Il fallait que j'allaite le bébé et j'avais peur qu'il tombe malade si je l'emmenais avec nous dans les bois. Je ne voulais pas l'exposer aux piqûres des moustiques, aux dangers des rivières, aux changements brusques de la température, l'été, et aux grands froids de l'hiver.

— Nous vivons dans un pays rude, approuva Émilie. Je te comprends de pas avoir pris de risques avec l'enfant.

— Heureusement, reprit Geneviève, cette vie loin de mon mari n'a pas duré très longtemps. Il a été appelé à travailler à Québec et à s'adonner à des travaux beaucoup plus appropriés à un homme de sa capacité et de son habileté. C'est comme ça qu'on lui a confié la confection du modèle à l'échelle de la ville de Québec que tu as vu avec tes filles. Ça fait cinq ans qu'il travaille là-dessus et il a presque terminé. Il faudra que tu viennes avec moi pour voir comment il s'y prend pour mesurer les maisons et les reproduire en miniature.

L'après-midi avançait et déjà Émilie commençait à songer au souper qu'elle devait préparer pour les siens et les deux clients de l'auberge. Elle invita Geneviève à partager leur repas.

— Vous allez souper avec nous?

— Ça nous ferait bien plaisir, ma chère, mais nous sommes attendus chez des amis pour souper. C'est l'anniversaire de leur fils, dont nous sommes le parrain et la marraine. Il faudra se reprendre.

Les femmes se levèrent; ce fut le signal pour les hommes d'en faire autant. Les Du Berger saluèrent leurs hôtes et récupérèrent leurs enfants en passant par la cour. Les filles les gâtèrent en leur donnant une montagne de galettes. Devant la maison, le cocher n'avait pas bougé. Les adieux furent courts, agrémentés de promesses de retrouvailles toutes proches. Aussitôt leurs amis partis, Émilie réquisitionna ses filles pour l'aider à préparer le souper. Le quotidien avait déjà repris ses droits.

Chapitre 22

Les deux apprentis

Un bon matin, Dorothée se rendit chez les Gagné, où les jumelles l'avaient invitée à faire de la tire de la Sainte-Catherine. À peine était-elle entrée qu'elle déclara :

— Vous me croirez peut-être pas, mais j'ai jamais fait de tire de la Sainte-Catherine.

— Ta mère en fait pas ?

— Elle a pas le temps ! Quand j'étais plus jeune, elle en faisait, mais je me souviens pas comment.

— Y a rien de plus simple, dit Angélique. Si tu veux, on va commencer tout de suite.

Angèle s'affairait déjà à sortir les ingrédients des armoires de la cuisine. Elle avait noté la recette sur un bout de papier et Angélique l'exécutait au fur et à mesure qu'Angèle lisait.

— Ça prend deux tasses de cassonade.

— Ça me revient, expliqua Dorothée. On avait de la misère à avoir de la cassonade. Ça doit être pour ça que m'man faisait plus de tire : il devait lui manquer des ingrédients.

Angélique avait fini de préparer la cassonade.

— Deux tasses de mélasse ! dit Angèle

Dorothée aida Angélique à vider la mélasse.

— Elle est épaisse, dit-elle. Au fait, savez-vous d'où ça vient la mélasse ?

— Moi, je le sais, s'exclama Angèle. Ça vient des îles d'Amérique[1].

— Où est-ce qu'elles sont, ces îles-là ?

Ni Angèle ni Angélique ne purent le préciser.

— Peu importe, dit Angèle, pourvu qu'on ait leur mélasse.

— Qu'est-ce qu'il faut encore ? demanda Angélique.

— Qu'est-ce qu'il faut encore ? répéta Angèle. Voyons, voyons ! Une demi-tasse d'eau.

— C'est prêt ! lança Dorothée.

— Une cuillerée de beurre !

— C'est fait !

— Deux cuillerées de vinaigre !

— Je m'en occupe, dit Angélique.

— Du soda !

— Faut faire bouillir la cassonade, la mélasse, le vinaigre et le beurre jusqu'à temps que la tire devienne dure quand on en met dans l'eau.

Elles mirent le chaudron sur le feu et, tout en bavardant, elles guettèrent le moment où le mélange

---

1. C'est ainsi que les Antilles étaient encore désignées, à cette époque (Note de l'éditeur).

allait mériter le nom de tire. De temps à autre, elles en laissaient tomber quelques gouttes dans l'eau.

— C'est pas encore prêt, mais ça s'en vient les filles. J'ai assez hâte d'y goûter.

— Ma sœur est gourmande, dit Angèle en ricanant.

— Gourmande toi-même !

— Vous allez pas vous chicaner, leur reprocha Dorothée, juste au moment où la tire est prête.

— C'est vrai ! Regarde ! intervint Angélique. Elle durcit dans l'eau.

Elles retirèrent le chaudron du poêle.

— Vite Angèle ! Qu'est-ce qu'il faut faire ? Qu'est-ce qu'il faut faire ?

— C'est marqué : « mettre du soda et verser le tout dans un plat graissé de beurre ».

En un tournemain, Dorothée s'empara d'un plat qu'elle graissa rapidement. Les jumelles versèrent le tout dedans.

— Il reste plus qu'à attendre que ça refroidisse assez pour qu'on puisse prendre la tire afin de l'étirer.

Après quelques minutes, Angélique se risqua :

— On peut la tenir à présent. Qui l'étire avec moi ?

Dorothée et Angèle crièrent « Moi ! » à l'unisson.

— Laisse notre invitée l'étirer avec moi, conseilla Angélique. Toi tu la couperas quand elle sera prête.

Elles étirèrent la tire jusqu'à en faire une longue torsade, la replièrent plusieurs fois pour l'étirer de nouveau jusqu'à ce qu'elle soit bien dorée. Angèle se servit ensuite d'une paire de ciseaux pour la couper en petits bouts et en faire autant de bonbons savoureux. Le dernier morceau n'était pas encore coupé que chacune en avait un dans la bouche. Pendant qu'elle mâchait distraitement, Dorothée jeta un coup d'œil sur l'exemplaire de *La Gazette* posé sur la table. Tout à coup, elle s'écria :

— Regardez ce qui est écrit ici !

— Quoi donc ?

— Là, indiqua Dorothée.

Angélique lut à haute voix :

« Avis de recherche

Deux de mes apprentis ont déserté.

Thomas Edge, âgé de 14 ans, bien pris pour son âge, joli et d'un beau teint ; il porte un habit de drap vert, et des culottes de velours à lames larges ; il a aussi un habit et des culottes de nankin gris foncé, presque neufs.

Angus Nicols, âgé de 13 ans, bien pris mais pas grand pour son âge ; a le teint rougeaud, les cheveux entre roux et couleur sable, il parle plus lentement que son camarade Edge, et est plus modeste dans son maintien. Il a un habit de drap noir, et un de nankin gris foncé, une paire de culottes de velours rayé, et une autre de nankin blanc, avec de petites raies bleues.

Défense à toute personne de donner refuge à ces apprentis sous peine de poursuites. Si on me les livre, tous les frais seront payés avec reconnaissance et une récompense convenable.

William Gray »

— En voilà deux, dit Angèle, que si jamais ils se font reprendre, ils vont passer un drôle de mauvais quart d'heure.

— J'aimerais mieux pas être dans leurs souliers, ajouta Angélique.

Dorothée retourna chez elle avec quelques morceaux de tire pour Marie-Josephte et Alicia ainsi que pour ses parents.

La même nuit, vers les cinq heures du matin, alors que Dorothée allait satisfaire un besoin naturel dans la cabane qui servait de toilettes, au bout de la cour, elle entendit un bruit du côté du hangar. Son caractère fonceur lui commanda de tirer ce bruit au clair et d'y aller voir. Elle y trouva, terrés dans le hangar, les deux déserteurs cités dans *La Gazette*. Le jour commençait à filtrer par la fenêtre; elle les reconnut sans peine à leur habillement. Les deux apprentis s'apprêtaient à fuir quand Dorothée, en posant l'index sur ses lèvres, leur fit signe de se taire.

— Vous sauvez pas, leur chuchota-t-elle. Je sais qui vous êtes. Tout le monde vous cherche. Si vous vous faites prendre, vous allez recevoir cent coups de bâton. Restez ici, je vais m'arranger pour mieux vous cacher. Attendez que je revienne, je vais vous apporter de quoi à manger.

Elle entra à toute allure dans la cuisine, s'empara d'une miche de pain et en coupa deux bonnes tranches. « Ça fera pour le moment », se dit-elle. Sans plus tarder, elle alla porter le pain aux jeunes évadés.

— Maintenant, dit-elle, vous allez me dire pourquoi vous vous êtes enfuis de chez votre maître.

— C'est un méchant homme, dit le plus jeune des deux.

— Il nous bat, ajouta le plus vieux.

— Il vous bat ?

— Oui ! Avec le fouet.

L'enfant avait élevé la voix, bien malgré lui.

— Chut ! dit vivement Dorothée. Faut parler bas, et surtout, faut que je trouve un moyen d'améliorer votre cachette. Pour le moment, vous allez rester ici, je reviens dans quelques minutes.

Elle partit aussitôt vers la maison des Gagné, une famille de lève-tôt. Avec un peu de chance, les jumelles seraient déjà debout. Elle attendit, cachée dans des broussailles, à l'arrière de la maison. C'est Angèle qui parut la première, encore tout endormie, titubant vers les toilettes extérieures. Dorothée fit « Psit ! Psit ! » à quelques reprises pour attirer son attention. En apercevant Dorothée, Angèle s'exclama :

— Qu'est-ce que tu fais ici de si bonne heure ?

— Chut ! fit Dorothée. Parle pas si fort.

Elles se cachèrent derrière le hangar.

— Tu croiras pas ce qui m'arrive. J'ai trouvé les deux jeunes déserteurs rapportés dans le journal d'hier, cachés dans notre hangar. Je veux pas qu'ils soient repris. Avertis Angélique ! Faut trouver un moyen de les cacher un certain temps.

— T'es certaine que ce sont bien eux?

— Ils m'ont dit qu'ils se sont évadés parce que leur maître les bat. Ça paraît, d'ailleurs, ils ont des marques sur la figure. Ils font vraiment pitié.

— Laisse-nous le temps d'y penser, dit Angèle. J'en parle à Angélique. On va trouver quelque chose : faut pas que ce méchant homme puisse les reprendre.

Toute la journée, Dorothée fut aux aguets, prête à faire toute commission justifiant une visite au hangar. Heureusement, personne n'eut besoin de s'y rendre. Elle seule s'y présenta à deux reprises avec du pain, un peu de fèves au lard et de l'eau. Ses protégés ne bougèrent pas de leur tanière. Vers les quatre heures, les jumelles vinrent chercher Dorothée.

— On a trouvé pour tes deux déserteurs la meilleure cachette du monde.

— Où ça?

— Tu verras ce soir! À la brunante, débrouille-toi pour les conduire près de l'auberge, là où les gens ont l'habitude d'attacher leurs chevaux. On sera là avec la noirceur, dans environ deux heures.

Sans poser plus de questions, Dorothée s'arrangea pour faire sortir les deux enfants de leur refuge au moment convenu. Comme elle rejoignait l'endroit indiqué, les jumelles entraient dans la cour de l'auberge à bord de la charrette d'Étienne, couverte à dessein d'une bâche. Pendant qu'Angèle s'entretenait avec Dorothée, Angélique fit discrètement monter les deux fugitifs dans le véhicule, où ils se dissimulèrent sous la bâche.

— Tu viens avec nous? dit Angèle, d'une voix assez forte pour être bien entendue de l'auberge.

— J'y vais, lança Dorothée, en montant s'asseoir entre les deux jumelles, sur le banc du conducteur.

Edmond entrouvrit la porte.

— Où vas-tu? demanda-t-il à Dorothée.

— Juste faire un petit tour chez les Gagné.

— Rentre pas trop tard! dit-il.

Quand le cheval regagna la rue, les jumelles poussèrent ensemble un long soupir.

— Ouf! dit Angélique, on l'a échappé belle.

— Où est-ce qu'on va comme ça? demanda Dorothée d'une voix un peu inquiète.

— À l'hôpital, répondit Angèle. On s'est arrangé avec Étienne: c'est pour ça qu'on a la charrette.

Elles firent route jusqu'à l'Hôpital Général, où les attendait Étienne, près de la porte du jardin qu'il avait légèrement entrouverte. Pendant qu'Angèle et Dorothée surveillaient les alentours, Angélique fit descendre les déserteurs et les mena, à travers le jardin, jusque dans la chapelle de l'hôpital.

Quand le chapelain vint dire sa messe, à six heures du matin, il les trouva, couchés dans un coin. Ils lui expliquèrent leur situation et demandèrent le droit de se réfugier dans la chapelle, qui était aussi l'église paroissiale Notre-Dame-des-Anges.

Quand il vit de quelle façon ces garçons étaient traités, le chapelain, habitué à secourir les gens dans la misère, accepta de les aider. La maison de Dieu est un refuge que personne ne peut violer. La nouvelle se répandit dans tout Québec et plusieurs voix s'élevèrent pour parler des conditions inhumaines dans lesquelles certains maîtres employaient leurs apprentis. Il y eut des négociations pendant plusieurs jours.

Pressés par le marchand, les représentants de l'autorité civile prièrent le chapelain de leur livrer les jeunes appentis. Ce dernier déclara que puisqu'ils avaient trouvé refuge dans la maison de Dieu, ils y étaient en sécurité. C'était leur droit d'y demeurer et personne ne pouvait les en expulser contre leur gré.

Dorothée et Marie-Josephte, tout comme Agathe et les jumelles, se relayaient pour apporter de la nourriture aux deux pauvres apprentis. Le sieur Gray protesta par l'entremise des journaux et menaça de procès toute personne qui aurait aidé les fuyards à se réfugier dans la chapelle de l'hôpital. Ses menaces furent vaines : personne ne savait comment ils avaient pu se rendre là, personne ne souhaitait trouver leurs complices. Au contraire, on disait que les gens qui les avaient aidés méritaient des félicitations. Le sieur Gray eut beau protester, les autorités virent à placer ces jeunes engagés chez un meilleur maître.

Dorothée avait eu beaucoup de plaisir à vivre cette aventure en compagnie des jumelles, qui eurent bientôt une nouvelle importante à lui communiquer.

Après s'être fait un peu prier, Angélique cracha le morceau :

— Eh bien, dit-elle, on s'est fait chacune un cavalier.

— Qui ça ? s'étonna Dorothée.

— Tu les connais pas, ils travaillent tous les deux au chantier naval, précisa Angélique. C'est Étienne qui nous les a fait rencontrer.

— Ils sont beaux et ils sont fins, renchérit Angèle. Ça veut dire qu'on pourra plus se voir les bons soirs, faudra que tu viennes juste les autres soirs.

Dorothée leur laissa entendre qu'elle était très heureuse pour elles, mais en même temps, elle se dit que leurs relations ne seraient jamais plus les mêmes. Elle songea tout à coup à son père qui aurait certainement accolé un proverbe à la nouvelle : « Quand l'amour s'installe, l'amitié détale. »

— Il faudrait bien, dit-elle, que je me trouve un cavalier à mon tour.

— On va garder l'œil ouvert, promirent les jumelles. Olivier et Martial ont certainement des amis de leur âge qui sont libres. On va t'en trouver un.

— Ça veut pas dire que ça va être le bon !

— Tiens, tiens ! Dorothée qui fait sa difficile, la taquinèrent les jumelles.

Dorothée ne répliqua pas à la plaisanterie. Le lien solide qui s'était tissé entre elles venait, par la force des choses, de commencer à se dénouer. Elle avait le cœur gros quand elle retourna tranquillement à l'auberge. Il lui semblait que quelque chose se défaisait dans sa vie et elle se sentait de plus en plus seule à chaque pas. Son optimisme de Grenon, cependant, ne tarda pas à refaire surface. « Comme dirait mon père, finit-elle par se convaincre, un jour, ce sera ton tour. »

Chapitre 23

Les deux grandes amies

À la suite de la rencontre avec les Grenon, Geneviève Du Berger devint la grande amie d'Émilie. Cette dernière ne pouvant pratiquement jamais se libérer de son travail à l'auberge, Geneviève se mit à lui rendre régulièrement visite.

— Tu pourrais demander à ton mari de te donner congé pour une fois, lui dit-elle un jour. Nous irions ensemble rejoindre Jean-Baptiste et nous l'aiderions à prendre ses mesures pour terminer son plan-relief. Nous n'aurions pas à aller loin, puisqu'il est à confectionner les maisons de Saint-Roch en finissant justement par ici. Il en est aux environs de l'Hôpital Général.

— Si je comprends bien, dit une Émilie toute ravie, il fera la miniature de notre auberge.

— En effet, elle y sera, comme les autres !

— Ah ! J'ai bien hâte de voir ça.

— Je te promets, reprit son amie Geneviève, que le jour où il posera votre maison sur le plan-relief, je vous inviterai à assister à la manœuvre.

◦◦◦

Quelques jours plus tard, avec l'approbation d'Edmond, Émilie alla rejoindre son amie au bout de la rue Saint-Ours. L'ingénieur y prenait des mesures. Quand Geneviève la vit arriver, elle alla au-devant d'elle et se montra étonnée de la voir seule.

— Tu aurais dû venir avec ton mari. Je suis certaine que ça l'aurait intéressé de voir comment Jean-Baptiste s'y prend pour réaliser ses mesures.

— Edmond avait autre chose à faire. Mais il va pouvoir se reprendre quand ton mari sera plus avancé dans notre rue. Edmond manquera certainement pas de le voir mesurer notre maison.

— Tu arrives juste à temps, ma chère. Jean-Baptiste a terminé ses mesures pour aujourd'hui. Il monte justement à l'entrepôt pour placer sur le plan-relief quelques maisons qu'il a terminées hier. Viens ! Nous allons lui donner un coup de main.

— Je pourrai pas rester très longtemps, la prévint Émilie, sur un ton coupable. Tu sais, on a de besoin de moi à l'auberge.

— Ne t'en fais pas, Jean-Baptiste n'a que quelques maisons à poser.

Elles montèrent dans la voiture où ce dernier les attendait. Trois quarts d'heure plus tard, elles se trouvaient à l'entrepôt.

— Tu vas voir, nous ne serons pas de trop. Ça prend réellement des doigts de femme pour faire tenir en place les maisons sur le plan jusqu'à ce que la colle soit assez prise pour la laisser faire son travail tout seul.

— Tu peux te fier à moi, chère, j'ai de la patience.

Jean-Baptiste leur montra ses petites maisons encore en pièces détachées. Il en monta une, dont il colla les murs et le toit, et confia à Geneviève la tâche de la maintenir un moment à son emplacement sur le plan. Il en réalisa une seconde, qu'il demanda à Émilie de bien tenir. En l'ajustant de nouveau sur le plan, il effleura de ses doigts les mains captives d'Émilie. Cette caresse involontaire fit monter le sang au visage d'Émilie, ce dont se rendit compte son amie.

— Te voilà comme une tomate mûre! Aurais-tu trop chaud? As-tu un malaise?

— T'inquiète pas, c'est rien, c'est juste l'émotion de pouvoir participer à la confection du plan. Te rends-tu compte, je vais pouvoir dire que j'ai aidé à mettre cette maison en place.

— Chère Émilie, ça ne prend vraiment pas grand-chose dans la vie pour te rendre heureuse.

Émilie se remit à rougir.

— Tu sais, reprit-elle, quand on est pas habitué à beaucoup, un petit rien fait plaisir.

— Tu as bien raison et tu es fort chanceuse d'être de même. Il y en a tellement qui ne sont jamais capables de se contenter de ce qu'ils ont.

— Te rends-tu compte, Geneviève, j'en reviens pas, on est en train de rebâtir en miniature la ville de Québec.

— C'est bien vrai. C'est pour ça que je suis si fière de ce que fait mon mari.

Le lendemain et les jours suivants, à la première occasion, Geneviève vint trouver Émilie pour lui demander de bien vouloir l'accompagner.

— Il faut que tu viennes, Émilie ! Jean-Baptiste est à prendre les mesures de quatre maisons au bout de la rue. C'est le temps où jamais de venir le voir faire.

— Ma bonne Geneviève, t'es très gentille de m'inviter, mais si j'y vais, qui s'occupera du souper ? J'ai pas comme toi une cuisinière pour le faire à ma place.

— Pauvre Émilie. Je suis tellement accoutumée à ne pas avoir à préparer les repas que je n'ai pas pensé à ça.

— Je te comprends, mais, vois-tu, quand bien même je voudrais y aller, ma chère, je pourrais pas.

— Peut-être que ton Edmond, lui, pourrait venir ? Ça ferait bien plaisir à Jean-Baptiste de lui expliquer comment il s'y prend pour mesurer les maisons.

— Il irait probablement si seulement il était à la maison, mais il y est pas : il avait affaire au moulin. Je l'attends pas avant deux bonnes heures. Mais je te promets une chose : quand Jean-Baptiste viendra mesurer notre maison, tu peux être certaine qu'on va tous être là.

— Dans ce cas-là, ça ne sera pas plus tard que demain. Heureusement, il devrait faire beau.

Le lendemain, quand Dorothée signala la présence de Jean-Baptiste devant la maison voisine, Edmond sortit, suivi de ses trois filles. Émilie dit:

— Je vais vous suivre betôt! Est-ce que Geneviève est là?

— Bien sûr! cria Dorothée. Même qu'elle s'en vient icite.

Geneviève alla débusquer son amie jusque dans sa cuisine.

— C'est le grand jour, dit-elle à Émilie. Va falloir que tu lâches tes tartes si tu ne veux pas manquer ça.

— T'inquiète pas, je me préparais à le faire, déjà qu'Edmond est parti avec mes filles.

Deux minutes plus tard, elle se trouvait dans la rue en compagnie de Geneviève. Entouré d'Edmond et de ses filles, Jean-Baptiste se dirigeait vers l'auberge.

— Attends un peu que je m'installe, mon Edmond, dit Jean-Baptiste, et je vais t'expliquer exactement comment je m'y prends.

L'ingénieur avait un réel don pour le dessin en perspective. Outre un petit coffre en bois, il traînait un petit banc pliant, qu'il déploya directement en face de l'auberge avant de s'y asseoir. En quelques traits, il en fit une esquisse fort réussie. Chaque menu détail de l'édifice y figurait. Edmond et les filles, pleines d'admiration, le regardaient reporter en trois coups de crayons tout l'environnement de la maison: la clôture, les arbres, le chemin qui menait à l'écurie. Rien n'échappait à l'œil incisif de Jean-Baptiste.

— J'en reviens pas comment vous êtes bon pour dessiner, s'extasia Marie-Josephte.

Geneviève pria Émilie d'aller jeter un coup d'œil sur le croquis réalisé par son mari.

— C'est pareil, dit-elle, ravie, c'est vraiment pareil !

— Il lui reste maintenant à prendre les mesures pour reporter toutes les dimensions sur son dessin, expliqua Geneviève.

Jean-Baptiste sortit du petit coffre en bois deux instruments qu'Edmond n'avait jamais vus et qui l'impressionnèrent au plus haut point. Il demanda :

— Qu'est-ce que c'est ça, Jean-Baptiste ?

— Celui-ci ? C'est un cercle hollandais, ou cercle d'arpenteur.

— À quoi sert-il ?

— Il me permet de mesurer des angles.

— Et l'autre ?

— C'est un instrument que nous avons reçu tout récemment, qui s'appelle un théodolite.

— Ça sert à quoi ?

— À mesurer les hauteurs, en particulier, et aussi les largeurs.

— C'est avec ça que tu vas mesurer ma maison ?

— Oui ! Tu vois, ces instruments nous permettent de mesurer les choses de loin, sans avoir à le faire en prenant une aune, en l'appliquant sur le mur autant de fois qu'il y en a dans la longueur et en additionnant tout ça pour déterminer la longueur exacte. Avec ces instruments, nous pouvons le faire à distance. Ça nous évite par exemple d'être obligé de grimper sur un toit pour en connaître la hauteur.

Edmond, bouche bée, écoutait attentivement Jean-Baptiste. Il avait de la difficulté à croire que de tels instruments pouvaient réellement fournir des mesures d'une grande précision. Pour lui, c'était ni plus ni moins de la magie. Il ne tenta pas d'en comprendre davantage. Il fut tout étonné quand Jean-Baptiste lui dit :

— Ta maison mesure vingt-huit pieds de largeur.

— T'as raison, dit-il, c'est en plein ça : c'est écrit dans le document du notaire Panet.

— Tu vois, lui dit Jean-Baptiste. C'est comme ça que je vais pouvoir mesurer sa hauteur, sa largeur, les dimensions de la porte et des fenêtres. Après ça, je vais pouvoir la reproduire à l'échelle sur mon plan-relief que tu n'as pas vu, mais que tu devrais venir voir, surtout quand je vais y poser ta maison dans quelques jours.

En entendant parler ainsi l'arpenteur, Marie-Josephte, Dorothée et Alicia entourèrent leur père.

— On veut y retourner, dirent-elles. On veut voir notre maison sur le plan-relief.

— On ira, promit Edmond. J'ai bien hâte de voir ce plan-là.

Quand, quelques jours plus tard, toute la famille se retrouva à la Haute-Ville pour la cérémonie tant attendue, Jean-Baptiste leur montra d'abord leur maison en miniature. À tour de rôle, les cinq Grenon furent réquisitionnés pour tenir la maison en place jusqu'à ce que la colle prenne. Après quoi, ils demeurèrent un long moment à contempler le chef-d'œuvre. Quand ils montèrent en voiture pour retourner à l'auberge, ils étaient encore tout remués par l'incroyable spectacle du plan-relief et par la part qu'ils y avaient prise, si minime fût-elle. C'est Émilie qui sut le mieux résumer la situation.

— C'est extraordinaire, dit-elle, d'avoir eu la chance dans notre vie de faire ce qu'on vient de faire. Vraiment, c'est extraordinaire. Geneviève a un mari savant.

Le dernier mot, comme toujours, reviendrait à Edmond, à plus forte raison en ce jour inoubliable.

— Et un grand artiste. Je pensais jamais de ma vie voir quelque chose d'aussi beau et d'aussi bien fait.

— C'est bien pour dire, reprit Émilie, y a des belles choses pas loin de chez nous, et on sait même pas que ça existe. On l'aurait jamais su, si on n'avait pas connu les Du Berger.

— Faut crère que pour une fois, conclut Edmond, on était dûs !

Chapitre 24

Les rêves d'Émilie

À cinq heures, les clients de l'auberge étaient ordinairement déjà attablés. Dès qu'ils avaient expédié leur souper, ils retournaient vaquer à leurs occupations. Ceux qui couchaient à l'auberge regagnaient leur chambre avant la brunante ou se regroupaient autour d'une table pour jouer aux cartes ou aux dames, à la lueur d'une unique chandelle.

Une fois les tâches quotidiennes terminées, la noirceur ramenait toute la famille au bout de la cuisine, non loin de l'âtre, autour de la table du souper. Il y avait déjà bien assez de gaspiller en éclairant la façade de l'auberge au moyen d'un fanal, comme l'exigeait le règlement municipal ; il importait d'économiser sur l'éclairage intérieur. Edmond demeurait très strict sur ce point. Il n'était pas question que tout le monde se promène dans la maison avec une chandelle à la main. Il disait : « Au prix qu'elles reviennent et à la vitesse qu'elles fondent, on n'a pas les moyens de se payer des tas de chandelles. »

Comme chez la plupart des familles du quartier, une unique bougie brûlait au milieu de la table. Regroupés tout autour, les Grenon écoulaient le temps à discuter de tout et de rien. Parfois, le silence creusait longtemps son nid entre les conversations. D'autres fois, elles s'animaient autour d'un événement récent ou encore du temps qu'il faisait. Certains soirs, quand Dorothée allait voir les jumelles Gagné, elle en revenait avec un ou deux anciens numéros de *La Gazette*. Quand Théophile Gagné en avait terminé la lecture, il s'en servait pour allumer le poêle. Dorothée finissait souvent par lui soutirer un vieux numéro qu'elle s'empressait de rapporter à l'auberge. Ces soirs-là, elle prenait le temps d'en relever les principales nouvelles. Elle lisait d'abord les annonces relatives aux ventes de marchandises diverses.

— Vous savez pas ce que le marchand John White annonce pour une vente à l'encan ?

— Comme d'habitude, ça doit être des choses dont personne a de besoin.

— Non, m'man, écoutez ça :

« *Une grande quantité de meubles de ménage et autres effets. Des tables à dîner et à jeu, des lits de plumes et des matelas, de la vaisselle d'argent, de la faïence et des verreries, mais surtout, une horloge qui ne se remonte que tous les huit jours.* »

— Ça, dit Edmond, j'aimerais bien en avoir une ! Mais ça coûte pas mal cher pour ce que ça donne. Je l'achèterais rien que pour l'entendre sonner.

— Peut-être qu'un jour, soupira Émilie. Puis, ma fille, qu'est-ce qu'il y a d'autre d'intéressant dans le journal ?

— Voyons… dit Dorothée. Y a ceci :

« *Un monsieur Fox de Londres a annoncé que mardi prochain, il présenterait une résolution concernant l'abolition définitive du commerce des esclaves.* »

Jusque-là muette, Marie-Josephte déclara :

— C'est bien la meilleure chose qui pourrait arriver au monde !

— Écoutez bien ceci, enchaîna aussitôt Dorothée.

« *La ferme communément appelée le Domaine de Beauport, ci-devant appartenant aux jésuites, sera affermée par bail devant notaire au plus haut enchérisseur.* »

— Les pauvres jésuites ont tout perdu ce qu'ils avaient, tous leurs biens ont été saisis. C'est pour ça qu'ils sont loués à l'encan.

— Vous avez raison, p'pa, c'est écrit la même chose pour leur moulin de L'Ancienne-Lorette et aussi pour celui de La Prairie de La Madeleine. Ils vont être loués pour neuf années à venir.

— Est-ce qu'il y a un poème, comme d'habitude ? questionna Émilie.

— Oui, y en a un. Voulez-vous que je vous le lise tout au complet ?

— C'est bien trop long, se plaignit Edmond, lis-en juste un petit bout.

— Ça s'intitule « La Nouveauté », poème de l'imagination par monsieur Delisle :

« La Nouveauté paraît, et son brillant pinceau
Vient du vieil univers rajeunir le tableau
C'est elle qui du nord fait briller les aurores
Enfante des héros les sanglants météores,
Fait luire une comète, un Voltaire, un Rousseau
Fait mugir un volcan, tonner un Mirabeau. »

— Qu'est-ce que c'est ça, un « Mirabeau » ?
— C'est un nom propre, m'man, celui d'un monsieur.
— Y a rien de plus intéressant que ça ? s'impatienta Edmond. Vous autres pis vos poèmes !
— Ah oui ! Attendez, p'pa. Vous qui parliez l'autre jour du nouveau breuvage qui commence à se répandre à la place du thé…
— Le café ?
— J'ai vu un autre poème qui en parle. Écoutez bien ça : « Les propriétés du café », extraits de *Gastronomie*, poème nouveau de Berchoux.

« Le café vous présente une heureuse liqueur
Qui d'un vin trop fameux chassera la vapeur,
Vous obtiendrez par elle, en désertant la table
Un esprit plus ouvert, un sang froid plus aimable
Bientôt mieux disposés par ses puissants effets
Vous pourrez vous asseoir à de nouveaux banquets
Elle est du dieu des vers honorée et chérie
On dit que du poète elle sert le génie. »

— Je vous l'avais dit! s'exclama Edmond. Y a un voyageur qui m'en a fait goûter, l'autre jour, chez le marchand White. C'est bien aussi bon que le thé.

— Bon, dit Dorothée, je pense bien que c'est pas mal tout pour à soir. Non! Y a encore une autre chose. Le marchand Childs annonce un assortiment de nouvelles chandelles faites avec du blanc de baleine. Je me demande si elles sont meilleures que les nôtres.

Émilie s'arrachait tous les soirs les yeux à raccommoder des bas, à la lueur vacillante d'une chandelle. Elle n'avait pas coutume de se plaindre, mais la réflexion de Dorothée la fit s'interroger.

— Qu'est-ce qu'ils attendent, les grands savants, pour fabriquer des chandelles qui éclairent vraiment?

— Elles existent probablement déjà, répondit Edmond, mais pas dans notre pays. Me semble avoir entendu parler de ça par un client, y a pas si longtemps.

— Comment c'est fait, une chandelle, p'pa? questionna Alicia.

— Ça, ma fille, reprit Edmond, demande-le à ta mère. Les Simard, dans le temps à Baie-Saint-Paul, fabriquaient leurs propres chandelles, et ta mère en a fait avec tes sœurs pas plus tard que l'autre jour.

— C'est vrai, dit Émilie, ma mère faisait ses chandelles avec du suif de marsouin de l'Île-aux-Coudres.

La réponse de sa mère n'avait pas satisfait Alicia, qui revint à la charge.

— Mais comment on s'y prend pour faire une chandelle?

— C'est pas compliqué, ma fille, on prend un moule fait de la forme d'une chandelle. On le remplit avec du suif de marsouin ou d'un autre animal, en prenant bien soin de mettre au milieu un bout de coton tordu comme une ficelle, pour faire la mèche. Quand le gras a durci, on retire la chandelle du moule. Tes sœurs pourraient, une bonne journée, en fabriquer avec toi.

— Est-ce que celles avec du suif de marsouin donnent des meilleures chandelles?

— Elles éclairent pas plus que celle qu'on a à soir, et en plus, elles ont deux gros défauts: elles fument beaucoup et répandent une odeur de gras dans toute la maison.

Sa curiosité assouvie, Alicia se tut. Émilie considéra un instant son raccommodage et ajouta en soupirant:

— Un jour, avant de mourir, j'aurai de quoi m'éclairer, je vous le promets!

— C'est un de vos rêves? s'informa Marie-Josephte.

— C'est un de mes rêves. Dans la vie, ma fille, faut avoir des rêves, ça nous permet d'espérer mieux. Tu sais, y a toujours de la place pour de l'amélioration.

Marie-Josephte approuva avant d'ajouter:

— Moi, j'ai un seul rêve.

— Lequel? questionna Dorothée.

— Celui de rencontrer bientôt mon mari.

Son père qui, assis dans sa berçante, fumait tranquillement sa pipe, la taquina:

— Tiens! Tiens! Notre grande fille qui se met à rêver. Pour moi, ça sera pas long qu'on va la perdre.

Pour qu'elle en parle, il doit déjà y avoir un cavalier en vue.

Marie-Josephte protesta vivement :

— J'ai pas de cavalier, p'pa, je disais ça juste comme ça.

— Y a jamais de fumée sans feu, continua son père. Faut pas crère, ma fille, que je suis contre. T'as l'âge qu'il faut pour rencontrer. Ça fait pas longtemps qu'on est à Québec, mais j'ai idée qu'il y en a qui ont déjà des vues sur toi, si je regarde certains clients te zyeuter quand tu sers les repas. Aurais-tu quelqu'un de ceux-là en vue ?

Marie-Josephte se renfrogna.

— Ceux-là m'intéressent pas : ils sont trop vieux ou bien mariés. Le mien, je sais que je vais le trouver et quand je l'aurai trouvé, je saurai bien vous le présenter.

— T'as du Grenon dans le corps, ma fille. J'aime bien voir comme t'es décidée. Il reste plus qu'à trouver celui qui te rendra heureuse. Il faudra que tu choisisses comme il faut, parce que c'est long une vie avec quelqu'un, quand on s'entend pas. Je parle pas pour ta mère et moi, je pense qu'on a choisi le numéro chanceux. Pas vrai, Émilie ?

Sa femme ne releva pas la remarque. Elle rougit et lança à son mari un regard où pouvait se lire encore une bonne dose de tendresse.

— Bon, dit Dorothée, qui bayait aux corneilles depuis un moment. Je pense bien que je vais monter me coucher. Tu viens, Ali ?

— J'arrive, répondit-elle sans trop d'enthousiasme.

Les deux plus jeunes partageaient la même chambre. Comme il n'y avait qu'une chandelle d'allumée, il fallait que quelqu'un les y conduise ; Marie-Josephte se chargea de cette besogne. Dès qu'elle eurent quitté la cuisine, la noirceur reprit ses droits. Seules les braises, au fond du poêle à deux ponts, laissaient filtrer un peu de clarté par la grille entrouverte. Resté dans l'ombre, Edmond en profita pour dire à Émilie :

— Crois-tu vraiment que Marie-Josephte a des chances de se trouver un cavalier betôt ?

— Si elle a des chances ? Belle et vaillante comme elle est, c'est pas ça qui va lui manquer. Mais elle est difficile, tu sais.

— J'ai pensé à quelqu'un pour elle. Tout à coup que ça prendrait ? En plus, ça serait facile de les faire se rencontrer.

— Dis-moi pas que tu connaîtrais déjà quelqu'un à sa pointure ?

— Oui ! À mon idée, me semble que ça lui ferait un bon mari.

— Qui c'est ?

Edmond allait parler quand la lueur de la chandelle envahit la cuisine. Marie-Josephte revenait avec la lumière.

— Je t'en parlerai plus tard, dit-il, en coupant court.

— De quoi donc ? s'informa aussitôt Marie-Josephte. Vous en profitez pour parler dans mon dos quand je suis pas là ?

— Pour ça, ma fille, on a rien à cacher, ta mère et moi, et on a bien du temps pour se parler sur l'oreiller.

Comme si elle avait senti qu'il était question d'elle, Marie-Josephte insista.

— Si vous avez rien à cacher, vous me direz bien de quoi vous jasiez avant que j'arrive et vous pourrez parler d'autre chose sur l'oreiller.

Edmond ne répondit pas tout de suite, occupé à bourrer sa pipe. Quand il l'eut allumée, il dit :

— Ce qu'on parlait, ma fille, c'était une affaire entre ta mère et moi.

Voyant qu'elle n'obtiendrait pas gain de cause, Marie-Josephte se tourna vers sa mère et dit :

— M'man, tantôt vous avez dit que vous aviez des rêves ?

— C'est vrai que j'en ai et plus qu'un, tu sais.

— À part des chandelles qui éclairent bien, je serais curieuse de savoir quels sont vos autres rêves.

Comme quelqu'un qui tourne sa langue dans sa bouche avant de parler, sa mère se tut pour un moment. Puis, elle se mit à rire nerveusement avant de dire :

— Des rêves, on en a tous, des fous comme des moins fous. Des fois, nos rêves sont si insignifiants qu'ils ressemblent pas à des rêves. Mais les miens sont si grands qu'il me faudra des années pour les réaliser.

— Comme quoi ?

— Je sais pas, ma fille, si t'as remarqué, la fois qu'on est allées chez les Du Berger, la commode qu'il y avait dans ce que madame Du Berger a appelé leur boudoir ?

— Non, je me souviens pas.

Sans en avoir l'air, Edmond ne perdait rien de la conversation et choisit ce moment pour la faire dérailler.

— Un boudoir, sa mère, tu parles d'un drôle de mot pour une pièce de maison. C'est probablement l'endroit où les Du Berger vont pour bouder quand ils se chicanent.

Émilie ne put se retenir de rire.

— Toi et tes idées pas comme les autres, dit-elle. Un boudoir, c'est bien un endroit pour bouder, mais les Du Berger s'entendent si bien qu'ils doivent pas se retrouver souvent dans cette pièce-là.

Malgré l'intervention de son mari, Émilie n'avait pas perdu le fil de ses idées et poursuivit sur ces mots :

— N'empêche que j'aimerais bien avoir une commode comme celle qu'ils ont dans leur boudoir.

— C'est ça, renchérit Edmond, une commode, c'est bien commode dans un boudoir.

Son jeu de mot les dérida un moment. Marie-Josephte, dont la curiosité ne semblait pas satisfaite, revint derechef à la charge :

— Une commode, m'man, voilà votre deuxième rêve. C'est tellement cher, vous avez bien raison de dire que ça va prendre des années avant que ce rêve-là se réalise. Vous en avez bien un troisième ?

— Jamais deux sans trois ! glissa Edmond.

— C'est bien certain, Marie-Josephte, que j'en ai un troisième, mais celui-là, je le garde pour moi toute seule.

Chapitre 25

Dorothée chez les Panet

Dorothée mit du temps à s'acclimater à son nouveau milieu. Elle avait bien pour amies les jumelles Gagné, mais c'était à peu près les seules. Comme elle savait lire, écrire et compter, son père n'avait pas insisté pour lui faire fréquenter une école où elle aurait pu se faire d'autres amies. Pourtant, ce n'était pas les institutions scolaires qui manquaient à Québec. Il préféra la voir tout de suite gagner quelques sous par un travail assidu. Comme elle ne parvenait pas à se trouver un emploi régulier, son père la fit travailler à l'auberge et finit par se mêler de lui trouver du travail.

Les relations de son père lui permirent de devenir servante chez l'avocat Panet, le même homme qui était allé à l'auberge de Baie-Saint-Paul avec le jeune de Gaspé et qui avait favorisé l'entrée de son grand-père à l'Hôpital Général. Son père s'était fait à l'idée de l'envoyer travailler chez l'avocat, qui lui avait demandé, voilà peu, s'il ne pourrait pas lui confier pour quelque temps une de ses filles comme servante.

Elle y resta quelques mois, en compagnie d'un bon nombre d'autres serviteurs.

De retour à la maison, elle se montra intarissable au sujet de son passage chez maître Panet.

— M'man, c'est pas croyable comme certaines gens sont riches !

— C'est bien certain, mais est-ce qu'ils sont pour autant plus heureux que nous autres ?

— Peut-être pas, mais en tous les cas, ils ont tout plein de belles et bonnes choses. Ils ont aussi beaucoup de serviteurs et de servantes comme moi. On était plusieurs à travailler chez eux : un majordome, une cuisinière, un garçon d'écurie et deux femmes de chambre, en plus de moi qui aidais à la cuisine et faisais le service de table.

— C'était tout naturel, t'avais déjà l'habitude avec l'auberge.

— Savez-vous que monsieur Panet a plusieurs enfants, qui sont très bien élevés, polis et gentils en plus ? Vous me croirez pas, mais y en a même un qui me faisait de l'œil.

— À toi ? Ton imagination t'aura joué des tours.

Dorothée fit la moue.

— Je savais que vous me croiriez pas. Rien n'empêche que c'est vrai. Il s'appelle Antoine, comme son père. Il est beau, mais vous savez bien que je faisais mine de pas voir ses yeux doux.

— Tu faisais mieux, parce que ce sont pas des gens de notre classe. Faut faire attention pour pas trop frayer avec du monde de même.

— Mais ils sont pas méchants.

— C'est pas ça que je veux dire, ma fille. C'est certainement du bon monde autant que nous autres, mais ils sont pas habitués de vivre comme nous autres.

— Pour ça, non ! Ils recevaient des amis presque tous les soirs. Ça nous donnait beaucoup d'ouvrage. J'aimais les entendre discuter de ce qui se passait en ville. Ils racontaient toutes sortes d'histoires et riaient beaucoup, surtout quand ils avaient pris un peu de bon vin. Je me souviens qu'une fois, alors qu'on servait du rosbif, monsieur Panet a raconté une aventure arrivée à monsieur Badelard, le bienfaiteur de l'Hôpital Général, lors d'un souper chez monsieur le gouverneur. « Comment trouvez-vous votre rosbif ? » a demandé le gouverneur. « Délicieux, excellent », a répondu monsieur Badelard. Après, il s'est tourné vers son voisin et lui a chuchoté : « Délicieux… délicieux… il beugle encore. » Vous comprenez, m'man, que j'avais envie de rire. J'ai été obligée de me cacher pour le faire, pour pas qu'ils s'aperçoivent que je les avais entendus. Une autre fois, y a eu la visite d'un bel homme. M'man, si vous l'aviez vu ! Je me suis dit : « Lui, je le marierais ! »

— Sans le connaître plus que ça ?

— Je l'ai écouté raconter tout ce qu'il avait fait depuis cinq ans. C'était pas croyable !

— Qu'est-ce qu'il avait de si intéressant à dire ?

— Vous me croirez pas, mais aujourd'hui, il se présente pour devenir député de notre comté.

— Il est en politique ? Ah ! Ma fille, il faut se tenir loin du monde de même.

— Rien n'empêche qu'il a bien de l'allure. Il s'appelle Désiré Dumoulin. Il travaille pour son père, qui est un des marchands de la Place-Royale. Savez-vous ce qu'il a raconté un soir qu'il est venu souper chez les Panet ?

— Je le sais pas, mais je sens que tu brûles de me l'apprendre.

La remarque de sa mère fit hésiter un moment Dorothée, mais le plaisir de raconter son anecdote l'emportait sur les réserves de sa mère.

— Il a fait tous les métiers, je vous le jure, m'man.

— Faut pas jurer, ma fille. Contente-toi de raconter les choses comme elles se sont passées.

De nouveau réfrénée dans son élan, Dorothée se tut. Puis, elle ajouta, sur un ton de reproche :

— Voulez-vous la savoir, mon histoire, oui ou non ?

— Pas besoin de faire ta Grenon, chère, je t'écoute !

— Eh bien ! Il a été marchand ambulant, il a travaillé pour un journal puis il a tenté sa chance comme menuisier, homme à tout faire, jardinier, ferblantier, peintre en bâtiment. Un jour, il a décidé qu'il s'en allait aux États-Unis où, paraît-il, il a été soldat puis voyageur, ce qui l'a mené jusqu'en Californie. Rendu là, il a travaillé comme journalier pour des gens qui avaient des sous et il est revenu au bout de trois ans avec plein d'argent. M'man, vous auriez dû entendre comme il sait bien parler !

— C'est pas parce que quelqu'un sait bien parler qu'il est pour autant intéressant !

— Peut-être pas, mais rien n'empêche que quand il parlait, tout le monde écoutait. Comme il est riche, fin parleur et qu'il est pas facile à boucher, il s'est en allé en politique et s'est présenté aux dernières élections. Il paraît qu'il réussit à attirer beaucoup de monde par ses discours. Les gens l'aiment parce qu'il a beaucoup d'esprit et les fait rire comme chez monsieur Panet. Je connais pas grand-chose en politique, mais je sais qu'il s'est présenté du côté des rouges, parce que je me souviens qu'il a raconté une histoire bien drôle dont je me rappelle. Voulez-vous la savoir ?

— Au point où t'en es rendue, raconte-la, sinon tu vas être débinée toute la soirée.

Comme Marie-Josephte arrivait sur ces entrefaites, Dorothée y vit l'occasion de doubler son auditoire.

— Désiré Dumoulin, qui est pas marié et qui est du côté des rouges, a dit qu'il avait fréquenté, pas très longtemps, une jeune demoiselle dont la famille votait du bord des bleus. Quand il l'a demandée en mariage, le père a refusé de lui donner la main de sa fille. Il lui a dit : « Jeune homme, je ne donnerai pas ma fille à quelqu'un qui se présente comme député du bord des rouges. » Désiré Dumoulin était tellement fâché de ce refus qu'il lui a aussitôt répliqué : « Je suppose que votre fille a le cul aussi bleu que le vôtre ? » Vous comprenez qu'ils se sont presque battus. Le père de la demoiselle a tout de suite demandé réparation d'honneur. Obligé, en sortant de la messe du dimanche, de s'excuser sur le perron de l'église, en présence de tout le monde et de la famille qu'il avait offensée, Dumoulin s'est exprimé ainsi : «J'ai dit que Rosalie devait avoir le cul aussi bleu que celui de son père, je retire mes paroles, je me suis probablement trompé. Comme je ne le lui ai jamais vu, ce qui m'aurait tant plu, je suppose qu'elle a le cul comme tout le monde.»

L'histoire de Dorothée fit bien rire Marie-Josephte et également Émilie, qui le démontra cependant avec plus de retenue.

— Vous comprenez, ajouta Dorothée, que cette histoire, encore mieux racontée par son auteur, a fait se pâmer tous les invités. M'man, je vous le dis, j'ai rarement vu un bel homme de même, et qui parle si bien. Faudrait que j'en trouve un pareil quelque part.

— Je te le souhaite, ma fille, mais en attendant, qu'est-ce que tu penses faire, maintenant que tu travailles plus chez monsieur Panet? Ton père ne te laissera pas te tourner les pouces.

— Je le sais bien! Les jumelles Gagné m'ont dit que je pourrais peut-être me trouver des petits ouvrages comme elles en font, de temps à autre, à l'Hôpital Général. Ça devrait faire en attendant que je me déniche autre chose si p'pa veut pas me garder à l'auberge. Je vais y voir demain.

— Il s'en passe des belles chez les Panet, fit remarquer Marie-Josephte.

— C'est ce que je disais à m'man. C'est du monde qui ont les moyens. Imagine-toi qu'ils ont même une maison de campagne où ils vont passer l'été, à L'Ancienne-Lorette. Mais ils amènent pas tous les serviteurs qu'ils ont en ville à leur maison d'été, c'est pour ça que j'ai été remerciée. Rien n'empêche que j'aurais bien aimé continuer !

— T'es pas pour travailler comme servante toute ta vie ! lui reprocha Marie-Josephte.

— C'est tout ce que je sais faire. Pour cet été, en tous les cas, p'pa sera bien content de m'avoir à l'auberge.

À quelques jours de là, alors qu'elle se trouvait toute seule avec Marie-Josephte, Dorothée en profita pour se confier :

— Sais-tu ce qu'il m'arrive ?

— Quoi donc ?

— Je pense que je suis en amour.

— Tu penses ou bien t'es certaine ?

— Je pense que j'en suis certaine. Il est beau, tu peux pas savoir comment !

— Qui ça ?

— Désiré Dumoulin.

— Celui qui est en politique ? Mais pour qui tu te prends, ma petite sœur ? Penses-tu qu'il t'a seulement regardée ?

— Écoute bien ce que je vais te dire, Marie-Jo l'incrédule. Quand il est venu au bal chez les Panet, il m'a fait de l'œil.

Marie-Josephte se mit à rire.

— Pauvre toi ! Tu penses toujours que tous les beaux hommes te font de l'œil. Pauvre petite sœur, tu te comptes des histoires et tu les crois.

Dorothée fit la moue.

— T'es bien comme m'man ! Tu crois jamais ce que je te dis. Pourtant, c'est vrai : il m'a fait de l'œil.

— Ça changerait quoi, qu'il t'ait regardée comme si t'étais une princesse ? Penses-tu qu'il va te demander en mariage demain matin ?

Dorothée en avait assez entendu, mais en bonne Grenon, elle voulut clouer le bec à son aînée.

— Un jour, tu verras, je ramènerai un bel homme à la maison et tu en seras jalouse comme un pou.

— Pourquoi j'en serais jalouse ? J'aurai bien le mien un jour, moi aussi !

L'été filait bon train. Les jours plus longs permettaient de veiller plus tard dehors, au jardin. Plutôt que de se réunir le soir autour d'une chandelle, comme en hiver, les Grenon goûtaient le plaisir de pouvoir prolonger la veillée autour d'un fanal. Seuls les moustiques parvenaient à les chasser. L'auberge accueillait chaque jour ses habitués. De temps à autre, un étranger s'y arrêtait pour la nuit. Mais, pour le reste, c'était la routine quotidienne : Émilie s'affairait à ses fourneaux, et ses filles, au service des clients et au ménage.

Un soir, à l'heure du souper, un homme se présenta. En l'apercevant, Dorothée fut tout en émoi. Marie-Josephte ne manqua pas de lui demander :

— Qu'est-ce que t'as ? As-tu vu un fantôme ?

— Bien mieux que ça, l'incrédule ! Sais-tu qui est ce bel homme ?

— Comment ça, tu le connais ?

— Si je le connais ? C'est Désiré Dumoulin !

Quand, de la cuisine, elles revinrent dans la grande salle de l'auberge servir les clients, le futur député était en pleine conversation avec leur père.

— Monsieur Grenon, si je suis ici, je vous l'avoue, c'est pour une raison bien précise. Lors d'un bal chez monsieur Panet, malgré toutes les belles demoiselles qui faisaient partie des invités, votre fille, quoique simple servante, est celle qui a retenu le plus mon attention. Je ne lui aurais point fait l'affront de l'aller trouver pour l'inviter à danser, mais de toutes les belles qui se trouvaient sur place, c'est elle dont mon cœur a gardé le souvenir.

— Dis-moi pas ! Dis-moi pas ! répéta Edmond avec un sourire en coin.

— Quand, de retour de ma tournée électorale, je me suis présenté chez monsieur Panet avec l'espoir d'y revoir votre fille, on m'a appris qu'elle n'était plus au service de cette maison. Jugez de mon désarroi. Fort heureusement, après m'être informé de son nom, une des servantes m'a dit qu'elle s'appelait Dorothée Grenon et qu'elle était fille de l'aubergiste du même nom, rue Saint-Ours. Voilà pourquoi vous me retrouvez aujourd'hui chez vous. Je souhaiterais mieux connaître celle dont mon cœur aimerait un jour faire sa mie.

Edmond, qui n'avait jamais entendu pareille déclaration, parut un moment perplexe avant de dire :

— Monsieur, votre discours, si je l'écoutais vraiment, ferait enfler mon orgueil. Je suis heureux que ma fille, malgré notre modeste condition, ait pu attirer votre attention. Comme ma fille est passablement dégourdie, je suis bien d'accord, malgré votre différence d'âge et de milieu, à ce qu'un de ces bons soirs vous veniez la voir afin de vous expliquer avec elle de vos sentiments pour sa personne.

Fort de cette réponse et fier de sa réussite, le jeune homme quitta l'auberge, la tête haute. Dès qu'il en eut l'occasion, Edmond relata cette singulière visite à Dorothée.

— T'étais-tu rendu compte, ma fille, que lors d'un bal chez les Panet, ce jeune homme s'était intéressé à toi ?

Sans émettre un son, Dorothée se mit à rougir jusqu'au bout des oreilles. Puisque sa sœur avait perdu l'usage de la parole, Marie-Josephte la prit à sa place :

— Elle s'en était aperçue puisqu'il y a pas longtemps, elle m'en a parlé. Pour sûr, j'ai pas voulu la croire. Mais comme ce jeune homme s'est déclaré, je me rends maintenant bien compte que Dorothée n'avait pas rêvé.

Le sourire revint d'un coup sur les lèvres de Dorothée.

— Va pas trop te faire des idées, lui fit remarquer son père. C'est peut-être rien qu'un caprice de politicien. Tu sais, en général, ce sont de grands parleurs mais de petits faiseurs. Et pour commencer, est-ce qu'il est réellement en politique ?

D'heureuse qu'elle était, Dorothée se sentit vite humiliée qu'on remît en question ses paroles et qu'on doutât de la profession de son prétendant. Plus tard, ce soir-là, elle revint de chez les jumelles Gagné avec un large sourire, une coupure de journal à la main.

— Pour ceux, dit-elle, qui croient que Désiré Dumoulin est pas en politique.

— T'as trouvé quelque chose qui le prouve ? questionna son père.

— Oui ! Vous avez qu'à lire.

Elle déposa son bout de journal sur la table de cuisine. Marie-Josephte s'en empara et lut :

« Aux électeurs de la Basse-Ville de Québec

Messieurs,

L'élection d'un représentant de la Basse-Ville, qui doit avoir prochainement lieu, me donne l'occasion de vous offrir mes services. Si vous les agréez, je vous prie de m'y appuyer de vos suffrages. J'ai tous les talents nécessaires pour vous bien représenter.

J'ai l'honneur d'être avec respect
Messieurs,
Votre très humble et très obéissant serviteur

Désiré Dumoulin »

Marie-Josephte avait à peine terminé sa lecture que Dorothée s'écria :

— Les sceptiques seront confondus. P'pa, mettez ça dans votre pipe !

Émilie réagit vivement au triomphe de Dorothée :

— C'est pas parce que ton père a pas cru tout ce que lui racontait ce jeune homme que ça t'autorise à lui manquer de respect.

— Je m'excuse, p'pa, dit Dorothée, mais rien n'empêche que j'avais raison.

— Si t'étais pas une Grenon, dit Edmond, je te le pardonnerais pas. Mais t'en es bien une, tu sais tenir ton bout. C'est pas mauvais parfois d'avoir une tête de pioche.

— Pour pas dire autre chose de moins poli, ajouta Émilie.

En dissimulant assez mal sa satisfaction de voir sa fille courtisée par un notable, Edmond conclut :

— Ton Désiré Dumoulin a promis de revenir pour te voir ma fille, on finira bien par savoir quelle sorte d'homme il est. En attendant, je pense qu'il est temps qu'on aille dormir un peu.

Chapitre 26

Mariages chez les Gagné

Le travail à l'auberge ne permettait aucun moment de répit. Occupées à seconder leur mère, Marie-Josephte et Dorothée ne trouvaient guère de temps pour fréquenter leurs amies Gagné. Souvent, Agathe ou les jumelles venaient faire un saut à l'auberge, mais les filles Grenon pouvaient rarement leur rendre la pareille. L'hiver se passa ainsi, puis aux tout premiers jours du printemps, les Grenon reçurent une invitation qui leur fit doublement plaisir. Étiennette Gagné mariait son Pierre Dubois et, ô surprise ! Agathe en faisait autant, le même jour, avec Hubert Nadeau.

— Étiennette, dit Edmond, est celle qui s'est occupée de mon père avant que je lui trouve une place à l'hôpital. Paraît qu'elle a tellement bien soigné son futur mari qu'il s'est remis à marcher, ce que les docteurs jugeaient impossible. Tu vois ce que rapporte parfois l'entêtement.

Émilie se mit à rire de bon cœur.

— Y a des bons comme des mauvais entêtements, constata-t-elle. Tu dirais pas ça pour qu'on accepte les tiens?

Edmond grogna :

— Ça n'a rien à voir avec moi. As-tu une idée de ce que je vais mettre pour les noces ?

— C'est pas compliqué, t'as rien qu'un bel habit, c'est celui-là que tu mettras.

Marie-Josephte, que cette nouvelle rendait songeuse, soupira.

— Mon amie Agathe se marie et je le savais même pas : c'est ça, être fille d'aubergiste, on trouve plus le temps de voir ses amies.

— Tout ça sent le reproche, releva Edmond. C'est vrai, ma fille, que l'auberge permet pas d'avoir beaucoup de bon temps, ni pour toi, ni pour ta sœur, ni pour ta mère, ni pour moi, mais faut bien avoir une manière de gagner son pain. Faudrait pas quand même que ça t'empêche de trouver toi aussi un mari.

Le double mariage des enfants Gagné fut célébré à la chapelle de l'hôpital. Edmond signa le registre à titre de témoin au mariage d'Agathe. En plus d'un mets très spécial préparé par nulle autre qu'Émilie, les invités eurent le plaisir de déguster, chez les Gagné, une bonne soupe aux gourganes et un gros pâté fait de viande de dinde, de poulet, de perdrix, de pigeon et de lièvre, recouvert de lisières de lard gras qui se laissa manger le temps de le dire. Fort heureusement, Béatrice Gagné avait aussi fait appel aux dons culinaires d'Émilie, qui s'était surpassée en commettant un godiveau de viande hachée provenant d'un jambon, accompagné de gros oignons et de quelques épices. Pour dessert, tartes et gâteaux firent le bonheur des plus gloutons.

Les violoneux se mirent à faire vibrer leurs instruments et les danses commencèrent. Les nouveaux mariés occupèrent les premiers le plancher. Marie-Josephte regardait son amie Agathe avec envie. « Quand mon tour viendra-t-il ? » semblait-elle se demander. Elle avait l'âge où les femmes se marient le plus volontiers. Elle avait beau regarder tout autour d'elle, pas un jeune homme présent aux noces ne l'intéressait. Pendant qu'elle se languissait en soupirs, sa sœur Dorothée semblait s'amuser ferme en compagnie des jumelles et de leurs cavaliers.

Dans un coin de la salle, Théophile Gagné, lui, faisait des confidences à Edmond :

— Tu sais pas comment je suis heureux d'avoir pu marier mes deux filles aînées le même jour.

— C'est en effet une chance : préparer un mariage est aussi de trouble que d'en préparer deux.

— À qui le dis-tu ! C'est réellement une chance d'en marier deux d'un coup. Vois-tu, ça coûte pas beaucoup plus cher et l'affaire est dans le sac.

Edmond approuvait les paroles de Théophile, mais il lui demanda tout de même :

— Avec deux filles de parties, tu crains pas de trouver la maison trop grande ?

— Bah ! fit-il. Il reste encore toutes les autres. En plus, Agathe s'en va pas à l'autre bout du monde comme Étiennette.

La musique continuait, et les danseurs ne dérougissaient pas. Marie-Josephte n'avait toujours pas bougé de sa place quand Étienne Gagné, qui venait de danser avec sa fiancée, vint lui offrir la prochaine danse.

— Mais je sais pas danser ! protesta-t-elle.

— C'est pas nécessaire, lui dit Étienne. T'as qu'à suivre la musique et te laisser faire.

Elle dansait pour la première fois de sa vie avec cet homme affable. Elle en garderait un souvenir impérissable.

À la fin des célébrations, avant le départ des invités, Théophile Gagné surmonta sa répugnance pour les discours et s'avança pour dire quelques mots à la joyeuse assemblée.

— Ce n'est guère la peine de tous vous prévenir par écrit, c'est pourquoi je vous annonce tout de suite que dans deux mois, on remet ça. Vous êtes tous invités au mariage de mon fils Étienne avec Violette Lacharité, ici présente.

Cette annonce fut reçue par une salve d'applaudissements.

En revenant à l'auberge, Émilie remarqua que Marie-Josephte était tour à tour triste et heureuse, pensive et enjouée, et que son humeur variait allègrement des pleurs aux rires.

— T'es pas heureuse de cette journée de noces ?

— Ah, je le le suis, mais le cœur me chavire en pensant que mon amie Agathe est maintenant mariée. Je l'envie d'avoir trouvé un mari. C'est pas à moi que ça arriverait. Si j'ai l'humeur variable, c'est que je suis heureuse pour Agathe et en même temps peinée, parce que les choses seront plus jamais pareilles entre nous.

Tout attentive aux émois de sa fille, Émilie conclut:

— Ma pauvre fille, t'as bien raison, un mariage, ça change un tas de choses, mais que veux-tu, c'est ainsi que la vie nous traite. C'est à nous de pas la laisser nous faire trop de grimaces. On a tous nos tourments, tu sais. De ce temps ci, sais-tu surtout à quoi je pense?

— Qu'est-ce qui vous tracasse, m'man?

— Je pense beaucoup à Nicolas. Il nous donne pas souvent de nouvelles.

— Avez-vous remarqué, m'man? Des fois, il suffit de penser à quelque chose pour qu'elle se manifeste.

— T'as raison, ma fille. Tout à coup qu'il y aurait une lettre de Nicolas à la poste.

— J'm'en vais aller voir, m'man, on sait jamais. Ça fait bien deux semaines que personne y est allé.

Marie-Josephte se mit aussitôt en route. Son intuition ne l'avait pas trompée: une lettre de Nicolas l'attendait à la poste. Dans sa hâte de pouvoir la lire, elle pressa le pas jusqu'à l'auberge, oubliant du même coup ses soucis du moment. Toute la famille l'entoura quand, en entrant, elle fit savoir qu'il y avait une lettre de Nicolas, qu'elle s'empressa de décacheter et de lire.

Lyon, jeudi 10 juillet 1806

Mes parents bien-aimés,

J'ai été bien heureux de recevoir la lettre écrite par ma sœur Marie-Josephte. La nouvelle de la mort de grand-papa m'a beaucoup attristé. C'était aussi toute une surprise d'apprendre que vous êtes déménagés à Québec.

Quand vous allez recevoir cette lettre, je serai sans doute déjà en Espagne à combattre, pour les Français, dans la grande armée de l'empereur Napoléon, contre les Espagnols. Je ne vous conterai pas toutes les misères que j'ai dû traverser et tout ce qu'une guerre apporte de malheurs. Je vous dirai seulement que mon ami Jérôme est mort sur un champ de bataille en Prusse. J'ai eu énormément de peine de le perdre. Heureusement, j'ai pu me faire un autre ami du nom de Bernardin qui le remplace à mes côtés. C'était une folie de notre part que de nous engager dans l'armée. Je paye cette folie très cher tous les jours.

Si je ne vous écris pas plus souvent, c'est que chaque soir ma fatigue est si grande d'avoir marché ou combattu toute la journée que je n'ai pas le courage de tenir une plume. Je vous espère tous en bonne santé. Je ne peux malheureusement pas vous donner une adresse où m'écrire tant nous nous déplaçons souvent. Dès que nous nous arrêterons quelque part pour plus longtemps, je vous le ferai savoir.

Votre fils affectueux,

Nicolas

Chapitre 27

Premiers amours

Depuis son retour des noces chez les Gagné, Marie-Josephte n'était plus la même. Constamment distraite, elle serrait la vaisselle dans la boîte à pain, rangeait le balai près du buffet et oubliait le savon sur les tables de l'auberge. Ses distractions finirent par attirer l'attention d'Émilie, qui lui demanda, excédée :

— Veux-tu bien me dire, ma fille, à quoi tu rêves depuis quelques jours ? On dirait que t'es plus là ! Qu'est-ce qui se passe ?

Marie-Josephte prétendit que ce n'était rien :

— Vous inquiétez pas, m'man, c'est juste que je suis un peu fatiguée.

— C'est vrai que tu m'aides beaucoup, ma grande, mais de là à être distraite comme tu l'es ! Je m'attends, d'une journée à l'autre, à trouver le beurre sur le poêle et du bois de chauffage dans la dépense.

Deux jours plus tard, quand Émilie découvrit un torchon parmi ses chaudrons, elle décida de tirer au clair les rêveries de sa fille. Elle demanda à Marie-Josephte :

— Ça serait pas toi qui aurais oublié le torchon dans les chaudrons ?

Marie-Josephte feignit l'ignorance.

— Tu sais, ma fille, je te connais assez pour savoir que t'es pas la même. Y a rien de pire que de garder un chagrin ou une crotte sur le cœur. Tu m'as toujours dit ce qui te tracassait, tu devrais continuer à le faire et peut-être que je pourrais faire quelque chose pour t'aider.

Marie-Josephte, cette fois, ne se défila pas.

— Pour ça, m'man, vous pouvez rien faire.

— Est-ce que c'est possible, au moins, de savoir qu'est-ce qui se cache derrière ce *ça*-là ?

— Je suis amoureuse, m'man.

— Ça au moins, c'est une bonne nouvelle. T'aurais pu m'en parler plus tôt, comme ça, j'aurais été moins inquiète.

Pendant qu'elle parlait, Émilie ne s'était pas rendu compte que Marie-Josephte pleurait. Puis, quand elle l'entendit sangloter, elle s'approcha pour la consoler.

— C'est l'amour qui te fait pleurer de même ? Celui que t'aimes, est-ce qu'il le sait ?

— Non ! fit Marie-Josephte en se secouant la tête.

— Tu t'es pas déclarée ?

— Non, fit de nouveau Marie-Josephte.

— Dans ce cas-là, dit-elle, y a rien de perdu. Te désole pas trop, tout peut s'arranger.

— Justement, ça peut pas s'arranger, finit par avouer Marie-Josephte.

— Comment ça ?

— Parce qu'il est déjà engagé.

Sa mère resta interdite puis reprit :

— Ma pauvre fille, pourquoi t'es-tu amourachée de quelqu'un qui a déjà sa promise ?

— Parce qu'il est beau, parce que c'est exactement le mari que je voudrais.

— Ma pauvre petite fille, qu'est-ce qui te dit qu'il aurait pour toi les mêmes sentiments que toi pour lui ? Si ton père était au courant de ta peine, il te dirait sûrement : « Un de perdu, dix de retrouvés ! » Le mieux que t'as à faire, c'est de te forcer à l'oublier. Y en aura certainement un autre pour prendre sa place dans ton cœur. C'est ton premier amour, mais il est inaccessible. Ça te paraît aujourd'hui très gros. Mais ton père te dirait certainement : « Attends et tu verras que le temps arrange bien des choses. » Si je te le demandais, me dirais-tu quel est ce bel homme qui te met sens dessus dessous ?

Marie-Josephte se tut un long moment. Elle soupira, pleura encore un peu puis finit par dire dans un murmure :

— Étienne Gagné.

Sa mère ne laissa pas voir son étonnement. Elle dit tout simplement :

— T'as raison, ma fille, c'est un bel et brave homme. Même ton père avait pensé qu'il pourrait te faire un bon mari. Mais son cœur est déjà pris, et quand le cœur d'un homme bat déjà pour quelqu'un d'autre, vaut mieux rien espérer.

∽

Pendant que Marie-Josephte soupirait au souvenir du beau charretier, Dorothée, pour sa part, avait beaucoup de difficulté à se défaire d'un prétendant qui lui tournait autour et ne la laissait guère en paix depuis une semaine : un nommé Réal Dupont. Cet original, qui se faisait appeler Royal parce que ça sonnait mieux à ses oreilles, se prenait pour un grand écrivain et ne cessait d'écrire des poèmes et toutes sortes de lettres d'amour à la pauvre Dorothée, depuis qu'il l'avait rencontrée par hasard dans la rue et l'avait suivie jusqu'à l'auberge. Il avait beau être gentil et avenant, écrire était tout ce qu'il savait faire, et « Dieu sait, répétait Dorothée, que ça apporte pas grand pain sur la table ». Avec ça, il était lunatique, mal habillé, sentait mauvais et parlait continuellement en vers. Elle avait l'impression qu'il voguait en permanence dans un autre monde connu de lui seul.

Lasse de ses bouts-rimés et de sa cour effrénée, Dorothée cherchait à lui faire comprendre qu'il ne l'intéressait pas. Le prétendant poète venait justement de lui remettre un texte intitulé « Les marchands ambulants ». Elle le pria de le lui lire. En prêtant une oreille distraite à ses propos, il lui vint subitement une idée susceptible de lui permettre de se débarrasser définitivement du fâcheux. Elle lui proposa de venir lire lui-même son texte devant une de ses amies, en lui présentant ainsi la chose :

— Une de mes amies aime beaucoup les écritures. Je suis certaine qu'elle adorerait t'entendre lire ce texte sur les marchands ambulants. Que dirais-tu de m'accompagner demain chez elle pour y lire ton poème ?

Fidèle à lui-même, Réal lui répondit en déclamant :

— Je serai très honoré de lire
devant ta chère amie
ce texte que j'ai mis
tant de minutes à écrire,
ainsi mes heures d'écriture
n'auront pas causé ma déconfiture.
Tu ne saurais jamais croire,
chère et tendre Dorothée,
et ce n'est pas là des accroires,
tout ce qu'il m'en a coûté
d'efforts, de sueur et de courage,
pour en terminer même une page.

Dorothée ne supportait plus ce verbiage. Elle s'efforça de prendre congé du casse-pieds en lui conseillant :

— Profites-en donc, si tu veux bien, pour aller te préparer à cette lecture de demain.

Elle avait à peine terminé sa phrase que l'autre entonnait d'une voix triomphale :

— Ah ! chère amie de mon cœur,
quelle belle coïncidence,
voilà qu'en cette circonstance,

on pourrait dire : à la bonne heure !
vous venez, tout comme moi,
de parler en rimes,
ce qui n'est pas un crime
et me laisse tout en émoi,
me donnant l'occasion,
sans en demander la permission,
de vous dire et vous redire,
sans que vous puissiez me contredire,
que parler de la sorte
ouvre beaucoup de portes.

Après cette sortie à l'emporte-pièce, il lui tira sa révérence et lui prodigua le baisemain habituel, avant de la quitter en disant :

— Demain n'ayez crainte
ma très noble et très chère,
vous ne porterez pas plainte,
oui vous serez toute fière
de cette belle complainte
que je lirai avec mon cœur,
ce qui vous laissera sans rancœur.
Pourrai-je espérer votre clémence
et vous voir combler mes espérances
face à ce texte sublime,
en beaucoup de passages
mais tout de même écrit en rimes,
n'en déplaise à ceux qui se croient sages ?

Vraiment, Dorothée n'était plus capable de le sentir. Il lui avait à peine tourné le dos qu'elle courait chez les jumelles, en proie à une humeur massacrante.

— Je suis aux prises depuis près d'une semaine avec un soupirant qui me colle après comme la teigne. J'en peux plus ! Comment me défaire de lui ? J'ai pensé que vous pourriez m'aider, grâce à votre ressemblance. Il vous connaît pas. Je pense pouvoir m'en débarrasser en lui disant que je peux pas m'attacher à quelqu'un qui a la berlue.

— Dis toujours ton projet, lui intimèrent les jumelles, tout excitées à l'idée de jouer un bon tour.

— Je lui ai laissé croire que j'ai une amie qui aimerait beaucoup l'entendre lire sa dernière œuvre qui, je l'avoue, n'est pas si mauvaise que ça. Mais les écritures de ce genre permettent pas de faire vivre son auteur, et encore moins un ménage, et parlons pas d'une famille. En plus, je crois bien que c'est tout ce qu'il est capable de faire. Demain, si vous le voulez bien, il m'accompagnera chez vous. Voilà ce que nous allons faire…

Elles se concertèrent, rirent beaucoup et pratiquèrent le subterfuge par lequel Dorothée espérait confondre le lyrique prétendant.

Quand, le lendemain, accompagnée de Réal, Dorothée se présenta chez ses amies, seul Angèle vint les accueillir. Les œillades qu'Angèle lançait à son amie en disaient long sur ce qu'elle pouvait penser du lunatique. Dorothée lui dit, clin d'œil à l'appui :

— Chère Angèle, je te présente Réal Dupont, alias Royal, qui vient d'écrire pour moi un poème qu'il

305

voudrait avoir le privilège de te lire. J'ai pensé que tu aurais grand plaisir à l'entendre.

— Ce sera un honneur pour moi, s'écria Angèle, d'entendre de votre bouche la lecture de ce poème que mon amie me dit fort joli. Veuillez vous asseoir ici pendant que Dorothée et moi constituerons votre auditoire.

Le ton était solennel. Angèle et Dorothée, fortes du plan qu'elles avaient si bien concocté, réprimaient à grand-peine leur envie de rire. L'orateur n'entendait pas commencer cette lecture à froid et la fit précéder de ces quelques vers :

— Permettez mesdames,
du plus profond de mon âme,
que je vous dise tout le bonheur,
que dis-je le grand honneur,
que vous faites au pauvre serviteur
assis devant vous à cette heure,
et qui se prépare sérieusement
à vous lire les marchands ambulants.
Ce texte, signé Royal,
est bien de mon cru,
croyez-le, je suis loyal,
même si d'aucun l'eussent cru
sorti d'une autre plume que la mienne,
qu'à cela ne tienne,
vous devez m'en croire l'auteur
et de vous le lire je serai à la hauteur.

Sur ce, après une grande courbette devant son auditoire, il se lança dans sa lecture :

LES MARCHANDS AMBULANTS
par Royal

Ils sont tous venus sauf un
les marchands des quatre saisons
que nous attendons et aimons
pour leur visite et leurs parfums

Avec l'automne nous arrive
celui qui nous ravive
le marchand de pommes
Je l'aime bien ce vieux bonhomme
Il rit tout le temps
mais compte si mal pourtant
comme pour nous faire de l'épate
qu'on jurerait qu'il est dans les patates

Le marchand de fruits et légumes
est venu comme de coutume
Il a de tout, de la carotte au radis
en passant par la laitue de par ici
sans oublier les gourganes
parfois une orange mais pas de banane
Avec lui on est au paradis
C'est moi qui vous le dis
Il garde heureusement en prime
des choux-fleurs qu'il trime
quelques citrouilles
tout pour la ratatouille
ce marchand de fruits et légumes
qui se perd ensuite dans la brume

Celui que j'aime le plus
et il n'est pas superflu
il les précède ou les suit
c'est le marchand de fleurs
Il apporte avec lui
couleurs et senteurs
et dit bien volontiers
ce sont les dernières fleurs de l'été
Il n'est pas menteur
il dit la vérité
au bout de quelques heures
elles sont bien vites fanées

Aux premiers jours d'hiver
se pointe le marchand d'objets divers
Il a beaucoup de jasette
Il n'a de cesse qu'on achète
ses fanfreluches et sa camelote
qui ne valent pas une pelote
Pendant qu'il placote
chaque fois j'agis de la sorte
quoiqu'il apporte
je le mets à la porte

Avec le printemps
arrive le marchand de temps
Il offre les cadrans et les montres
les horloges et les sabliers
qu'il a en montre
quelque part dans son tablier

C'est tout ce qu'il vend
le marchand de temps
autrement, il n'a pas le temps
Il dit : « Je ne fais que passer »
Je reviendrai au printemps
si vous n'êtes pas cassés
Comme je n'ai jamais besoin
de sa marchandise
et que je n'en veux point
Je le lui dis avec franchise
Il me répond : « À la bonne heure !
En vous souhaitant beaucoup de bonheur. »

Je lui préfère le marchand de friandises
Il passe quand ça lui plaît
Il aime qu'on le lui dise
qu'on a le goût de le voir s'il vous plaît
Il vient quand on ne l'attend pas
mais on l'attend toujours
on a hâte d'entendre ses pas
on l'espère un peu chaque jour
C'est la gourmandise
je le sais, qui se déguise
en marchand de friandises
Il offre du chocolat au lait
des noix et même des beignets
et toutes sortes de bonbons assortis
Je dois lui indiquer la porte de sortie
sinon, je deviendrais moi aussi
et ce serait ma hantise

dois-je l'avouer, mais si
marchand de gourmandises

Quand ce marchand se présente,
celui de poisson c'est toujours
qu'il y a une vente
quelque part aux alentours
Son poisson ne sent pas bon
C'est loin d'être du bonbon
Il est souvent très vert
quand il n'est pas plein de vers
Avant qu'il ne m'en file
vivement je me défile

Au début de l'été
passe le marchand de viande fumée
ou de viande séchée
sinon empoisonnée
Je ne le reçois pas
ses prix sont exagérés
et sa viande avariée
me mènerait droit au trépas

Pas longtemps après lui
se présente et chante
le marchand de parapluies
Il m'intrigue, il m'enchante
Ce n'est pas un vrai marchand
c'est un réparateur
il arrive en marchant
un peu à n'importe quelle heure
n'entre jamais, reste dans la rue

fait le pied de grue
sonne sa cloche d'école
puis son cri s'envole :
Parapluies brisés, réparés
Je ne suis jamais préparé
Je cours, je décolle
Je bouleverse tout le sous-sol
Quand enfin j'ai en main
le parapluie à réparer
pour au plus tard le lendemain
mon marchand a disparu
au bout de la rue
sans que je puisse le repérer

Le fondeur de cuillères
passe presque chaque été
avec son air de mystère
à vouloir nous embêter
Avec son four, son moule et son étain
Il fond les cuillères en un tournemain
Une aiguille piquée dans sa chaise
Le rend pourtant fort mal à l'aise
Et s'il pique une de ses colères
Il y a un trou au fond de sa cuillère

Tout n'est pas parfait, hélas !
Tous ces marchands passent
Le seul qui oublie de venir
et que nous voudrions retenir
c'est le marchand de vent
celui qui rien ne vend

de lui je me languis
de midi à minuit
tous les jours de l'été
où on crève d'humidité

Tout à sa lecture, les yeux rivés sur son texte, il ne se rendit jamais compte qu'Angélique, habillée tout autrement que sa sœur, s'était substituée à elle. Quand, à la fin de sa lecture, il leva de nouveau les yeux sur son auditoire, il fronça les sourcils, comme si lui revenait à la mémoire un détail qu'il ne pouvait s'expliquer.

Angélique le félicita pour ce beau poème et cette magnifique lecture, une double réussite qui méritait dignement d'être arrosée. Elle s'excusa en promettant de revenir à l'instant, laissant à Angèle le soin de réapparaître avec un flacon d'alcool dont elle lui offrit un verre, qu'il siffla d'un seul coup, comme Dorothée l'avait vu faire à l'auberge. Angèle prétexta un besoin naturel pour s'éclipser et Angélique vint prendre le relais pour lui offrir un second verre.

La stupéfaction grandissante de Réal n'échappait pas à Dorothée, qui le voyait jeter des regards de plus en plus effarés vers Angélique et Angèle. Quand il eut enfilé son deuxième verre comme il l'avait fait du premier, les deux jumelles se présentèrent ensemble devant lui, habillées exactement pareil.

Elles dirent à l'unisson :

— Merci de cette belle lecture !

Il écarquilla les yeux, se mit à reculer comme s'il était victime d'une hallucination.

— Mais, vous êtes deux ? glapit-il, désemparé.

Pendant qu'Angélique se glissait subtilement derrière elle, Angèle protesta :

— Jamais de la vie, je suis seule ! Est-ce que la boisson vous ferait tourner la tête ?

Il n'attendit pas son reste pour passer la porte, pendant que les trois amies pouvaient enfin laisser libre cours à leur hilarité. Quand, enfin, elles finirent par reprendre leur souffle, Angélique dit à Dorothée :

— Son poème n'était pas si mal, après tout !

— Il écrit bien, concéda Dorothée, mais à la longue, je suis plus capable de supporter ses rimes, écrites ou improvisées ! Grâce à vous deux, s'il revient à la charge, j'aurai une bonne raison de l'inviter à décamper.

Chapitre 28

La surprise d'Alicia

Il y avait maintenant près de trois ans que les Grenon vivaient à Québec, et déjà une année qu'ils avaient assisté aux noces d'Étiennette et d'Agathe Gagné. Le printemps faisait de jour en jour place à l'été. Des trois filles Grenon, la cadette, Alicia, s'avérait certes la plus discrète. Dès leur arrivée à Québec, elle avait continué d'aller à l'école et avait assidûment fréquenté, à l'hôpital, une classe spéciale que les religieuses avaient mise sur pied pour l'instruction des filles moins favorisées de la paroisse. Notre-Dame-des-Anges ne comptait qu'un très petit nombre de paroissiens, qui vivaient à proximité de l'institution hospitalière.

Alicia était devenue la grande amie d'Hélène, celle, chez les Gagné, qui avait le même âge qu'elle. C'était d'ailleurs par Hélène qu'elle avait appris l'existence de cette classe particulière qu'elles fréquentaient depuis toutes les deux. Elles ne se quittaient guère et vivaient dans leur monde. Émilie, tout comme Marie-Josephte et Dorothée, se demandaient bien ce qu'elles pouvaient fabriquer ensemble.

— C'est notre petite sœur, se plaignait Dorothée, mais elle est comme une étrangère : elle parle peu, fait ses petites affaires et disparaît toujours avec son amie. On dirait qu'elles ont des idées bizarres...

Quand Marie-Josephte ou Dorothée s'aventuraient à critiquer leur sœur, aussitôt Émilie lui trouvait une excuse :

— Elle est plus jeune et elle a un caractère qui est différent du vôtre. L'important c'est qu'elle ne fait de mal à personne.

Les deux amies, qui ne manquaient pas de célébrer chacune des quarante fêtes religieuses imposées par monseigneur de Saint-Vallier, décidèrent ce printemps-là, le jour du Vendredi saint, de compatir aux souffrances du Christ sur la croix en allant prier dans sept églises et chapelles de la ville.

À six heures du matin, elles se retrouvèrent à la Haute-Ville en prière à l'église Notre-Dame. À sept heures, elles étaient à genoux, à la Basse-Ville, à l'église Notre-Dame-des-Victoires. Une heure plus tard, elles se transportaient dans la chapelle du Séminaire de Québec, qu'elles quittaient un peu plus tard pour celle du collège des jésuites. À onze heures, leur pèlerinage les menait à la chapelle des ursulines. Après une bonne marche, au moment de l'angélus, elles s'agenouillaient dans le sanctuaire de l'église Saint-Jean-Baptiste. C'est dans la chapelle de l'Hôpital Général qu'elles terminèrent leur pèlerinage, vers les trois heures, fatiguées mais ravies d'avoir pu de la sorte, à la suggestion de mère Saint-Alexis, compatir aux souffrances de Jésus-Christ.

C'était à de semblables exploits que les deux amies s'adonnaient avec un plaisir toujours renouvelé. Personne ne fut donc étonné quand, au cours de l'été, elles se portèrent volontaires pour une tâche bien particulière : guetter le retour d'Étiennette, la sœur d'Hélène, qui revenait à Québec d'une manière bien particulière, à bord d'un des trains de bois en provenance de l'Outaouais.

Chez les Gagné, Hélène était la préférée d'Étiennette, sa sœur aînée. Lorsque celle-ci s'était mariée, Hélène lui avait servi de fille d'honneur en compagnie d'Alicia. Tout de suite après ses noces, Étiennette était partie avec son mari dans l'Outaouais, où l'attendait son travail de meneur de train de bois dans les chantiers de la rivière Rouge. Au début de cet été 1807, les Gagné avaient reçu d'Étiennette une lettre les prévenant qu'elle et son mari s'apprêtaient à revenir à Québec, à bord d'un train de bois. Intriguée, Hélène s'était informée auprès de son père, qui lui avait expliqué avec force détails la vie des bûcherons.

— Pierre travaille dans les bois depuis son tout jeune âge. Il coupe des arbres avec d'autres hommes dans les chantiers. À l'hiver, ils les traînent sur la glace de la rivière Rouge. Quand arrive la fonte des neiges, tout ce bois-là est entraîné par le courant jusqu'à la rivière des Outaouais. Des draveurs font de petits radeaux, qu'ils relient ensemble pour retenir ces arbres et leur éviter de s'échouer sur les rives. Une fois rendus sur la rivière des Outaouais, beaucoup plus large, avec ces radeaux, les draveurs font des cages de bois qui, réunies toutes ensemble, forment les trains de bois. Quand y en a pour la peine, on attache ces trains de bois à un plus grand radeau monté par une centaine d'hommes chargés de leur faire descendre le fleuve jusqu'à Québec.

— Où est-ce que ces hommes-là couchent ?

— Sur les grands radeaux, où on trouve des cabanes et différents abris pour se protéger du soleil ou de la pluie le jour, et pour dormir la nuit. Dessus, y a aussi des cuisines pour les repas. Ta sœur Étiennette va justement être à bord d'un de ces radeaux-là. Elle y fera certainement la cuisine.

— C'est vraiment sur un radeau de même que va venir Étiennette ?

— C'est ça, ma fille !

Les explications de son père et le retour imminent d'Étiennette à bord d'un de ces trains de bois avaient suffisamment attisé la curiosité d'Hélène pour qu'elle demande :

— P'pa, est-ce que c'est possible de savoir sur quel radeau Étiennette va arriver ?

— Peut-être bien, lui dit son père. Étiennette a écrit que si on voulait aller la voir arriver des hauteurs, à l'anse de Sillery, on pourrait reconnaître son radeau à un grand linge rouge qu'elle va suspendre au-dessus de sa cuisine.

Il n'en fallut pas plus pour qu'Hélène se mît dans la tête de se rendre sur les hauteurs de Sillery pour guetter le retour de sa sœur, non sans entraîner Alicia avec elle. Mais il y avait un problème : Étiennette n'avait pas été en mesure de préciser de façon certaine le jour de son arrivée : «dans les premiers jours de juillet», avait-elle écrit. Comme c'était les vacances, Hélène et Alicia obtinrent de leurs parents la permission de se rendre surveiller l'arrivée des trains de bois.

Tôt le matin, elles se mirent en route, empruntant le sentier qui, le long de la rue Saint-Ours, conduisait au pied de la falaise et montait ensuite jusqu'à la Haute-Ville. De là, par une ruelle, elles rejoignirent les hauteurs de Sillery. À cet endroit, leur regards balayaient tout le fleuve et, aussi loin que l'horizon, il n'y avait nul train de bois en vue. Elles avaient apporté quelques tranches de pain avec de la confiture aux fraises dont elles se firent des tartines. Leur attente fut vaine, aucun train de bois n'apparut sur le fleuve ce jour-là.

Le lendemain, elles refirent un trajet identique avec la même idée en tête : voir arriver les trains de bois et surveiller celui qui arborerait un drapeau rouge. Elles en furent quittes pour une autre journée perdue. Le lendemain, cependant, vers les deux heures, leur attente fut récompensée : une dizaine de trains de bois se profilèrent au milieu du fleuve. Un bon vent soufflait de l'ouest et, sur les radeaux, les voiles étaient gonflées. Des dizaines d'hommes maniaient des rames pour maintenir les trains au milieu du courant.

Hélène et Alicia bondirent de joie quand elles aperçurent, sur le troisième radeau, le drapeau rouge d'Étiennette. Elles restèrent sur les hauteurs à crier, hurler et envoyer la main tant que le radeau n'eut pas disparu de leur vue. Elles coururent ensuite jusque chez les Gagné annoncer la bonne nouvelle. Le soir même, Étiennette et son mari arrivaient avec leur bébé Maximilien.

Alicia avait continuellement étonné ses parents par des extravagances de la sorte. «Celle-là, elle ne fait jamais rien comme les autres», répétait à tout bout de champ Émilie. Elle ne fut donc guère étonnée quand, au début de septembre, sa fille arriva un midi en lui disant:

— M'man, vous allez sans doute être surprise de la décision que j'ai prise.

— Quoi donc, ma fille? Sans doute encore quelque chose qui viendrait pas à l'idée de personne d'autre?

— Bien au contraire, m'man, on est plusieurs à partager la même idée. Hélène et moi, on entre chez les sœurs!

La décision de sa fille laissa Émilie bouche bée. Il lui fallut un moment pour recouvrer ses sens et appeler Marie-Josephte et Dorothée à la rescousse.

— Venez, lança-t-elle, votre sœur Alicia a une grande nouvelle à vous apprendre!

Intriguées, ses deux sœurs ne mirent pas de temps à répondre à l'appel.

— Notre petite sœur, dit ironiquement Dorothée, a quelque chose à nous apprendre qui va sans doute nous faire tomber sur le derrière.

— Justement, leur dit leur mère, vous feriez bien de vous asseoir.

Elles n'étaient pas aussitôt assises qu'Alicia annonçait triomphalement :

— Je rentre chez les sœurs !

Tout ce que Marie-Josephte et Dorothée trouvèrent à dire fut un « eh ! » de surprise. Puis, se reprenant, elles étreignirent leur petite sœur et se mirent toutes les deux à pleurer.

— Allons, intervint Émilie, c'est pas la fin du monde. Vous devriez être heureuses pour elle.

— On l'est ! finit par bredouiller Dorothée, mais ça nous fait de la peine pareil.

Quelques jours plus tard, avec à la main un sac de toile contenant les effets qu'elle avait le droit d'apporter, Alicia quittait à pied la maison paternelle pour entrer chez les religieuses de l'Hôpital Général. Les adieux furent remplis d'émotion : ses deux sœurs ne purent de nouveau retenir leurs larmes.

— Elle sera tout près de nous et on la verra plus, déplora Marie-Josephte. C'est comme si elle était morte, elle entre en prison.

— C'est le lot de la vie de nous séparer de ceux et de celles qu'on aime le plus, constata Émilie.

Pendant ce temps, en se grattant la tête, Edmond regardait sa fille s'en aller vers l'hôpital.

— Qu'est-ce que t'as, mon homme ? s'inquiéta Émilie.

— Ce que j'ai ? Je me demande où je vais trouver l'argent de sa dot !

— Parce qu'il y a une dot à payer ? s'étonna Dorothée.

— Oui, ma fille et c'est pas rien, quelque chose comme quatre cents livres.

— Quatre cents livres ?

— Faut bien que les sœurs reçoivent de l'argent. Autrement, comment elles feraient pour vivre ?

— Mais quatre cents livres, p'pa, ça pousse pas dans les arbres !

— C'est justement pour ça que je me creuse les méninges. Avec seulement mon travail à l'auberge, j'y arriverai jamais. Faut que je trouve quelque chose d'autre.

— Comme quoi ?

— Si j'allais travailler à la construction navale…

Émilie intervint, furieuse :

— Je te le défends ! Tu vas aller t'y faire mourir et une fois mort, à quoi ça va t'avoir avancé ?

— Vous pourriez essayer de trouver quelque chose de moins fatigant, comme travailler au magasin général ou charretier.

— Y a déjà Étienne qui est le charretier du coin. Non, ça marcherait pas. Je pense qu'il y a seulement une chose que je peux faire : reprendre mon métier de forgeron et de maréchal-ferrant.

— Mais, protesta Émilie, t'as même pas de forge !

— Faudra que je m'en construise une.

Sur ce, il sortit derrière la maison et se mit à mesurer la distance entre le hangar, l'appentis et l'écurie. Émilie ne put s'empêcher de dire :

— Quand ton père a quelque chose dans la tête, ma fille, il l'a pas dans les pieds !

— C'est correct de même, répondit Dorothée. Pas besoin de se demander de qui on tient, on est pas des Grenon pour rien !

Chapitre 29

Le cadeau

Les rêves d'Émilie s'avéraient modestes : des chandelles qui éclairaient bien ; une commode ; quant à son troisième rêve, celui dont elle gardait le secret, il devait l'être sûrement tout autant.

Sa grande amie Geneviève Du Berger s'était vite rendu compte qu'Émilie ne demandait jamais rien pour elle. Lorsqu'elles causaient cœur à cœur, il arrivait à Émilie de révéler ses souhaits les plus intimes, sans grand espoir de les voir un jour être exaucés, car elle avait conscience de sa condition. Ainsi, ce jour-là, en visite chez son amie Geneviève, cette dernière lui montrait la dernière robe que son mari lui avait offerte en cadeau.

— Une robe comme celle-là, je pourrai jamais me l'offrir.

Il y avait une forme de regret dans la voix d'Émilie.

— Il ne faut jamais dire jamais, Émilie. Pourquoi penses-tu ne jamais avoir une aussi belle robe ?

— Parce que, chère, j'ai pas les moyens de me l'offrir et ce serait une extravagance que mon homme ne me pardonnerait jamais. J'oserais pas la mettre et elle resterait cachée quelque part dans un coffre qui finirait au grenier avec les mites.

— Quand je t'écoute parler, chère amie, je me rends compte à quel point je suis gâtée. Des robes comme celle-là, j'en ai beaucoup portées. Je ne dis pas ça pour te provoquer ou te faire de la peine, mais c'est simplement une constatation que je fais. C'est vrai que pouvoir s'offrir de belles choses fait plaisir. Mais il y a mieux dans la vie : l'amour pour ceux et de ceux qui nous entourent, et aussi la santé. Tu as ces deux trésors et ils sont bien plus précieux que toutes les robes et tous les bijoux réunis.

— Sais-tu, Geneviève, dit Émilie, pourquoi j'ai tout de suite été amie avec toi ? Parce que, même si t'as pu profiter de beaucoup de belles choses, t'as toujours gardé les deux pieds sur terre.

— Il y a une chose que je t'envie, Émilie, c'est ta santé. Il me semble que depuis que je te connais, tu n'as jamais rien perdu de ta vigueur. Moi, je sens que ma santé est fragile, c'est peut-être pour ça que je veux profiter le plus possible du meilleur de la vie. Mes rêves ont toujours été les mêmes : voir mon mari et mes enfants heureux. Toi, tu n'as jamais eu à te tracasser pour ça : ton mari m'a toujours semblé un homme heureux avec toi, et tes adorables filles, comme ce sont de bonnes enfants ! Et voilà que ta plus jeune vient de se faire religieuse… Tu dois être comblée, non? Une mère qui a une enfant en communauté est certaine d'être sauvée.

— J'ai pas à me plaindre, c'est vrai, mais on est bien mal faite : on désire toujours ce qu'on a pas, en oubliant tout le bon de ce qu'on a. Rien n'empêche qu'on puisse rêver. Après tout, les rêves coûtent pas cher.

Elles en étaient là de leur échange quand une domestique vint porter à Geneviève un message dont la lecture lui arracha un soupir.

— Une mauvaise nouvelle? s'inquiéta Émilie.

— Non, ce n'est rien. Jean-Baptiste me dit qu'il va rentrer tard. Imagine-toi qu'il fait partie, depuis quelque temps, d'une troupe de théâtre. Ils doivent jouer dans deux mois une pièce de Molière intitulée *L'Avare*. Jean-Baptiste y interprète un rôle et ce soir il prévoit répéter très tard.

Émilie se montra tout étonnée :

— Il joue au théâtre? Tu vois, je connais rien au théâtre, mais ça doit être agréable d'assister à une pièce, surtout quand son mari joue dedans.

— Très agréable, ma chère, mais ça m'enlève mon mari plusieurs soirs par semaine.

— C'est curieux, y a toujours un moins beau côté à la médaille. Tu peux être certaine, par exemple, que si mon mari était ici, il manquerait pas de dire : «On n'a jamais rien sans rien, mais tout n'est jamais comme on veut! Il faut faire des sacrifices dans la vie, on peut pas tout avoir et y a jamais rien de parfait.» Ça serait certainement son discours.

— Et il aurait raison de le tenir. Tu es vraiment bonne de me le rappeler, ma très raisonnable Émilie. Je peux me compter chanceuse de t'avoir comme amie. Chaque fois que j'ai l'occasion de te parler, il me semble retrouver toute mon énergie.

— C'est pas que je m'ennuie, chère, mais va falloir que je te laisse si je veux arriver à l'auberge et avoir assez de temps pour préparer le souper. Heureusement que mes filles sont là, mais j'ai bien peur que ce soit plus pour bien longtemps encore.

— Comment ça ?

— Ma Dorothée me semble être en amour, même si elle le dit pas. Pour moi, va falloir penser bientôt à la marier. Bon, je te laisse parce que j'ai une bonne marche à faire jusqu'à l'auberge. Il fait beau, ça va me faire du bien de prendre l'air. Tu sais que tu es la bienvenue chez nous chaque fois que le cœur t'en dit.

Sur ces mots, elle embrassa son amie et se mit en route.

À quelque temps de là, alors qu'Émilie s'affairait à cuire du pain, son amie Geneviève débarqua à l'auberge en coup de vent.

— Je ne fais que passer, Émilie, mais je tenais à m'arrêter pour te remettre quelque chose qui devrait te faire plaisir. Jean-Baptiste m'a donné des billets pour la pièce de théâtre : il y en a quatre, tu pourras venir avec ton mari et tes filles.

Émilie fut tellement heureuse de cette nouvelle qu'elle faillit oublier d'en remercier Geneviève.

— C'est pour quand ?

— Dans deux semaines.

— Grâce à toi, ma chère, un de mes rêves va se réaliser. Y a qu'une amie comme toi pour me faire un plaisir pareil.

Quinze jours plus tard, les Grenon, après avoir enfilé leurs plus beaux habits, se rendaient pour la première fois de leur vie au théâtre.

— J'aurais jamais pensé, fit remarquer Dorothée, qu'on verrait un jour une pièce de théâtre.

— Moi non plus, tu sais, c'est pour ça qu'il va falloir en profiter à plein, parce que c'est peut-être aussi la dernière qu'on verra.

Ils entrèrent au théâtre, situé dans le quartier chic de la Haute-Ville, comme s'ils pénétraient dans un château. Un placier vint leur indiquer où s'asseoir. Émilie était si impressionnée qu'elle en avait pratiquement perdu la parole. Seule Dorothée trouvait l'aplomb de faire des commentaires :

— Regardez, m'man, les lustres et toutes ces chandelles. Avez-vous vu comme cette salle est belle, les décorations et nos sièges, bien confortables ? C'est bien commode d'avoir des sous.

— Parle pas si fort, lui reprocha Émilie, tu vas nous faire passer pour une bande d'arriérés qui ont jamais rien vu.

— Mais c'est un peu ça qu'on est, m'man ! C'est la première fois qu'on met les pieds au théâtre. C'était le temps qu'on y vienne.

Soucieuse de faire dériver la conversation, Émilie dit :

— Je me demande bien où peut être mon amie Geneviève ? Elle m'a dit qu'elle serait dans une loge et qu'on pourrait se voir entre deux actes.

Discrètement, Émilie se mit à scruter les loges, réparties de part et d'autre de la scène, à la recherche de son amie. Marie-Josephte la découvrit en premier : Geneviève était sagement assise dans la première loge du côté droit, en compagnie de quelques amis. Dorothée, qui s'était livrée au même examen méthodique des loges, soupira soudainement si fort qu'Émilie s'en inquiéta.

— Es-tu malade ?

Dorothée ne répondit d'abord rien, puis dit à sa mère et Marie-Josephte :

— Désiré Dumoulin... Il est dans la troisième loge, à gauche.

— Vraiment ?

— Et je pense même, dit Dorothée, qu'il nous a vus.

Edmond, pas plus à son aise dans ce théâtre qu'un coq dans la gueule d'un renard, n'avait pas dit un traître mot jusque-là. Il se contenta de maugréer :

— On va certainement l'avoir sur le dos entre les deux actes.

À la surprise des Grenon, une série de coups résonna dans le théâtre ; à l'instar des autres spectateurs, ils se turent. Le rideau s'ouvrit, la pièce commença sans plus tarder. Sous la poudre, les crèmes et la perruque,

Émilie finit par reconnaître Jean-Baptiste Du Berger. Elle était tellement éblouie par les décors, les costumes et l'éclairage qu'elle en oublia presque de se concentrer sur l'histoire qui se déroulait sous ses yeux. À l'entracte, à Geneviève qui lui demandait son avis sur la pièce, Émilie ne put que répondre :

— C'est beau, c'est tellement beau, je sais pas comment te remercier de ce cadeau.

— As-tu reconnu mon Jean-Baptiste ?

— Oui, c'est Harpagon.

— Tout juste ! Aimes-tu cette comédie ?

— Vraiment beaucoup ! dit-elle, mais si mon Edmond était comme cet avare, je pense que j'en mourrais de chagrin.

Pendant qu'Émilie s'entretenait avec Geneviève, le beau Désiré Dumoulin s'était frayé un passage jusqu'à eux et causait avec Edmond de tout et de rien, profitant de la situation pour laisser espérer à Dorothée une visite prochaine.

— Je ne vous ai pas oublié, monsieur Grenon, mais vous savez, quand on se présente comme député, on a pas mal de choses à voir et bien peu de temps pour les faire.

— Je te comprends, mon garçon. T'es toujours le bienvenu à l'auberge, où tu pourras rencontrer certains de tes futurs électeurs.

— Vous voterez bien pour moi, monsieur Grenon ? Ne cherchez pas d'autres candidats plus compétents que moi, vous n'en trouverez pas. Vous me permettez d'aller vous voir et je n'y manquerai pas, d'autant plus que j'aurai le bonheur d'y voir votre fille ici présente, que je me permets de saluer très bas.

Il s'approcha de Dorothée et en profita pour lui baiser la main.

— Vous me verrez chez vous très bientôt, mademoiselle. Mes sentiments à votre égard sont demeurés les mêmes.

Dorothée rougit de plaisir. Comme on donnait aux spectateurs le signal de regagner leur place, elle parvint ainsi à dissimuler son émoi. Des semaines allaient néanmoins se passer avant que Désiré Dumoulin donnât de nouveau signe de vie.

Deux jours après leur mémorable soirée au théâtre, les Grenon eurent le bonheur de recevoir une lettre de Nicolas, dont ils étaient sans nouvelle depuis plus d'un an et demi. Pour le profit de toute la famille, Dorothée se chargea de la lire.

Gibraltar, vendredi 16 décembre 1807

Bien chers parents

Vous avez sans doute été très inquiets de mon long silence. Quand bien même j'aurais voulu vous écrire, je n'aurais pu le faire. J'ai été prisonnier des Espagnols pendant plus d'un an sur un vieux navire amarré au port de Cadix. Je pensais ne jamais pouvoir sortir de cette mauvaise situation. C'est mon ami Bernardin, prisonnier comme moi, qui m'a tiré de ce mauvais pas. Il m'a conseillé de faire comme lui et de

m'engager pour sept années dans le régiment de Meuron.
C'était la seule façon pour nous de sortir de cette prison.

Au moment où je vous écris, je suis toujours à Gibraltar,
que nous allons quitter bientôt pour l'île de Malte, où nous
espérons demeurer quelque temps. Je vous écrirai de nou-
veau pour vous donner l'adresse où vous pourrez me donner
de vos nouvelles.

Votre fils qui vous aime,

Nicolas

Après la lecture de cette lettre, tous les membres de
la famille restèrent longtemps plongés dans leurs pensées. C'était l'effet que leur faisait chaque lettre de
Nicolas. Edmond dit tout haut ce que chacun pensait
tout bas :

— Au moins, il est encore en vie…

LES RÊVES PASSENT

Chapitre 30

Encore des mariages dans l'air

Si Dorothée et Marie-Josephte prenaient du temps à se marier, les jumelles Gagné, pour leur part, avaient trouvé à se caser. En ce printemps 1808, leurs amours les menaient au pied de l'autel. Elles se firent un plaisir d'inviter leur grande amie Dorothée, de même que Marie-Josephte, Edmond et Émilie, à leur mariage.

Leur carte d'invitation se lisait comme suit :

Monsieur Théophile Gagné et son épouse sont heureux de vous inviter aux mariages de leurs filles Angèle et Angélique avec Joseph Lemieux et Mathias Labbé.

La cérémonie aura lieu à dix heures, en l'église Notre-Dame-des-Anges, le samedi 14 mai 1808.

Prière de bien vouloir confirmer votre présence.

Quand Dorothée apprit la nouvelle, elle se montra devant sa mère très heureuse pour ses amies.

— Je savais, dit-elle, que ça s'en venait, mais là c'est pour vrai. Je les trouve bien chanceuses.

— Faut pas t'en faire, ma fille, ton tour viendra bien assez vite.

— Si Désiré était pas si occupé, ça serait fait depuis longtemps.

— Tu vas l'inviter à t'accompagner aux noces de tes amies ?

— Bien sûr ! Ça tombe bien, Désiré est en ville. Il doit passer bientôt, je vais l'en informer. Mais c'est pas ça qui m'inquiète, m'man. Qu'est-ce que je vais mettre pour les noces ?

— Ta plus belle robe !

— Ma plus belle robe ? Elle est bien trop ancienne pour que j'aille aux noces amanchée de même.

Sa mère la regarda avec compassion.

— C'est vrai, ma fille, que t'as pas eu une belle robe depuis longtemps. Mais on a pas les moyens de t'en acheter une neuve.

— Me voyez-vous aux noces de mes deux meilleures amies dans ma robe de tous les dimanches et fêtes ?

— Faudra bien que tu fasses avec, si on trouve pas le moyen de t'avoir une nouvelle robe.

Le lendemain, Émilie, toujours prête à tout pour le bonheur de ses filles, revint de chez son amie Geneviève avec un sac de toile, dont elle extirpa, sous les yeux effarés de Dorothée, une magnifique robe en taffetas de soie verte, ornée de perles cousues à la main au col et aux poignets.

— Comme t'es à peu près de la même taille que Geneviève, commenta Émilie, j'ai pensé qu'elle se ferait un plaisir de te prêter une des ses robes pour les noces. Et je me suis pas trompée.

Dorothée, comme ensorcelée, ne pouvait détacher ses yeux de la robe.

— Mais m'man, faudrait pas que je sois plus belle que les mariées !

— T'en préoccupe pas, chère, les jumelles, j'en suis certaine, vont être belles à croquer.

Le samedi des noces, on n'aurait pu souhaiter plus belle journée de printemps. Tout autour de l'hôpital, comme si la nature voulait participer à la fête, des hirondelles sillonnaient le ciel tandis que des pinsons et des merles faisaient entendre leurs chants. Dorothée était radieuse dans sa robe verte. Plus modeste, Marie-Josephte s'était contentée de rafraîchir un peu sa robe brune des dimanches et fêtes en y ajoutant des rubans de couleur. Quand, avec leur père et leur mère, elles arrivèrent à la porte de l'église, les cloches se mirent à sonner à toute volée. C'était la deuxième fois qu'on célébrait un double mariage à Notre-Dame-des-Anges et, chaque fois, les Gagné en avaient fait les frais. Toute la paroisse s'était donné rendez-vous au mariage, mais seuls les parents et les amis proches étaient invités aux célébrations suivant la cérémonie.

À l'heure dite, les futures mariées arrivèrent au bras de leur témoin. Émilie avait vu juste : les jumelles étaient radieuses et jolies dans leurs robes de mariées identiques qui accentuaient encore davantage leur remarquable ressemblance. Dorothée, qui se faisait une joie d'être auprès d'elles pour ce jour si important, les enviait de pouvoir enfin réaliser leur rêve. Au début, toute à son plaisir, elle ne s'inquiéta pas trop du retard de Désiré. Elle soupçonnait qu'il profiterait de son entrée dans l'église, sans doute juste à la suite des mariés, pour attirer l'attention sur sa personne. Pourtant, le scénario qu'elle avait imaginé ne se réalisa pas. De plus en plus nerveuse et déçue, elle sortit de l'église avant d'éclater en sanglots. Son beau Désiré ne se pointa qu'une fois la cérémonie terminée. Dorothée s'était barricadée dans sa chambre. Désiré alla l'y rejoindre. Ce fut vainement qu'il tenta de la conduire aux noces. Devant une Dorothée inconsolable, il se justifiait en pure perte :

— Je m'excuse, chérie, mais j'ai eu un empêchement de dernière minute. Ce n'est pas facile, tu sais, de contredire un père comme le mien. Si je n'avais pas menacé de le quitter pour travailler ailleurs, je ne serais même pas là pour te parler en ce moment.

Entre deux sanglots, Dorothée lui fit comprendre qu'elle ne voulait rien entendre.

— T'avais qu'à être là !

— Mais, ma chérie, il n'est pas trop tard, je suis là. Le mariage est fini, il est vrai, mais les noces battent leur plein. Allons reprendre ensemble le temps perdu et retirer de cette fête le plaisir qui nous revient.

— Vas-y tout seul ! Moi, je bougerai pas d'ici !

Dorothée mit des semaines à pardonner cet affront. Mais son amour pour lui ne se démentait pas. Quand, deux mois plus tard, pour son anniversaire, il se présenta à l'auberge avec un énorme bouquet de roses, elle trouva la force de surmonter sa rancœur. En acceptant les fleurs qu'il lui offrait, elle consentit, une fois de plus, à le revoir.

Témoin de ce revirement soudain, Edmond ne put s'empêcher de dire :

— Vraiment, l'amour rend aveugle…

Chapitre 31

Un visiteur

Quand, presque tous les jours, un ou deux clients se présentaient à l'auberge, Edmond ou une de ses filles était toujours là pour les accueillir au seuil de l'établissement. Ce matin-là, toutefois, personne ne se rendit compte de l'arrivée d'un homme qui semblait fort heureux d'avoir trouvé l'*Auberge Grenon* de la rue Saint-Ours. Ce fut à tout le moins ce qu'il dit au cocher, au moment de le remercier.

— T'es bien bon, mon brave, de m'avoir mené jusqu'icite, fallait le savoir. C'est pas la porte d'à côté.

— On a l'habitude, mon cher monsieur. À force de nous promener, on finit par connaître la ville comme le fond de nos poches. Suffisait que je sache que c'était dans le bout de l'hôpital.

Le passager paya le cocher et récupéra un baluchon qui semblait contenir tous ses effets. Dès son entrée dans l'auberge les exclamations fusèrent.

— Mais, ma foi du bon Dieu, c'est Romu ! s'écria Edmond.

Émilie, quittant ses chaudrons pour venir le saluer, lui lança d'une voix enjouée :

— Qu'est-ce qui t'amène dans nos parages, mon bon Romuald ? Tu parles d'une belle visite !

Heureux de son effet, Romuald les laissa languir un peu avant de laisser entendre qu'il avait décidé de passer quelques jours à l'*Auberge Grenon* à Québec. Il blagua :

— Ça m'a été recommandé par tous les voyageurs qui passent par Baie-Saint-Paul. Paraît que c'est la meilleure auberge de Québec. Je me suis dit : si c'est de même, faudrait bien que je l'essaie. C'est pour ça que me v'là !

Ils rirent tous de sa repartie. Son arrivée faisait resurgir Baie-Saint-Paul dans tous les esprits.

— Dis-nous vite, le pressa Émilie, ce qui se passe là-bas depuis qu'on y est plus.

Romuald se moqua :

— Tout marche beaucoup mieux : le curé sourit tout le temps, plus personne se plaint, la paroisse grandit à vue d'œil, tout le monde travaille, tout le monde chante, tout le monde danse.

Entrant dans son jeu, Edmond ajouta :

— Y a même un menteur de plus qui se promène jusqu'à Québec.

La bonne humeur régnait. L'ami de passage avait repris sa place comme s'il ne l'avait jamais quittée ; seule était différente l'auberge où il se trouvait. Ils profitèrent de la soirée, alors que les clients avaient regagné leur chambre, pour se plonger dans un passé encore récent. Les Grenon voulaient tout savoir, comme pour reprendre le temps perdu. Romuald fit la chronique des derniers mariages :

— Vous le savez pas, la fille à Hormidas, la plus vieille, Jeannine, elle vient enfin d'en trouver un à sa pointure : elle a cessé de faire des manières.

— Qui c'est-y ?

— Je doute que vous le connaissiez : il est de La Malbaie. Y a aussi Philibert, le passeur de l'Île-aux-Coudres, qui a marié Anatole, son dernier, à une petite Dufour du rang Saint-Antoine.

— Pas une fille à Mathias ?

— C'est en plein ça ! Hortense qu'elle s'appelle, celle qui a un pied-bot et marche d'aplomb une fois sur deux. À part ça, y a eu bien d'autres mariages, je vous parle des plus proches, ceux qui me reviennent à l'idée.

— Heureusement, mon Romuald, que t'as une bonne mémoire. Ça va nous faire des nouvelles de plus à digérer.

— Y a pas eu que des mariages : la paroisse se peuple chaque année avec son lot de nouveaux-nés. La fille à Onésime Duclos a eu des triplets : trois gros garçons. C'est le cas de le dire, elle en a plein les bras. Le curé les a baptisés les trois d'un coup, et puis il a encouragé les parents à en faire d'autres. La Rose-Alma qui est pas gênée, vous la connaissez, lui a dit : « Ma bru est bien prête à en faire d'autres, monsieur le curé, à condition que vous les éleviez. » Le curé, paraît-il, a pas aimé ça en toute. Heureusement qu'ils étaient déjà baptisés, parce qu'autrement il aurait été assez fâché pour refuser de le faire, mais une fois son affaire faite, il était tout de même pas pour les débaptiser.

— Je comprends, remarqua Edmond, ça aurait été ben que trop d'ouvrage pour lui. Est-ce qu'il est toujours aussi gros ?

— Encore plus qu'avant, je pense, et plus il grossit, plus il est entêté !

— On est mieux d'arrêter de parler de lui, intervint Émilie, sinon les oreilles vont lui tinter. Y a t'y eu bien des morts depuis qu'on est partis ?

— Des vieux, surtout, et la vieille Aurélie Laprise qui arrivait à cent ans et qui se demandait bien pourquoi le bon Dieu l'avait oubliée. Quand elle est morte, le beau fin à Picoté Latraverse a dit : « Enfin, le bon Dieu l'a prise. » Pour une fois qu'il disait quelque chose de sensé, il l'a tellement répété souvent que plus personne voulait l'entendre. À part ça, je vois pas trop, sauf peut-être Robert Sylvestre, un garçon à Jean-Noël, qui s'est nayé dans les chantiers en faisant la drave.

— Est-ce qu'il y a des nouveaux bâtiments ?

— Rien de bien neuf, juste du vieux rafistolé, à part une maison le long de la rivière du Gouffre, un vrai château construit pour quelqu'un de Québec qu'on voit jamais et qui vient seulement au printemps et à l'automne pour chasser.

La soirée se consumait au même rythme que la chandelle. Marie-Josephte et Dorothée, qui se sentaient moins concernées par la conversation, se frottaient les yeux depuis quelques minutes. Leur mère l'avait remarqué. Elle aussi sentait la fatigue de ce jour bien rempli, aussi souleva-t-elle la chandelle en disant :

— Mon bon Romuald, c'est pas que je m'ennuie, cher, mais demain j'ai une grosse journée qui m'attend. Sans vouloir t'offenser, je pense que je vais aller me coucher et j'en connais deux qui demanderont pas mieux que d'en faire autant. Mon homme, si tu veux continuer à brasser des souvenirs, tu peux toujours le faire encore, mais va falloir que t'allumes une autre chandelle avant de plus avoir de clerté.

Edmond se leva, fouilla un moment dans l'armoire et passa par la cuisine, où il alluma sa chandelle à même le feu du poêle. Les femmes étaient parties dormir. Son ami l'attendait dans le noir. Après avoir pris le temps d'allumer sa pipe, Edmond se lança à son tour dans la revue des nouvelles.

— Tu dois pas le savoir, Romuald, mais j'ai ma fille Alicia qui est entrée chez les sœurs.

— T'as une fille chez les sœurs ? Coudon, va falloir que je dise ça au curé !

— Fais donc ça, peut-être que ça va lui remettre les deux yeux vis-à-vis des trous en ce qui concerne ma famille. C'est ma plus jeune. Sais-tu qu'on donne pas une fille comme ça gratis aux bonnes sœurs ? J'ai passé tout ce que j'avais d'économies pour payer sa dot aux sœurs, mais c'est pas assez. Imagine-toi donc qu'il faut que je ramasse encore deux cents livres pour en avoir fini avec ça.

— Est-ce que les sœurs te réclament déjà le reste de la dot ?

— Pas pour tout de suite, mais ça tardera pas qu'elles vont me faire savoir à leur façon que je leur dois des sous. Je serais pas un Grenon si j'arrivais pas à payer.

— As-tu idée de comment tu vas parvenir à le faire ?

— Oui, j'ai une idée, mais ça va me demander beaucoup de travail, parce que j'ai pas les sous pour acheter ce qu'il me faut.

— Edmond Grenon, cesse de parler en paraboles. Qu'est-ce que t'as derrière la tête ?

— Ce que j'ai ? Ce que j'ai, c'est que je veux ouvrir une forge.

— Icite en ville ?

— En ville, c'est un bien grand mot. Notre-Dame-des-Anges est un tout petit village. Sans l'hôpital, y a pas un chrétien qui se présenterait par icite pendant des semaines.

— Mais l'hôpital est là.

— Justement, ça aide. Si je peux me trouver le bois qu'il faut, j'agrandis l'appentis, je mets un toit et me voilà avec une forge. C'était ma première idée quand on est déménagés. La première idée est toujours la meilleure. Les pratiques de l'auberge vont en parler. Betôt tout le coin va savoir qu'il y a une forge par icite. Ils vont m'apporter de l'ouvrage, comme des petites ferrures à faire, des jantes de roue à resserrer, des chaudrons en fer à réparer. Tout l'argent que je vais gagner là, je le mettrai de côté pour la dot d'Alicia.

— Tu rêves en grand, mon Edmond.

— Comment ça, je rêve?

— Tout ça se fera pas avec rien.

— J'ai mon idée où avoir du bois pour pas cher.

— Qu'est-ce que tu comptes donner comme dot à tes autres filles si elles décident de se marier?

— Si elles le font pas trop vite, y aura bien quelques surplus quelque part. Faut dire que mon Émilie est bien vaillante. Elle a commencé à faire des courte-pointes et toutes sortes de choses de même qu'elle met de côté pour quand Marie-Josephte et Dorothée vont se marier.

— Est-ce que tes filles ont quelqu'un en vue?

— Marie-Josephte a eu une peine d'amour. Si l'autre avait pas déjà été pris, elle serait mariée à l'heure qu'il est. On dirait que ça lui a coupé le désir d'en trouver un autre.

— Pis Dorothée?

— Dorothée en a un seul en tête, qui ressemble pas mal à un chevalier d'industrie : il fait de la politique. Il est venu lui conter fleurette, y a bien deux ans, si c'est pas plus, mais il lui est pas sorti de la tête : elle l'attend. Faut que je dise qu'il m'a l'air bien vaillant, par exemple, et qu'il a des sous, il arrête pas, comme une queue de veau, et fait tous les métiers. Mais tu comprends, mon Romu : mille métiers, mille misères!

Pour ne pas être en reste, Romuald ajouta son grain de sel.

— Y a pas de sots métiers, Edmond, y a pas de sots métiers !

— T'as bien raison, Romu, vaut mieux quelqu'un qui a cent métiers que quelqu'un qui en a pas un en tout. Faut pas que je m'acharne trop sur lui, parce qu'il me semble quand même capable et débrouillard. Il vient faire un tour en vitesse de temps en temps, juste pour entretenir la flamme, il parle beaucoup, a toujours un petit quelque chose pour ma Dorothée, pis il repart et on le revoit plus pendant un ou deux mois, et le revoilà qui nous arrive avec ses histoires et ses promesses qui suffisent pour que ma fille attende son retour. En tous les cas, ça semble bien faire l'affaire de ma fille parce qu'elle se plaint pas trop et vit d'espoir et d'eau claire.

— Ça inquiète pas Émilie ?

— Elle en parle pas. Au fond, ça fait son affaire d'avoir toujours ses deux filles pour l'aider à l'auberge. J'ai quelque chose à te proposer, Romu.

— Propose toujours, on verra bien !

— Viendrais-tu avec moi demain, du côté des chantiers de construction de bateaux ?

— Qu'est-ce que tu veux aller faire là ?

— Voir si je pourrais pas me trouver des restants de bois pour ma forge.

Le lendemain matin, Edmond attela Roussine à la charrette. Ils partirent vers Saint-Roch bien décidés à rapporter, comme disait Edmond, «de quoi commencer». Les chantiers de construction navale s'étendaient tout le long de la rivière Saint-Charles. Patiemment, Edmond s'arrêta à chacun. Il parvint, pour quelques pences, à mettre la main sur un arbre tout tordu qui ne pouvait servir à rien de bon pour un vaisseau, mais qui, dans l'esprit d'Edmond, avait déjà sa place dans ce qu'il se proposait de construire. Ce fut cependant tout ce qu'ils dénichèrent de toute la journée. À ce rythme, le rêve d'Edmond prendrait du temps à se matérialiser.

— C'est pas avec ça que tu vas aller loin, mon Edmond, lui répétait Romuald.

Edmond n'en démordait pas:

— Y a un commencement à tout, répétait-il. Un jour, je vais l'avoir ma forge. Je finirai bien par trouver le bois qu'il faut ou bedon je m'appelle pas Edmond Grenon.

Les deux jours suivants, en compagnie de son ami Romuald, il les passa à tourner en rond, cherchant le meilleur moyen de trouver des matériaux pour la construction de sa forge et rêvant au moment où il aurait assez de sous pour offrir à sa femme un présent digne de la reconnaissance qu'il lui vouait. Sa conversation se limitait presque exclusivement à ces deux sujets, ses obsessions du moment, au point où le pauvre Romuald en était tout étourdi, à l'heure de repartir vers Charlevoix.

Chapitre 32

Les amours de Dorothée

Pour une Grenon, Dorothée se montrait fort patiente envers son cavalier, Désiré Dumoulin. Il ne portait pas pour rien son prénom, car il avait réellement le tour de se faire désirer. Elle le connaissait depuis maintenant plus de deux années. Il arrivait comme ça, quand elle s'y attendait le moins, s'installait à une table de l'auberge, prenait un verre, attendait que Dorothée puisse se libérer et se mettait alors à lui raconter tout ce qu'il avait fabriqué depuis sa dernière visite.

— Est-ce que je t'ai conté, ma chérie, que je suis allé jusqu'à Montréal?

— À Montréal?

— Je suis monté à bord d'un trois-mâts et j'ai remonté le fleuve jusque-là. Les vents d'ouest étaient si forts et si malveillants qu'il nous a fallu dix jours pour y arriver.

— Qu'allais-tu faire là-bas?

— J'y allais pour les affaires de monsieur Dumoulin, mon père, qui, comme tu le sais, est marchand général à la Basse-Ville de Québec. Il faudrait bien que je t'amène un jour à son magasin, tu t'y sentirais comme dans un autre pays tant tout ce qu'on y voit et tout ce qu'on y sent est exotique.

— Ton père vend quoi, au juste?

— De tout! De la flanelle blanche, des couvertes, des draps assortis, du coton peint, des bottes, des pantoufles de maroquin et de cuir, des gants de soie et de cuir pour dames et messieurs, du tabac à chiquer, du coton blanc, du verre taillé. En nourriture, il y de la morue en quarts, du vin de Madère, du vin rouge d'Espagne, du vinaigre, de la moutarde, mais aussi des épices de toutes sortes. Ce sont les épices qui remplissent la place de bonnes senteurs. Il en fait venir de partout.

— S'il vend de tout, dit Dorothée, il doit certaine-ment vendre des chandelles.

— Il y en a des douzaines et des douzaines, de toutes sortes, faites avec du gras de bœuf, de veau, de porc, de blanc de baleine, mais surtout, ses meilleures, celles en spermaceti, qui sont fabriquées à Londres.

Poursuivant son idée, Dorothée lui dit:

— Sais-tu que ma mère rêve d'avoir un jour de meilleures chandelles, qui éclairent vraiment? C'est même un de ses rêves les plus chers.

— Elle a raison d'espérer parce que bientôt nous aurons de meilleures chandelles, et aussi un meilleur éclairage.

Après avoir ainsi échangé sur divers sujets, Désiré ne manquait jamais de revenir à sa marotte: la politique. Il avait toujours une anecdote à raconter ou une explication à donner à une Dorothée peu férue en ce domaine, mais désireuse de parfaire ses connaissances.

— Sais-tu qu'il va y avoir bientôt des élections? Je me présente encore une fois dans notre comté. Cette fois, je devrais obtenir les votes nécessaires pour gagner et siéger au Parlement.

— Je connais rien aux élections, avoua Dorothée.

— Mais tu dois savoir, au moins, que nous faisons partie du Bas-Canada?

— Parce qu'il y a un Bas-Canada?

— Oui! ma chère, et un Haut-Canada. Le Bas-Canada, c'est chez nous, les Canadiens français.

— Et le Haut-Canada?

— C'est là qu'habitent les Canadiens anglais.

— Bon! Et si je comprends bien, toi, tu te présentes pour nous représenter?

— Tu apprends vite! Tu devrais venir m'aider à convaincre les gens de voter pour moi.

— Mais moi, j'ai pas le droit de voter.

— Si tu étais propriétaire de la maison, tu aurais le droit de voter. Chez vous, il n'y a que ton père qui en a le droit.

— Comment ça se passe, quand les gens vont voter?

— C'est très simple, ils se présentent au bureau de votation du comté, qui est ouvert de huit heures du matin à six heures du soir. Ils entrent dans le bureau et disent: «Moi je vote pour Untel!» Là, un homme est chargé d'inscrire leur vote. Comme ça, nous savons toujours quel candidat est en avance. Le vote peut durer plusieurs jours de suite, aussi longtemps qu'il ne se passe pas une heure sans que personne ne vienne voter.

— Tout ça est bien ennuyant !

— Ça t'ennuie parce que tu n'y connais rien, mais quand tu seras mieux renseignée, je suis certain que tu vas aimer ça. Vois-tu, il s'agit de convaincre les voteurs que tu es le meilleur candidat et que tu seras le meilleur pour les représenter. Puis, quand arrivent les jours de scrutin, tu t'arranges pour voir le plus de monde possible pour les inciter à voter pour toi.

— Comment ça se fait qu'il y a des batailles à chaque élection ?

— C'est bien facile à comprendre. Quand un candidat est en avance après sept, huit, dix jours de votation et qu'il a une bonne chance de gagner, il a hâte que ça finisse. Sais-tu ce qu'il fait ?

— Non ! Quoi donc ?

— Il engage des fiers-à-bras qui empêchent ceux qui ne voteront pas pour lui d'entrer dans le bureau de vote. Quand ça fait une heure que personne ne s'est présenté, il a gagné ses élections. Mais, bien entendu, ceux qui veulent voter à tout prix contre lui se battent avec les fiers-à-bras pour entrer. C'est pour ça qu'il y a de la bataille.

— Toi, si jamais t'es en avance dans les votes, vas-tu engager des fiers-à-bras ?

— Pourquoi pas ?

— Tu vois, fit remarquer Dorothée, c'est pour ça que j'aime pas la politique.

— Qu'est-ce que tu veux, il faut bien prendre les moyens nécessaires pour gagner !

Il se passa quelques semaines sans que Dorothée revoie son Désiré. Par les journaux, elle apprit qu'il n'avait pas été élu aux dernières élections. Au bout de trois mois, il arriva un bon midi à l'auberge, confiant en son charme, avec comme d'habitude des paquets d'histoires à raconter. Dorothée était suspendue à ses lèvres, littéralement ensorcelée par ses paroles. Désiré était parti longtemps parce que son père l'avait expédié aux îles d'Amérique. Il était désormais celui qui passait les commandes et veillait à ce qu'elles aboutissent au magasin de son père. Jamais, dans tout ce qu'il racontait, ne laissait-il percer le moindre espoir d'avenir pour Dorothée et lui. Elle ne se lassait pourtant pas de l'attendre, même si parfois un doute s'insinuait en elle. Serait-elle un jour sa femme ?

Si Dorothée attendait un signe de son Désiré, toute la famille, elle, attendait constamment des nouvelles de Nicolas. En cette fin d'automne 1808, Edmond rapporta de la poste une autre missive de Nicolas. Chaque fois que Dorothée entreprenait la lecture de la lettre, comme c'était devenu la coutume, Edmond et Émilie appréhendaient de mauvaises nouvelles.

Cette fois, cependant, le ton de Nicolas se faisait beaucoup plus optimiste :

Malte, vendredi 17 mars 1808

Bien chers parents,

*Enfin, depuis que je suis parti de Baie-Saint-Paul, c'est
la première fois que je peux profiter un peu mieux de la vie,
puisque nous sommes en garnison à l'île de Malte depuis
quelques mois et que nous pouvons avoir des journées à peu
près normales, sans courir ou combattre. Nous sommes ici
uniquement pour veiller à garder l'ordre dans cette île et
voir à ce qu'elle ne soit pas envahie par l'ennemi.*

*Nos journées sont faites d'exercices militaires et de sur-
veillance. Ça me fait tout drôle, pour moi qui ai lutté dans
les troupes de Napoléon, de combattre maintenant contre
elles. L'île de Malte a été prise par les troupes françaises en
1798 et reprise par les Anglais en 1800. Le régiment
Meuron est à la solde de l'Angleterre. Aussi, au nom de
l'Angleterre, notre régiment est aujourd'hui le gardien de
cette île. Mais comme les Français ne nous attaquent pas,
notre vie en est de beaucoup facilitée.*

*J'ai hâte d'avoir des nouvelles de toute la famille. Vous
pouvez m'écrire à l'adresse suivante :*

Nicolas Grenon, soldat
Régiment Meuron
Île de Malte

Chapitre 33

Une surprise pour Émilie

Le printemps 1809 montrait ses premières fleurs. Un midi, un client de l'auberge arriva avec une grande nouvelle : on allait construire une église dans Saint-Roch. Émilie quitta précipitamment ses chaudrons pour en savoir davantage.

— J'ai jamais vu ça, une église qu'on construit. Où est-ce qu'elle va être ?

— La place est déjà marquée par une croix, sur le bord de la rue Saint-Joseph.

Même si elle devait faire le trajet à pied, Émilie rendait souvent visite à son amie Geneviève qui, depuis quelque temps, se plaignait de ne pas être bien. À son arrivée, Émilie trouvait régulièrement son amie au lit et, d'une visite à l'autre, constatait qu'elle perdait un peu de son énergie et de sa joie de vivre. Émilie faisait de son mieux pour l'encourager et lui changer les idées.

Un jour, une fois de plus, elle trouva son amie couchée et souffrante.

— Tu t'es usée avec cette histoire de plan-relief, lui reprocha Émilie.

— Il fallait bien que quelqu'un s'occupe de seconder mon mari.

— Je sais, mais tout ça a pas été bon pour toi. Ça fait des mois que tu te morfonds à écrire à l'un et à rencontrer l'autre pour ce plan-relief.

— Il faut que j'obtienne justice ! Ils ont envoyé le plan-relief en Angleterre pour qu'il y soit exposé et j'ai appris, par un ami qui en revenait, que la paternité du plan a été attribuée au colonel By. Le nom de Jean-Baptiste n'est même pas inscrit !

— C'est une grave injustice, chère, mais faut pas que tout ça te rende malade.

Émilie eut beau, comme toujours, parler et tâcher de raisonner son amie, cette dernière n'en démordait pas et répétait qu'elle obtiendrait un jour justice.

— Tu vois dans quel état tu te mets ! Heureusement que t'as des domestiques et une préceptrice pour tes enfants, sinon comment t'en sortirais-tu ?

— Tout ce qui compte, continua-t-elle à répéter, c'est que le nom de Jean-Baptiste soit inscrit sur le plan. Il a passé des années à y travailler et un autre en retirerait le mérite ? Jamais !

Geneviève finit par se mettre à pleurer et bientôt Émilie ne trouva plus les mots pour la consoler.

En sortant de chez son amie, elle alla voir, comme elle en avait pris l'habitude, où en étaient les travaux de l'église. Un vieil homme, assis sur un banc face à l'édifice, s'intéressait tout comme elle à la construction du temple. Elle le retrouvait là, fidèle au poste, à chacun de ses passages. Il ne lui avait jamais adressé la parole et elle, qui se montrait toujours si discrète, s'était bien gardée de l'importuner. Mais ce jour-là, l'homme lui dit:

—Je vous ai vue ici plusieurs fois, madame. Qu'est-ce qui vous intéresse tant dans la construction de l'église?

—Je suis venue voir comment on s'y prend pour bâtir une maison au bon Dieu.

La réponse d'Émilie fit sourire le vieil homme.

—On ne s'y prend pas différemment que pour construire une autre maison, sauf que celle-là est plus grande. Vous allez sans doute être heureuse d'apprendre, madame, qu'on va bientôt avoir des cloches pour cette église.

—Oh oui! se réjouit Émilie. J'ai bien hâte de les voir.

—J'ai payé une de ces cloches, la plus petite il est vrai, mais figurez-vous que moi, qui suis seul dans la vie, cherche une marraine pour cette cloche. J'en serai le parrain. Puis-je vous demander si vous me feriez l'honneur, puisque vous êtes si curieuse de cette église, d'en être la marraine?

Émilie fut tellement étonnée de cette offre qu'elle porta la main à son cœur en se demandant si elle n'avait pas affaire à un vieil homme délirant.

—Monsieur, dit-elle, ça serait beaucoup trop d'honneur pour moi.

—Je ne vous demande pas, ma chère dame, une réponse immédiate, mais songez-y et, comme vous venez fréquemment voir les progrès de la construction de l'église, vous me trouverez ici et vous pourrez me dire si vous acceptez ma proposition.

Sur ce, le vieillard se leva et salua Émilie d'un signe de tête avant de regagner lentement son logis, qui ne devait pas être situé bien loin. Sur le chemin du retour, Émilie ne portait plus à terre. À peine était-elle entrée dans l'auberge qu'elle se précipita annoncer la nouvelle à ses filles.

—Vous devinerez jamais ce qui m'arrive! réussit-elle à dire avant de devoir s'asseoir pour surmonter son émotion.

—Voyons, m'man, lui reprocha Marie-Josephte, prenez le temps de respirer un peu. Vous nous inquiétez. Vous voilà toute pâle et à bout de souffle!

Dorothée courut lui chercher de l'eau. Émilie but une gorgée puis, recouvrant ses moyens, révéla à ses filles la proposition qu'un vieil homme venait de lui faire.

—C'est pas croyable, m'man! s'exclama Marie-Josephte. Marraine d'une cloche! Ça veut dire que votre nom va être écrit dessus!

—Mon nom écrit dessus? Pourtant, c'est pas moi qui l'ai faite.

—Qu'est-ce que vous voulez dire?

—Monsieur Du Berger, le mari de Geneviève, a fait le plan-relief de la ville de Québec et son nom est pas écrit dessus.

— C'est pas la même chose, m'man, reprit Dorothée. Le nom de la marraine d'une cloche est supposé être écrit dessus. Vous souvenez-vous, quand il y a eu une nouvelle cloche à l'église de Baie-Saint-Paul ? Le nom de la marraine s'y trouvait. J'espère que vous allez accepter, c'est un grand honneur qu'on vous fait et la nouvelle va paraître dans les journaux.

— Ça va dépendre de ce que votre père en pensera.

— Soyez pas inquiète, la rassura Marie-Josephte, il en pensera que du bien… Ou vos deux filles s'appellent pas Grenon !

Quelques jours plus tard, Émilie parcourut la rue Saint-Ours sur toute sa longueur pour rejoindre la rue Saint-Joseph jusqu'à l'emplacement de l'église. Le vieil homme était là, assis sur son banc, observant les maçons qui commençaient à monter les murs. Sans plus attendre, Émilie marcha droit vers lui.

— Monsieur, dit-elle, j'ai pas le bonheur de connaître votre nom et vous m'avez fait l'autre jour une proposition qui m'a bouleversée. J'y ai longtemps réfléchi et, sur les conseils de mon mari et de mes filles, il me fait plaisir de l'accepter.

— Fort bien, madame. Sachez d'abord que je suis un vieux prélat de l'église. Mon nom importe peu. C'est le vôtre qu'il me faut connaître si je veux le faire graver sur la cloche en question.

— Émilie Grenon, dit-elle. Je suis l'épouse d'Edmond Grenon, de la rue Saint-Ours. J'ai une fille qui s'est faite religieuse. N'est-ce pas son nom qui devrait paraître sur cette cloche?

— Non pas, madame. C'est généreux de votre part, mais c'est à vous que j'ai offert d'être la marraine et ce sera vous qui devrez être là quand cette cloche sera bénie: vous aurez l'honneur de la faire sonner en premier.

Sur le chemin du retour vers l'auberge, Émilie se demandait: «Mais qu'est-ce donc qui m'arrive? Pourquoi ai-je été choisie pour un si grand honneur?» Elle ne pouvait pas répondre à cette question, mais elle se pinçait pour être bien certaine qu'elle ne rêvait pas.

Quelques mois plus tard, les trois cloches destinées à la nouvelle église furent montées sur une vaste plate-forme, près d'un des murs du sanctuaire. Émilie figurait parmi les invitées d'honneur de la cérémonie. Le curé de Saint-Roch procéda à la bénédiction de la première cloche, de la deuxième et enfin de la troisième. Parrains et marraines furent appelés à s'approcher. Le bedeau s'affaira à attacher une solide corde à chacun des battants. Puis, le parrain et la marraine de chacune des trois cloches furent appelés à les faire tinter en tirant d'un coup sec sur la corde. Sous le regard admiratif de son mari et de ses deux filles,

Émilie fit tinter la cloche qui, en son honneur, avait été baptisée la Sainte-Émilie.

Les assistants furent ensuite invités, contre une petite obole, à faire tinter, chacun son tour, la cloche de leur choix. Après s'être assuré que le nom de son épouse y était bien gravé, Edmond fit résonner la Sainte-Émilie. La cloche produisit un si beau son qu'une longue file s'aligna derrière Marie-Josephte et Dorothée qui, à leur tour, contre quelques pennies, firent tinter la cloche dont leur mère était devenue la marraine, sans avoir eu à le solliciter.

Au retour de cette cérémonie fertile en émotions pour Émilie, Edmond dut faire, tout près de l'auberge, un effort pour contenir Roussine que le son du tambour du crieur public avait soudain rendu rétive.

— Oyez! Oyez! Bonnes gens! De par la volonté des autorités de cette ville, vous êtes priés de vous barricader chez vous jusqu'à nouvel ordre, de n'en point sortir et de n'y laisser entrer personne jusqu'à ce que nous vous avertissions, de la même manière, que vous pouvez en sortir. Notre ville, selon nos chirurgiens et nos docteurs, serait menacée d'une épidémie mortelle de ce qu'ils croient être les fièvres rouges ou le typhus.

Edmond arrêta devant l'auberge, fit descendre les femmes qui s'empressèrent d'y pénétrer par la grande porte. Il se hâta de conduire Roussine à l'écurie, lui mit une énorme ration de foin et se précipita vers la maison. En voulant pénétrer par la porte arrière, il se rendit compte qu'elle avait été forcée. À peine avait-il passé le seuil qu'il demanda :

— Avez-vous remarqué si quelque chose a été dérobé ?

— Tu penses qu'on a été volé ?

— La porte arrière a été forcée !

En quelques minutes, les Grenon avaient fait le tour de la maison, mais personne n'avait remarqué le moindre objet disparu. Edmond verrouilla les portes et tous se réfugièrent dans la maison comme dans une prison, en attendant la levée de l'alerte. Quand, après le souper, avec la brunante qui gagnait la maisonnée, l'heure vint d'allumer la chandelle, le chandelier de cuivre fut introuvable.

— Voilà ce qui nous a été dérobé, constata tristement Edmond. C'était un chandelier qui me venait de mon père. Il l'avait eu en récompense pour un de ses tours de force. Son nom était même écrit dessous.

— S'il y a eu ça de volé, y a bien eu autre chose, ajouta Émilie. Faudra bien regarder de nouveau, demain.

— Si le voleur cherchait des bijoux, constata Dorothée, il en a été pour son compte : on en a pas !

— Le pire, se plaignit Edmond, c'est qu'avec cette épidémie, on peut pas déclarer le vol à la police.

Quelques jours plus tard, le crieur public fit une nouvelle fois résonner son tambour, cette fois pour prévenir que l'alerte était levée.

Chapitre 34

Les rêves d'Edmond

Obligé de gonfler ses revenus afin d'honorer la dot requise pour Alicia, Edmond rêvait, comme il l'avait si bien confié à son ami Romuald, de se construire une forge. De Baie-Saint-Paul, il avait emmené avec lui tous les outils nécessaires: le soufflet, les marteaux, l'enclume, rangés depuis plus de cinq années dans le hangar. Il ne lui manquait que le bois nécessaire au prolongement de l'appentis, qui servirait d'abri à sa forge.

Les temps s'avéraient difficiles et il ne parvenait pas à trouver, à faible prix, le bois nécessaire à la réalisation de son projet. Il ne cessait de répéter:

— Si j'étais à Baie-Saint-Paul, ça serait fait depuis longtemps.

Chaque fois, patiemment, Émilie lui disait:

— Mais on est plus à Baie-Saint-Paul.

À bout d'idées, il résolut de consulter le charretier Étienne Gagné. Comme aucun recoin de Québec ne lui était inconnu, peut-être saurait-il où se trouvait le bois tant convoité. À la première occasion, lorsque le charretier passa devant l'auberge, il l'arrêta pour lui demander :

— Dis-moi, Étienne ! Je cherche quelques poutres et des bonnes planches. T'aurais pas idée où je pourrais en avoir pour pas trop cher ?

— Laisse-moi y penser, monsieur Grenon, peut-être bien que je vous en trouverai quelque part. C'est pour servir à quoi ?

— Je veux me construire une forge, au bout de l'appentis.

— Vous voulez devenir forgeron ? Votre auberge vous rapporte pas assez ?

Edmond lui résuma le problème auquel l'exposait la dot de sa fille religieuse. Étienne hocha la tête, compréhensif.

— Désespérez pas, monsieur Grenon. Je verrai ce que je peux faire, on sait jamais.

Sur ces mots le charretier continua sa route.

À quelques jours de là, il vint décharger dans la cour arrière de l'auberge un bon voyage de vieilles planches et quelques poutres. Ces matériaux accusaient leur âge, mais pourraient sans doute servir les desseins d'Edmond.

— Où as-tu trouvé ça ? demanda aussitôt l'aubergiste. Et surtout, combien je te dois ?

— Rien en toute, monsieur Grenon ! Ça vient d'une vieille dépendance de l'hôpital qu'on est à démolir. Un dans l'autre, c'est encore les bonnes sœurs qui vont en profiter, puisque votre forge vous aidera à rembourser la somme que vous leur devez.

Edmond ne pouvait en croire ses yeux.

— Je te revaudrai ça, mon Étienne, je te revaudrai ça ! Tu pourras venir prendre quelques bons coups de gin ou de rhum à l'auberge sans avoir à débourser un penny.

— Craignez pas, c'est pas tombé dans l'oreille d'un sourd. Je viendrai bien à quelques détours. En attendant, à la revoyure !

Le charretier venait à peine de partir qu'Edmond se mettait à l'ouvrage. Il fit le tri dans tout ce bois et, sans plus tarder, commença à tracer sur le sol l'aire qu'occuperait sa forge. Au bout d'une heure, il se rendit compte qu'il aurait besoin d'un peu de clous, d'étoupe et d'autres matériaux indispensables à la réussite de son projet. Il décida de se rendre au magasin général, attela Roussine et prit la route. Arrivé à destination, il se mit à chercher dans tout le bric-à-brac du magasin les effets désirés quand, sur une étagère, il avisa une série de chandeliers. Depuis le vol du sien à l'auberge, il avait l'intention de s'en procurer un. En les examinant, il en dénicha un en cuivre tout à fait semblable à celui de son grand-père. Il s'en empara et se mit en frais de trouver le commis pour en connaître le prix. Machinalement, il le retourna pour voir s'il y avait une quelconque inscription dessous et faillit l'échapper quand il s'aperçut qu'il s'agissait là du chandelier volé.

Parvenu au comptoir, il interpella le commis.

— Peux-tu me dire où vous avez obtenu ce chandelier ?

— Mon pauvre monsieur, nous avons tellement d'articles dans ce magasin qu'il m'est impossible de vous renseigner à ce sujet.

— Mais vous avez bien quelqu'un qui est chargé des achats ?

— Oui, bien sûr, mais il est absent et ne sera pas de retour avant au moins une heure.

— Parfait, lança Edmond, je vais l'attendre et, en attendant, je vais trouver tout ce que je veux acheter.

Son chandelier sous le bras, il se mit en quête des clous, de l'étoupe et de ce dont il avait besoin. Pour tuer le temps, il parcourut lentement les allées, s'extasiant devant tout ce qu'il aurait voulu acquérir mais qu'il n'avait pas les moyens de s'offrir. Il resta longtemps en contemplation devant un nouveau modèle de fanal qu'il aurait bien vu à la porte de l'auberge. Ce fut ensuite au tour des horloges de capter son attention. Sa patience fut récompensée quand, enfin, l'acheteur, un petit homme au nez pointu avec une vraie face de fouine, revint de sa tournée, rapportant un tas d'objets nouveaux dont une baratte à beurre qui aurait fait l'envie d'Edmond s'il avait été mieux nanti. Avant que cette fouine ne lui échappe, Edmond l'aborda.

— Viens icite, l'ami, j'ai quelque chose à te montrer…

— Quoi donc ? Mon temps est précieux !

— Et le mien tout autant, gronda Edmond, en montant le ton.

Sans préambule, il lui mit sous le nez l'objet du litige.

— Où as-tu obtenu ce chandelier ?

— Comment vous voulez que je le sache ?

— Tu peux pas avoir oublié d'où il vient, parce que ça fait pas si longtemps qu'on te l'a vendu.

— Qu'est-ce qui vous permet de dire ça ?

— Il m'a été volé il y a quelques jours à peine.

Le vendeur fit l'homme le plus étonné du Bas-Canada :

— C'est vous qui le dites ! Qu'est-ce qui me le prouve ?

— Ceci, dit Edmond, en indiquant l'inscription sous le chandelier.

L'autre lut :

— « Trophée remis à Jean-Baptiste Grenon, ce samedi 13 août 1769 »

Pas décontenancé pour un sou, le commerçant laissa entendre :

— Qu'est-ce que ça prouve ?

— Ça prouve l'ami, que ce chandelier est un bien de ma famille. Il appartenait à mon père, qui me l'a légué par testament, et sais-tu qui était mon père ?

— Dites toujours que je me couche moins idiot.

— Mon père était l'Hercule de Charlevoix et moi je suis son fils Edmond. J'ai peut-être pas hérité de la force de mon père, mais je suis quand même un Grenon, et quand un Grenon se fâche, j'aime mieux te dire que c'est pas beau à voir, et le Grenon qui est devant toi, cimetière, est sur le point de se fâcher.

Le vendeur n'était pas gros dans ses souliers, surtout qu'Edmond l'avait résolument empoigné par le collet.

— Vous fâchez pas, monsieur, vous fâchez pas !

— Est-ce que je vais enfin apprendre où t'as eu ce chandelier ?

La fouine bredouilla :

— Un colporteur me l'a vendu…

— Quel colporteur ?

— Un homme avec un accent étranger, qui passe par icite une fois par année.

— Tu sais où il se trouve en ce moment ?

— Lui seul le sait, monsieur, je vous le jure.

Edmond relâcha son étreinte.

— Parfait, dit-il, et maintenant t'as avantage à me faire un prix d'ami pour les effets que je viens d'acheter. Et espère pas garder mon chandelier, je le rapporte avec moi, sinon je m'en vais droit à la police et je t'accuse de recel.

Quelques minutes plus tard, Edmond quittait le magasin général, chandelier en main. Il n'avait payé que quelques pennies pour les clous, l'étoupe et les quelques autres effets qu'il rapportait. Il ne retourna pas directement à l'auberge. Il avait quelque chose d'autre en tête, qui nécessita un détour par la rue des Fossés. Quand il arriva à l'auberge, il se dirigea directement vers la cour arrière. Marie-Josephte fut la première à se rendre compte que son père avait amené un nouveau pensionnaire.

— Regardez, m'man ! s'écria-t-elle. P'pa nous a fait une surprise !

— Quoi donc, ma fille ?

— Regardez bien !

— Ah ! Pas vrai ! Un chien !

C'était une grosse bête à poil blanc et roux, qu'Edmond avait décidé d'acheter pour prévenir de nouveaux vols.

Quand Edmond franchit la porte, après avoir attaché son gardien dans la cour, il fut assailli de questions.

— Vous nous avez eu un chien ! s'écria Dorothée. Quelle sorte que c'est ?

— Où l'avez-vous pris ? s'informa Marie-Josephte.

— Comment il s'appelle ? questionna Émilie.

— Attendez, attendez, je peux pas répondre à toutes en même temps ! D'abord, c'est un colley canadien, ensuite je l'ai eu chez Benoît Bureau, sur la rue des Fossés, et il s'appelle Charlemagne.

Après s'être assurées qu'il n'était pas méchant, les filles se ruèrent dans la cour pour le flatter. L'animal, docile, se laissa approcher sans gronder.

— Ça va nous faire un bon gardien, dit Edmond.

— T'as bien fait, approuva Émilie. Comme ça, me semble que je vais être plus tranquille.

Une semaine plus tard, Edmond avait si bien travaillé à la construction de sa forge qu'il pouvait ajouter sur la façade de l'auberge, en lettres de feu, sous l'enseigne de l'auberge, les mots «travaux de forge». En quelques jours, il se vit confier plusieurs objets à réparer, des haches, quelques roues de charrette à raccommoder, des fers à cheval, à forger et à poser, et un tas de promesses de contrats à venir. Fier de ce qu'il était en train d'accomplir, il dit à Émilie :

— Maintenant on manquera plus de rien.

Émilie le regarda avec un sourire en coin.

— J'en connais un qui va sûrement réaliser un de ses rêves.

— Lequel ?

— Une horloge. Me semble t'avoir si souvent entendu dire que t'aimerais l'entendre sonner les heures dans toute l'auberge.

— À bien y penser, prétendit Edmond, je dirais qu'on en a pas vraiment de besoin. À moins que ce soit toi, maintenant, qui en désire une ? Parce qu'on a pas vraiment besoin d'une horloge pour savoir l'heure. Tu la connais aussi bien que moi, quand le soleil va vers midi ou encore vers les trois heures. Une horloge, ça servirait qu'à nous dire les moments qui viennent d'être ôtés à nos vies.

Marie-Josephte, qui tendait l'oreille depuis un moment, s'immisça dans la conversation.

— P'pa, pourquoi, pour une fois, ne pas écouter vos désirs ? Pourquoi ne pas vous récompenser pour tout le travail que vous faites ?

Quelques jours plus tard, une horloge sonnait les heures dans l'auberge des Grenon.

— Enfin ! commenta Émilie. Y en a quelques-uns qui viennent à l'auberge et veulent plus en partir avant le couvre-feu. Ils pourront plus dire qu'on se trompe d'heure !

Chapitre 35

Le mystère du destin

Un des plaisirs d'Émilie, quand elle allait chez son amie Geneviève, consistait à lire le journal, *La Gazette de Québec* ou encore *Le Canadien*, en scrutant les annonces des commerçants. Elles aimaient se rendre chez les marchands quand il y avait des ventes, afin de profiter des aubaines. Alors Geneviève revenait chez elle, les bras chargés, tandis qu'Émilie rapportait parfois un peu de fil, un bout de toile, bref, quelque chose qui lui permettrait de confectionner une robe ou une autre pièce de vêtement pour un membre de sa famille.

Depuis quelque temps, son amie Geneviève avait repris du mieux. Émilie la voyait plus souriante. La raison en était simple : le nom de son mari avait été inscrit sur le plan-relief exposé à Londres.

Cet après-midi-là, le seul où elle se permettait quelques heures de congé, Émilie gagna la maison des Du Berger. Geneviève était encore pâle, mais elle la reçut avec un large sourire.

— Te voilà de bien bonne humeur, ma chère, remarqua Émilie en apercevant son amie occupée à vérifier une dernière fois sa coiffure devant le miroir.

— Oui, chère amie! Depuis quelque temps, la vie me semble beaucoup plus belle et j'ai bien hâte de pouvoir enfin courir de nouveau les aubaines.

— Où allons-nous?

— À la Haute-Ville. J'ai fait prévenir notre palefrenier. La voiture doit déjà nous attendre près de la porte.

— Elle y est! Je l'ai vue avant d'entrer, s'empressa de la rassurer Émilie.

Les deux amies se firent conduire aux magasins de la Haute-Ville. Geneviève avait apporté quelques coupures de journaux dans lesquelles étaient détaillés les effets qu'elle désirait voir. Tout au long du trajet, Geneviève parla de tissus, de cachemires fins, de flanelle blanche, jaune, rouge, verte et bleue. Elle désirait jeter un coup d'œil aux châles, aux écharpes, aux gants de soie et de chamois, aux ceintures de palatine cramoisies et écarlates, aux mouchoirs de Barcelone. Émilie l'écoutait avec envie énumérer toutes ces choses qu'elle ne serait jamais en mesure de s'offrir. Elle se contenterait, comme toujours, de regarder son amie marchander, essayer des vêtements, lui demander son avis et acheter. Malgré tout, elle se faisait une fête de cette sortie puisqu'il y avait des mois que la santé de Geneviève ne leur avait pas permis pareille escapade. Geneviève fit arrêter le cocher devant le magasin de John Childs.

— Ici, dit-elle, à Émilie, il y a du beau, nous devrions faire mouche.

— Tu y viens souvent ?

— Oui ! C'est une de mes places préférées. Il y a un peu de tout. Tu vas voir…

Elles firent d'abord halte devant un étalage de bas de soie, de coton et de laine. Plus loin, elles s'extasièrent devant des nappes damassées, des caleçons tricotés, des bonnets de nuit et des souliers. Pendant que Geneviève achetait pour elle un châle et une paire de bas de soie, et pour son Jean-Baptiste une cravate et une paire de gants de castor doublée de laine d'agneau, Émilie se contenta de quelques épingles mêlées, d'une aiguille et de fil blanc. Une robe la jeta dans une contemplation qui dura de longues minutes.

De chez Childs, elles se rendirent à la Basse-Ville, rue Saint-Pierre, chez Meyer, où Geneviève acheta du papier à lettres et des enveloppes. En passant devant le 31 de la même rue, elles firent arrêter le cocher pour prendre le temps de lire une affiche près de la porte, où un certain monsieur Rod annonçait des cours de danse pour les dames et les demoiselles, les mercredis et samedis après-midi. Elles se disposaient à continuer leur chemin quand Geneviève se sentit mal. Elle ressentit d'abord des étourdissements puis perdit conscience. Le cocher prit aussitôt le chemin de l'Hôtel-Dieu pendant qu'Émilie tâchait en vain de la ranimer. À son arrivée là-bas, Geneviève fut aussitôt hospitalisée. Émilie demeura avec elle jusqu'à la venue de Jean-Baptiste, alerté par le cocher.

— Vous êtes bien bonne, Émilie, d'être restée avec elle tout ce temps. Les vôtres doivent s'inquiéter. Ne vous en faites pas, je suis là maintenant, vous pouvez retourner chez vous. J'ai demandé au cocher de vous attendre, il va vous reconduire.

Émilie prit le temps de relater les événements à Jean-Baptiste.

— Vous avez bien fait de la mener ici. Ne soyez pas trop inquiète, ce n'est pas sa première faiblesse. Elle aura trop abusé de ses forces. Faites-moi maintenant le plaisir de penser aux vôtres et de retourner les retrouver afin qu'ils ne s'inquiètent pas trop de votre retard. Je vous tiendrai au courant de l'état de votre amie.

Ce fut une Émilie soucieuse et bouleversée qui revint ce soir-là à l'auberge, presque indifférente d'avoir été reconduite en carrosse à sa porte. Visiblement inquiètes, ses filles poussèrent un long soupir de soulagement quand elles la virent arriver.

— Vous nous avez fait peur, m'man! dit Dorothée. P'pa tourne en rond et ronge son frein depuis l'heure du souper.

— Où est-ce qu'il est?

— Avec des clients, du côté de l'auberge.

— Dorothée, va donc le prévenir que je suis de retour.

— Qu'est-ce qui vous est arrivée, m'man? lui demanda Marie-Josephte.

— À moi, rien, mais mon amie Geneviève a perdu subitement connaissance: il a fallu la conduire à l'hôpital. Elle était pas encore revenue à elle quand son mari est venu prendre ma relève.

Edmond pénétra dans la cuisine avec Dorothée.

— Te voilà enfin! Veux-tu bien me dire pourquoi t'as tant traîné avant de revenir?

Marie-Josephte répondit pour elle:

— M'man a pas traîné, p'pa. Elle veillait sur madame Du Berger qui a perdu connaissance et s'est ramassée à l'hôpital.

— Ton amie Geneviève a eu une attaque?

— Oui et je suis très inquiète, articula Émilie avant de fondre en larmes.

Le lendemain et les jours suivants, malgré la distance, Émilie se rendit régulièrement à l'Hôtel-Dieu. «C'est ma grande amie, répétait-elle à Edmond, elle a besoin de moi. Quand elle va revenir à elle, je veux être là.» Les louables efforts d'Émilie ne sauvèrent pas son amie. Elle mourut deux semaines plus tard sans avoir jamais repris conscience. Toute la famille Grenon, à l'exception d'Alicia retenue dans son cloître, assista aux funérailles dans l'église de Saint-Roch. Émilie fut profondément émue que la cloche dont elle était la marraine sonnât le glas annonçant la mort de sa grande amie. Elle mit beaucoup de temps à se remettre de ce départ.

Quelques mois après l'événement, une voiture s'arrêta devant l'auberge. Le cocher en descendit et vint s'informer s'il y avait bien « une dame Émilie Grenon » qui habitait là.

— Oui, c'est moi, dit Émilie, intriguée.

— J'ai une malle pour vous, madame.

— Vous devez certainement vous tromper, monsieur, j'ai rien acheté et j'attends rien.

— Pourtant, madame, chez monsieur Du Berger, on m'a assuré que c'était pour vous.

En entendant ce nom, Émilie pâlit. Edmond, que Marie-Josephte était allée chercher à la forge, la rejoignit au même moment.

— Vous êtes monsieur Grenon, je présume, dit le cocher. Seriez-vous assez aimable de m'aider à porter une malle assez grosse qui est envoyée à votre femme ?

Edmond sortit avec le cocher. Ils revinrent, porteurs d'un énorme coffre. Le cocher remit une lettre à Émilie.

— Pour vous, madame, de la part de monsieur Du Berger.

Pendant que le cocher regagnait sa voiture, Émilie décacheta l'enveloppe. Jean-Baptiste Du Berger lui avait destiné ce mot :

Chère madame,

Ai-je besoin de vous rappeler à quel point mon épouse vous aimait ? Elle nous a été ravie à quarante ans, au moment où la vie s'ouvrait devant elle. Depuis sept années, vous étiez sa meilleure amie. Combien de fois ne m'a-t-elle pas parlé de vous dans les termes les plus élogieux ? Elle tenait à récompenser l'amitié que vous lui vouiez. Aussi, dans son testament, qu'elle avait eu la sagesse de faire rédiger deux ans avant son décès, elle vous léguait plusieurs de ses robes, des châles, des gants, des écharpes, un manteau et autres effets, de même que quelques bijoux qu'elle a sans doute achetés lorsque vous aviez le bonheur de parcourir ensemble les magasins de Québec.

Veuillez donc agréer ce témoignage de toute l'amitié qu'elle vous portait. Merci encore, chère madame, de tout le soutien et le bien que vous avez prodigués à mon épouse, une femme sensible et fragile qui trouvait auprès de vous le réconfort dont elle avait besoin pour faire face à la vie, malgré une santé précaire.

Veuillez agréer, chère madame, mes remerciements les plus sincères et daignez saluer de ma part votre aimable époux et vos filles si charmantes.

Un ami de votre famille qui vous souhaite, à vous et aux vôtres, tout ce qu'on peut souhaiter de meilleur à ceux que l'on aime.

Jean-Baptiste Du Berger

La larme à l'œil, Émilie replia la lettre. Sans se presser, sous le regard attentif de ses proches, elle ouvrit la malle d'où elle tira des robes comme elle n'avait jamais espéré en posséder, ainsi que des bijoux qu'il lui faudrait sans doute beaucoup de temps pour oser les porter.

Edmond, une fois de plus, trouva les mots appropriés pour la circonstance :

— La fidélité trouve toujours sa récompense.

Chapitre 36

Une visite de Désiré

Désiré Dumoulin s'apparentait à un pêcheur qui a ferré sa proie et fait durer le plaisir avant de la sortir de l'eau, ou encore à l'ouvrier qui entretient le feu en y mettant de temps à autre une bûche. Quand il revenait à l'auberge, la magie opérait toujours : Dorothée reprenait espoir, comme une chandelle dont la flamme mourante reprend soudainement de la vigueur en faisant briller tout ce qui l'entoure.

Désiré Dumoulin avait la parole facile et il le savait. Quand il prenait le crachoir, personne ne pouvait plus le lui reprendre. Cette fin d'après-midi-là, il ressortit des boules à mites ses histoires d'élection.

— Je me présente comme candidat pour les rouges aux élections. Vous allez venir voter pour moi, monsieur Grenon ?

— Aller voter, aller voter ! dit Edmond. Tu me demandes là quelque chose de vraiment difficile.

— Allons donc ! Il n'y a rien de plus facile. Vous entrez au bureau de vote et vous dites : «Je vote pour le meilleur candidat : Désiré Dumoulin.»

Edmond ne voulait pas rater une si belle occasion de mener son gendre potentiel en bateau. Afin de le faire étriver un peu, il lui dit :

— Le meilleur candidat aux élections, d'après moi, c'est celui qui n'existe pas encore.

— Comment ça, monsieur Grenon ? Vous l'avez dret là devant vous en personne, le meilleur candidat !

— C'est pas parce que tu te laisses désirer par ma fille que t'es le bon candidat !

— Au contraire, ce n'est pas pour rien que je m'appelle Désiré, je suis celui que tout le monde attend ! Le pays a besoin de Désiré Dumoulin, le pays aura Désiré Dumoulin, et quand le pays l'aura choisi, il saura enfin où il s'en va.

— Et il s'en va où, le pays ?

— Là où les autres le mènent.

— Les autres, les autres… Mais qui sont les autres ?

— Notre pays n'est pas dirigé par les élus, il est dirigé par les Anglais d'Angleterre. Nous avons besoin d'un pays fort, capable de se diriger lui-même. Rappelez-vous les paroles de notre ami Pierre-Stanislas Bédard : « Si nous ne nous gouvernons pas nous-mêmes, nous serons gouvernés ! » À cette phrase célèbre, Désiré Dumoulin ajoute : « Ne venez pas vous plaindre ensuite de ne pas avoir ce que vous voulez ! » Parlant de quelque chose que vous voulez et que vous n'avez pas, ajouta-t-il, j'allais oublier…

Il sortit trois chandelles de la sabretache qu'il portait toujours à la ceinture, fort commode pour y ranger des papiers. La salle de l'auberge s'assombrissait en raison de la brunante.

—Je vais vous démontrer, dit-il, que Désiré Dumoulin est la lumière même. Ses idées sont aussi éclairantes que ses chandelles. Jamais, dans cette auberge, n'aurez-vous vu aussi clair. Allez chercher madame Grenon. Dites-lui que son futur gendre a un cadeau pour elle.

Dorothée courut à la cuisine pour prier sa mère de venir.

— M'man, venez! Désiré a quelque chose pour vous!

— Désiré? Qu'est-ce qu'il peut bien me vouloir?

— Venez! Vous verrez bien.

Quand elle fut entrée dans la grande salle, Désiré la fit asseoir à une table et lui servit ce boniment:

—J'ai un jour entendu dire qu'il y avait ici, dans cette auberge, une femme dont le rêve était d'avoir le soir un meilleur éclairage. Ce vœu n'est pas tombé dans l'oreille d'un sourd. Son futur gendre l'a entendu et se prépare à l'instant à l'exaucer.

Même s'il n'y avait que les quatre membres de la famille Grenon dans la pièce, il continua sur le ton solennel du politicien:

— Mesdames, mesdemoiselles et monsieur, voyez par vous-mêmes que je vous apporte la lumière.

Il s'approcha d'Émilie, lui mit une chandelle entre les mains et s'empressa de l'allumer. Une brillante lueur éclaira soudain tous les visages. Jamais auparavant les Grenon n'avaient vu une chandelle si efficace.

— Voilà le don que je vous fais, madame, ainsi qu'à vos deux filles : la lumière.

Il offrit la deuxième chandelle qu'il tenait en main à Dorothée et la troisième à Marie-Josephte.

— J'ai jamais vu une chandelle pareille, dit Émilie, tout émue. Marie-Josephte, ajouta-t-elle, serais-tu assez bonne pour allumer notre chandelle de tous les jours ?

Marie-Josephte se hâta d'obéir à sa mère, tandis que celle-ci éteignit la sienne. Tous purent mesurer la différence de qualité entre les deux.

— Vous voyez ! s'écria Désiré, enthousiaste. Je ne vous avais pas menti.

— C'est rare, dit Edmond, un politicien qui ment pas. Là-dessus, faut admettre que le futur député Désiré Dumoulin a dit la vérité.

— Qu'attendez-vous pour rallumer votre chandelle, madame Grenon ?

— Je la rallumerai pas à soir, je vais la garder pour les jours de fête.

— Ça veut dire que ce soir, demanda Désiré, nous allons encore veiller autour d'une chandelle qui éclaire à peine et nous pique les yeux jusqu'à nous faire pleurer ?

— Je l'ai eue en cadeau, je ferai bien ce que je veux avec.

— Comme ça, reprit Désiré, je viendrai veiller seulement les soirs de fête.

— Ça en fait quand même une quarantaine, souligna Edmond.

— Tant que ça ? s'étonna Marie-Josephte.

— Hé oui, ma fille. Avec les dimanches et les fêtes, ça fait dans l'année quatre-vingt-douze jours qu'on peut pas servir de boisson. Je le sais, je les ai comptés.

Émilie, que ce cadeau inattendu avait profondément émue, intervint :

— J'oubliais, avec tout ça, de remercier Désiré pour ce si beau cadeau. Il me fait beaucoup plaisir. C'est un cadeau de prix. Merci Désiré.

Edmond, qui faisait rarement dans la dentelle, s'exclama :

— Tu peux le dire, ma chérie ! Une chandelle de même vaut bien une livre sterling. J'ai vu une annonce, l'autre jour, où on en vendait une douzaine pour douze livres. Si je me trompe pas, c'est une chandelle en spermaceti.

— C'est bien ça, monsieur Grenon. Voilà la meilleure chandelle sur le marché. C'est aussi la seule bonne chose qui nous vient de Londres.

— Ah, c'est ça ! fit Edmond en feignant un air étonné.

— Quoi donc ?

— C'est pour ça que les Anglais pensent qu'ils ont toujours des idées plus lumineuses que les nôtres.

— Vous n'allez pas repartir dans vos histoires de politique, s'écria Émilie, parce que moi, je vais me coucher tout de suite.

— Vous n'allez pas nous faire cette peine, reprit Désiré. Moi, je vous conseillerais de rallumer votre chandelle pour qu'on joue une bonne partie de cartes.

Comme Émilie voulait ménager sa chandelle pour les jours de fête, Dorothée accepta d'allumer la sienne, sans oser avouer que c'était pour mieux voir son Désiré.

Cette histoire de chandelle et la partie de cartes occupèrent le reste de leur soirée. Si toute la famille était heureuse de cette visite et des cadeaux reçus, Dorothée resta sur sa faim. Comme il le faisait beaucoup trop souvent, au grand désespoir de celle qu'il disait être sa fiancée, Désiré était venu, mais il avait encore trouvé le moyen de ne pas être en tête-à-tête avec elle.

La dernière lettre de Nicolas était très brève, comme si le fait d'être éloigné depuis si longtemps, malgré les nouvelles que lui faisaient parvenir ses sœurs, l'avait en quelque sorte désintéressé du sort des siens.

— Il a pas grand-chose à nous dire, m'man, remarqua Dorothée. On dirait qu'il ne tient plus à nous.

— Je crois pas, chère. Moi je pense que depuis le début, il en dit pas trop pour pas nous inquiéter. Sa vie doit pas être très agréable. Il fait son possible pour pas le montrer.

— Vous avez peut-être bien raison, mais me semble que si j'étais à sa place, je me forcerais un peu plus pour donner des nouvelles.

— C'est vrai, mais oublie pas que c'est un garçon et que les garçons ont pas l'habitude de parler de tout ce qu'ils font et de dire vraiment comment ils vont. Mais dis-moi plutôt ce qu'il raconte, cette fois-ci.

Malte, samedi 16 avril 1811

Chers parents et chères sœurs,

J'ai été bien content d'avoir de vos nouvelles. Je vous en donnerais plus souvent des miennes s'il y avait seulement du nouveau dans ma vie, mais notre service de garde de l'île de Malte est toujours pareil, pour ne pas dire ennuyant. Il ne se passe jamais rien. C'est toujours la même routine. Heureusement que j'ai près de moi, pour me divertir un peu, mon grand ami Bernardin. Pendant ce temps-là, les mois et les années passent. Dans moins de trois ans, j'aurai écoulé les sept années de mon contrat au régiment Meuron. Je n'attendrai pas plus longtemps pour en sortir et je vous reviendrai, très heureux de vous revoir tous.

Je vous espère toujours en santé comme je le suis !
Votre fils affectueux,

Nicolas

Chapitre 37

Une curieuse idée

L'hiver 1812 avait été passablement rude. Le printemps commençait à montrer ses couleurs. Ici et là, la neige fondue découvrait dans les cours des plaques de terre comme de yeux grands ouverts. Des ruisselets se formaient le long des rues. L'hiver cédait peu à peu le pas.

Ce n'était pourtant pas l'ouvrage qui manquait à la forge et à l'auberge, mais cela ne semblait pas suffire à Edmond, qui se mit un matin à débiter le vieil arbre tout tordu acheté en compagnie de Romuald, et dont il ne s'était pas servi. À force de travail et d'équarrissage, il parvint à en extraire quelques planches. Étienne Gagné arrêta un matin, curieux de voir ce qu'Edmond avait pu tirer du bois qu'il lui avait apporté. En voyant son bienfaiteur débarquer chez lui, Edmond s'écria :

— Salut Étienne ! Tu passes devant chez nous presque tous les jours depuis tout ce temps et t'as jamais trouvé le moyen d'arrêter voir ma forge ou même de prendre juste un verre. Il est pas trop tôt pour que tu viennes voir ce que j'ai réussi à faire grâce à toi.

— Si j'ai pas pu arrêter avant, monsieur Grenon, c'est que l'ouvrage manque pas du côté de l'hôpital et que je suis toujours à la hâte, avec ça qu'on est très contrôlé, comme vous pouvez le penser : les sœurs voient à ce qu'il se perde pas une minute.

— Icite non plus, comme tu peux voir, c'est pas l'ouvrage qui manque.

Étienne fit le tour de la forge, opinant du bonnet devant tout ce qu'il voyait. Au bout d'un moment, il dit :

— Au fait, monsieur Grenon, c'est pas vous qui cherchiez une commode ?

— Oui, mon gars, j'en cherche une depuis des lunes pour faire une surprise à mon Émilie.

— J'en ai justement vu une et pas chère à part ça, pas bien loin d'icite, au bout de la rue Saint-Ours. Je m'en vais par là. Si ça vous tente de la voir, vous pourriez peut-être bien venir, d'autant que je reviens tout de suite après.

— C'est une bonne idée, mon garçon. Si elle fait mon affaire, tu pourrais peut-être me la rapporter.

— Venez donc ! On verra bien.

Ils partirent par la rue Saint-Ours. Pendant le trajet, Edmond en profita pour demander à Étienne des nouvelles de sa famille.

— Comment ça va, chez vous ?

— C'est toujours pareil. Les jumelles vont toutes les deux avoir un autre enfant, ou peut-être plus qu'un. Avec des jumelles, on sait jamais.

— Où est-ce qu'elles restent, à présent?

— Toujours à la même place, dans Saint-Roch, pas loin des chantiers navals. Leurs maris travaillent là. L'ouvrage manque pas sur les chantiers : un navire attend pas l'autre. Il paraît même qu'ils vont commencer à faire des bateaux à vapeur.

— Pis ton autre sœur, celle qui s'est mariée en même temps que ta jumelle, qu'est-ce qu'elle devient?

— Agathe? On la voit pas souvent. Faut dire que, comme Étiennette, elle reste maintenant pas mal loin d'icite. Son mari Gérard est peintre en bâtiment. Ils sont rendus du côté de Portneuf et ont déjà quatre enfants.

— Me semble que ça fait pas si longtemps que ça que vous vous êtes mariés. Le temps passe que ç'en a pas de bon sens. Toi mon Étienne, t'en es bien à ton troisième, si je me trompe pas.

— C'est en plein ça, j'ai deux gars et une fille. Ça sera pas long qu'ils vont nous pousser dans le dos. Vous devriez venir faire un tour avec vos filles.

— Tu sais, avec l'auberge, on peut pas se payer bien des sorties. Ça nous tient aller à plein tous les jours.

— Coudon, vos filles, monsieur Grenon, elles se marient pas vite?

— Y a ma Dorothée qui est sur le point de le faire, mais Marie-Josephte, elle, depuis sa peine d'amour, semble pas prête à s'engager.

— Elle a eu une peine d'amour?

Edmond, en terrain glissant, trouva un faux-fuyant commode:

— Elle s'est amourachée d'un homme qui était déjà engagé et elle est restée sur le carreau. Ç'a l'air que les femmes sont faites de même. Des fois, ça leur prend du temps pour recommencer. Je suppose que pour elle, à un moment donné, ça va revenir. En attendant, elle est bien utile à sa mère pour l'auberge. Y a toujours un beau côté à chaque médaille.

Tout en jasant, ils étaient arrivés au bout de la rue. Étienne immobilisa son cheval.

— C'est icite, dit-il. Peut-être que vous aimerez pas la commode, mais au moins vous l'aurez vue.

— Comme tu dis, je l'aurai vue.

Ils entrèrent dans une vieille maison toute décrépie menaçant de s'effondrer. Il y avait là un bric-à-brac de vieux meubles et d'objets tels qu'on en trouve dans les greniers. Une vieille femme les reçut en disant:

— Je casse maison, je m'en vais rester chez ma fille. Tout est à vendre.

Edmond avait repéré le meuble dès son entrée dans le taudis et jeté un œil dessus. Il s'informa:

— Combien pour la commode?

— Quatre livres.

— C'est votre dernier prix?

La vieille ne répondit pas. Edmond tourna autour du meuble, ouvrit les tiroirs, l'examina sous tous les angles.

— Je vous en donne deux livres et demie, madame, et je vous en débarrasse tout de suite.

La vieille semblait tenir à son prix. Edmond fit mine de partir. La vieille le retint en disant :

— Je prendrais bien trois.

Edmond les lui aligna sur une table. Aidé d'Étienne, il chargea ensuite la commode sur la charrette. C'était un beau meuble, avec des tiroirs bombés, mais qui avait besoin d'un bon sablage et d'une bonne couche de cire d'abeille. Quand ils furent dans la voiture, Edmond dit à Étienne :

— Je vais l'offrir en cadeau à mon Émilie pour sa fête. Ça fait des années qu'elle en veut une ! Avant, va falloir que je la renippe. Elle est pas mal en toute. Pour sûr, Émilie va la trouver de son goût. Faudra pas qu'elle la voit avant qu'on la mette dans le hangar.

— Vous inquiétez pas, dit Étienne, on va s'arranger pour être discrets. Avant qu'on parte, me donneriez-vous un coup de main ? J'ai décidé d'acheter le buffet.

Ils retournèrent dans la maison et en revinrent avec un beau buffet de chêne qui alla prendre place dans la charrette, près de la commode. Étienne étendit une bâche sur les meubles et les deux compères repartirent aussitôt pour l'auberge. À la longue, Émilie s'était habituée à voir défiler passablement de monde dans la cour. Elle était en mesure de les apercevoir de sa cuisine, mais n'en faisait plus grand cas. Ainsi, Étienne et Edmond n'eurent aucun problème à décharger la commode et à la ranger dans le hangar. Quand Edmond entra pour dîner, Émilie lui dit :

— T'as eu la visite d'Étienne Gagné ?

— Ah oui ! Il est venu voir la forge. Après tout, c'est grâce à lui que j'ai pu la bâtir. Il a trouvé ça bien de son goût…

Au fil des jours suivants, Edmond s'affaira à refaire une beauté à la commode. Quand il eut terminé son ouvrage, il s'attela aussitôt à une autre tâche avec les planches qu'il avait tirées du vieil arbre. Il était très habile et mettait un soin particulier à bien finir tout ce qu'il entreprenait. Là encore, il mit des jours à peaufiner son ouvrage. Comme il travaillait en secret, ses agissements n'avaient pas manqué d'intriguer Marie-Josephte et Dorothée qui, connaissant bien leur père, savaient pertinemment qu'il préparait quelque chose de spécial. Un soir, Marie-Josephte osa lui demander :

— Quelle surprise vous nous préparez, p'pa ?

— Rien en toute !

— Voyons donc ! Ça fait au moins deux semaines que vous travaillez en cachette à quelque chose.

Heureusement, de sa cuisine, Émilie n'avait rien entendu. Edmond fit signe à sa fille de se taire. Il s'approcha d'elle et lui glissa à l'oreille :

— C'est une surprise pour ta mère…

— Ah ! fit Marie-Josephte.

— Pour sa fête.

— C'est vrai, dit Marie-Josephte, j'allais l'oublier, c'est dans deux jours.

∽

Edmond profita du souper d'anniversaire, deux jours plus tard, pour offrir enfin à Émilie la surprise de sa vie.

— T'as tes rêves, dit-il, j'ai aussi les miens. J'ai rêvé qu'on avait bien de besoin de quelque chose qu'on possédait pas. Aide-toi et le ciel t'aidera ! Voilà que le ciel nous est venu en aide ! Venez voir le cadeau qu'il nous a fait.

— Où ça ?

— Dans le hangar ! Suivez-moi !

Devant l'édicule, Edmond, avant d'y pénétrer, fit son petit discours :

— Pour tes cinquante ans, Émilie, j'ai pensé te récompenser pour tout ce que t'as fait pour nous autres.

Sans plus de cérémonie, il ouvrit la porte du hangar. Au milieu trônait la commode qu'elle avait tant appelée de ses vœux.

Elle porta les mains à son cœur. Ses yeux se remplirent d'eau.

— Ah ! Qu'elle est belle ! dit-elle.

Trop émue pour en dire plus, elle se mit à pleurer. Edmond s'approcha pour la réconforter. Alors, Émilie fit ce qu'elle n'avait jamais osé faire devant ses filles : elle sauta au cou de son mari et l'embrassa.

— Mon grand fou, t'aurais jamais dû !

— Allons, m'man ! l'encouragea Marie-Josephte. Jetez au moins un coup d'œil dans les tiroirs.

Pendant que leur mère s'extasiait devant la commode, Dorothée et Marie-Josephte, qui avaient rarement l'occasion de mettre le nez dans le hangar, fouinaient un peu partout. Dorothée, curieuse, souleva le drap qui recouvrait ce qu'elle avait pris pour un autre meuble.

Sous le coup de la surprise, elle s'exclama :

— Mais p'pa, qu'est-ce que c'est ça ?

Son père sursauta. Il fit l'impossible pour se contenir et ne pas gâcher l'atmosphère de fête qui lui avait coûté tant d'efforts, et ne pas briser d'un coup tout le plaisir qu'il venait de faire naître.

— Quelque chose que t'aurais pas dû regarder.

Intriguée, Marie-Josephte s'approcha et dit :

— Mais c'est un cercueil ! Dites-moi pas que vous fabriquez des cercueils, à présent ?

— Je fabrique pas des cercueils, la corrigea-t-il, j'en ai juste fait un.

— Pour qui ?

— Pour moi !

— Et pourquoi donc ? fit remarquer Dorothée. Sentez-vous votre mort ?

— Pas en toute, ma fille. J'avais du bon bois, j'en ai profité pour l'utiliser, voilà tout. Quand je disparaîtrai, il sera prêt. Mieux vaut prévenir que guérir.

— Vous auriez pu attendre, p'pa, ça pressait pas à ce point.

Dorothée venait à peine de prononcer cette phrase qu'elle sourit, parce qu'elle connaissait déjà la réplique que son père lui servit :

— Il ne faut jamais remettre à demain ce qu'on peut faire aujourd'hui.

— Sauf mourir, ajouta Dorothée.

— Bien parlé, ma fille, conclut Edmond en remettant soigneusement le drap sur la bière.

Chapitre 38

Où il est question de mariage

Dorothée attendait ce moment depuis des années : son Désiré, qu'elle ne voyait que de loin en loin, lors d'un passage en coup de vent par Québec, avait enfin décidé de se fixer. Il arriva par un beau jour de mai 1812, avec comme toujours ses histoires et ses promesses.

— Cette fois, c'est vrai, ma Dorothée : je m'installe pour de bon à Québec. Nous allons nous marier. Je t'ai fait attendre si longtemps qu'il est bien temps que ça se fasse.

— Je vois pas les choses comme toi, Désiré. Tu lambines pendant des années et te voilà tout à coup pressé. Laisse-moi le temps de me préparer à cette idée. En plus, ma robe de mariée est même pas prête !

— Ça, ma chère, ce n'est pas un problème ! Tu n'as qu'à te rendre chez le tailleur et t'en faire confectionner une !

— À quel prix ? Penses-tu que j'ai les moyens de m'habiller comme une princesse ?

— Peu importe la robe qu'elle porte, une princesse est toujours une princesse.

Quand Désiré lui parlait comme ça, Dorothée voyait fondre tous ses doutes. Toutefois, dès que Désiré passa la porte, elle se demanda si ses hésitations à convoler n'étaient pas liées à sa vie mouvementée. Il avait beau dire et beau faire, réussirait-il à se fixer vraiment ? Depuis toutes ces années qu'elle attendait ce moment, elle ne parvenait pas à y croire. Elle se rendait bien compte que le rythme de vie de son amoureux était aux antipodes du sien.

Qu'avait-il fait durant tout ce temps, à courir et à voyager au service de son père ? Ses déplacements l'avaient mené d'un bout à l'autre du pays, et même du côté des États-Unis. Chaque fois qu'il revenait, il en avait long à raconter sur ses entreprises et, chaque fois, Dorothée l'écoutait bouche bée : c'était un merveilleux conteur.

Encore aujourd'hui, n'avait-il pas émerveillé Dorothée en lui racontant son voyage jusqu'à Montréal, sur le bateau à vapeur des Molson ?

— Sais-tu que les Molson jouissent du droit exclusif de conduire des bateaux à vapeur sur le fleuve ?

— Personne d'autre le peut ?

— Personne. Quand, en 1807, John Molson a appris la découverte de l'Américain Robert Fulton, il s'est rendu à New York et s'est fait construire un vapeur, ce qui lui a permis d'obtenir l'exclusivité de la navigation en bateau à vapeur sur le fleuve Saint-Laurent pour au moins une dizaine d'années, sinon plus.

— C'est sur un bateau à vapeur que t'as fait le voyage ?

— Sur le *Calédonia* : ça ne prend même pas trois jours et on est rendu, alors qu'à voile il faut y mettre parfois jusqu'à dix.

— J'aimerais bien faire un beau voyage de même.

— Ne t'inquiète pas ! Quand nous serons mariés, tu en feras.

— Ça doit coûter très cher !

— Dix livres !

En entendant ce chiffre, Dorothée avait ouvert de grands yeux.

— Dix livres, c'est une fortune ! On peut acheter un tas de choses avec une somme pareille !

Désiré l'avait dévisagée avec une expression non moins surprise.

— Dix livres, ma promise, pour un voyage jusqu'à Montréal, c'est très raisonnable !

Pareilles réflexions, de la part de Désiré, la laissaient chaque fois perplexe. Elle mesurait alors l'écart qui existait entre leurs trains de vie respectifs. Elle qui hésitait à dépenser le moindre penny, comment pourrait-elle vivre dans une telle opulence ? Une autre chose la laissait songeuse : comment expliquer que, durant toutes ces années de fréquentations, il ne l'eût jamais invitée à faire la connaissance de ses parents ? Avait-il honte d'elle ? Elle se tourmentait constamment avec des questions semblables auxquelles elle ne trouvait aucune réponse valable. Lui qui semblait nager dans l'abondance, pourquoi avait-il jeté son dévolu sur elle, fille d'un aubergiste pauvre ? Et voilà maintenant qu'il parlait de mariage sans même lui offrir son aide pour s'acheter une belle robe. Une autre chose la tracassait à son sujet : il buvait beaucoup. Elle ne parvenait jamais à tenir le compte des gins qu'il enfilait, à chacune de ses visites à l'auberge. Elle oscillait entre le doute et l'espoir, sans trop pouvoir s'expliquer pourquoi elle tenait tellement à lui.

Quelques jours plus tard, Dorothée recevait une invitation de sa part pour assister en sa compagnie à une pièce de théâtre.

— M'man, Désiré m'invite à assister à une pièce de théâtre, samedi soir prochain. J'aimerais bien y aller.

— Seule ?

— Il a parlé de personne d'autre.

— J'aime pas beaucoup que tu te retrouves toute seule avec lui.

— M'man, ça fait des années qu'il vient me voir. Vous le connaissez. Je vois pas pourquoi vous vous inquiétez. Après tout, je suis majeure. Je pourrais bien y aller sans demander votre permission.

— Tu sais, ma fille, tant que tu vis sous notre toit, on est responsables de toi. Je vais en parler à ton père et on verra bien ce qu'il en pensera.

Le lendemain, Émilie exposait à Dorothée le fruit de ses démarches :

— J'ai parlé de ton projet à ton père. Il dit qu'il a confiance en Désiré. Si tu veux aller au théâtre avec lui, t'as sa permission et la mienne.

Pour Dorothée, le samedi prit une éternité à venir. Elle revêtit ce qu'elle avait de plus beau. Désiré vint la chercher en diligence avec cocher. Une telle voiture se rendait rarement au bout de la rue Saint-Ours. Son passage fit tourner bien des têtes. Dorothée était aux anges. Pour la première fois, Désiré montrait à son égard un peu de tendresse en lui tenant la main. Il profita du long trajet jusqu'au théâtre pour tenter de lui dérober un baiser. Dorothée se tenait sur ses gardes et trouvait toujours une parade pour le repousser juste au moment où leurs lèvres s'effleuraient. Désiré s'impatienta :

— Allons, mon amour, mets ta pruderie de côté. Nous serons mariés dans un mois ou deux : un petit baiser est bien mérité.

— Je trouve que tu vas trop vite, Désiré. Ça fait longtemps que tu viens me voir, mais je t'ai jamais vu si entreprenant. C'est tout l'un ou tout l'autre avec toi.

— Comment aurais-tu voulu que je sois entreprenant dans l'auberge de tes parents, avec des chaperons tout le tour ? C'est la première fois que je peux enfin être seul avec toi et te prouver mon amour.

À force d'insister, Désiré finit par obtenir un petit baiser, bien insignifiant pour lui, mais combien important pour Dorothée. Enfin, elle sentait qu'il pourrait sans doute se passer quelque chose entre eux. Comme elle était franche et directe, elle lui en parla aussitôt :

— C'est la première fois, mon chéri, que t'affiches tes sentiments autrement que par des paroles ou des cadeaux. Je voudrais tellement qu'on prenne le temps de mieux se connaître avant de parler trop vite de mariage.

— Ah bon ! Te voilà hésitante ! Maintenant que tu sais que je suis vraiment décidé.

— C'est pas ça, Désiré. Me semble qu'on se connaît pas vraiment. Je sais même pas si, une fois mariés, tu voudras qu'on ait des enfants.

— Pauvre chérie, pourquoi se marie-t-on sinon pour faire des enfants ?

— Et où vivrons-nous ?

— Là où je reste. Tiens, c'est vrai, tu n'es pas encore venue dans ce qui sera notre future maison.

— Tu vois, reprit aussitôt Dorothée. C'est la première fois que tu me parles de ta maison.

— C'est tout à fait normal, ma chérie, je l'ai depuis moins d'un mois. Tant que je n'étais pas certain de demeurer à Québec, je n'ai pas voulu acheter une maison. Maintenant, c'est fait. Je n'avais pas eu la chance de t'en parler jusqu'à ce soir. Mais j'y pense : après la pièce, je te la ferai visiter.

Ils étaient maintenant rendus au théâtre. Le cocher vint ouvrir la porte et, comme un couple marié, la main dans la main, Désiré et Dorothée firent leur entrée dans la salle du théâtre. Dorothée assistait pour la deuxième fois à une pièce. C'était, ce soir encore, une comédie de Molière : *Le Tartuffe*. Si Dorothée fut émerveillée par les décors splendides, les beaux costumes et le jeu savoureux des acteurs, elle eut beaucoup de difficulté à comprendre la pièce car Désiré ne cessait de lui tenir les mains, de la serrer, de lui effleurer les seins, ce qui l'empêcha de se concentrer sur l'action. Tout ce qu'elle put en retenir, à la fin, c'était que ce Tartuffe n'était rien d'autre qu'un imposteur.

Désiré avait pris la précaution de bien payer le cocher afin qu'il restât à leur disposition, une fois la pièce terminée. Il entraîna Dorothée à la diligence et pria le cocher de les conduire chez lui.

— Vous saurez nous attendre, mon brave, dit-il, car j'aurai aussi à reconduire ma fiancée chez elle.

Le trajet entre le théâtre et la maison de Désiré, dans la rue Saint-Louis, fut de courte durée. Désiré demanda à Dorothée, encore sur un nuage, si elle avait aimé la pièce.

— Oui, beaucoup, même si j'ai pas tout compris.

— Les premières fois, dit-il, c'est comme ça. Tu verras, nous assisterons à bien d'autres et tu sauras les apprécier encore plus.

Arrivé chez lui, Désiré entraîna Dorothée à sa suite dans ce qui, disait-il, serait leur nid d'amour. C'était une belle vieille maison de pierre avec un porche, des fenêtres basses munies de rideaux, un grand hall, un vaste salon au fond duquel un immense foyer était allumé. Désiré s'empressa de préciser :

— Le temps est encore frais en ce moment, j'ai demandé à Victor de faire une attisée.

— Qui est Victor ?

— Un ami à moi, qui me rend toutes sortes de petits services.

Désiré ne perdit pas de temps pour se diriger vers la cuisine, d'où il revint avec deux verres de boisson.

— Nous allons, dit-il, boire à notre amour !

Dorothée ne savait trop comment réagir. Ils portèrent un toast «à l'amour». Il la força presque ensuite à en boire un autre à leur mariage, et encore un autre à leur future demeure. Après ces trois verres, Dorothée se demanda ce qui lui arrivait : la tête lui tournait. Puis, elle eut conscience que Désiré la soulevait et la portait, puis plus rien.

Quand elle revint à elle, Dorothée était nue dans la chambre à coucher de Désiré. Avait-il tenté d'abuser d'elle ? Jusqu'où était-il allé ? Et où était-il ? Il avait laissé un mot :

Je reviens dans une heure, nous mangerons ensemble. J'ai fait prévenir tes parents que tu avais eu un malaise. Ce qui s'est passé doit rester entre nous.

Dorothée mit du temps à s'habiller et à reprendre tout à fait ses esprits. Elle ne se souvenait pas du tout de ce qui lui était arrivé. Elle se revoyait dans le grand salon, un verre à la main, Désiré qui l'entourait de ses bras et l'embrassait sans retenue. Après, tout était devenu noir, elle avait sombré dans un sommeil profond dont elle émergeait avec un mal de tête épouvantable.

Désiré arriva avec du pain, des confitures, du chocolat, de quoi faire un bon déjeuner.

— Tu m'as grandement fait peur, dit-il, d'entrée de jeu. Tu as si vite perdu connaissance que j'ai imaginé le pire. J'ai même fait venir le médecin. Tu aurais dû m'avertir que la boisson te faisait cet effet.

Dorothée ne sut comment réagir aux propos de Désiré. Elle avait si mal à la tête qu'elle n'était pas en mesure d'argumenter.

— Tu ne me sembles guère mieux, ma chérie. Je pense que tu devrais manger un peu, ça te remettrait.

Il l'invita à boire quelques gorgées de thé et finit par la convaincre d'avaler un peu de pain et de confiture. Pendant tout ce temps, elle ne parvint pas à émettre un seul son.

— Ne t'inquiète pas, ma chérie, j'ai fait prévenir tes parents et, dans une heure ou deux, une voiture te conduira chez toi.

— Que s'est-il passé? finit-elle par murmurer.

— Ce qui s'est passé? Je te l'ai dit, tu as mal réagi à la boisson que je t'ai servie.

— C'est pas ça qui m'inquiète. Comment ça se fait que ce matin, j'étais nue dans ton lit?

— C'est le médecin qui a insisté pour que je te couche ainsi. Tu avais beaucoup de difficulté à respirer; il a fallu enlever ton corset.

— J'ai beaucoup de misère à croire ce que tu racontes. T'aurais pu enlever le corset sans enlever le reste. J'ai plutôt l'impression, Désiré Dumoulin, que t'as profité de mon sommeil pour abuser de moi.

— N'insulte pas ma probité! s'indigna-t-il. Je ne suis pas homme à abuser de qui que ce soit!

Dorothée saisit l'occasion pour lui dire tout le fond de sa pensée:

— Après cette nuit, si tu tiens réellement à ce que tout cela reste entre nous deux, t'as plus le choix: tu dois m'épouser.

— Pourquoi doutes-tu de ma sincérité?

— Parce que j'attends depuis trop longtemps.

— Je suis un homme d'honneur, protesta Désiré. Dans quelques jours, je me présenterai chez toi pour demander ta main à ton père.

Quand Dorothée fut de retour à la maison, elle choisit de parler de la merveilleuse maison de Désiré et de tout le soin qu'il avait apporté à ce qu'elle revienne de sa «faiblesse passagère».

— Il a même pris la peine de faire venir le docteur, ajouta-t-elle pour rassurer tout son monde et, en quelque sorte, se rassurer elle-même.

Car elle n'avait pas osé demander à Désiré le nom de ce fameux médecin...

Deux semaines passèrent avant que Désiré ne se décide à faire la grande demande, comme s'il avait voulu repousser le plus loin possible l'instant d'affronter Edmond. Après avoir éclusé quelques verres dans la salle de l'auberge, il parut se résigner et pria Dorothée d'aller quérir son père. Elle hésita un peu, puis se rendit à la forge où son père discutait avec quelques amis venus jouer aux dames.

— P'pa, Désiré est à l'auberge et il aimerait vous voir.

— Tout de suite? Ça peut pas attendre?

— Non, p'pa, c'est sérieux et ç'a déjà beaucoup trop attendu.

Les paroles de sa fille firent naître un sourire sur son visage: il semblait avoir deviné le caractère particulier de l'entretien demandé par Désiré. Il s'excusa auprès de ses amis et suivit sa fille jusqu'à l'auberge. Désiré, le nez rougeoyant, les attendait avec son air désinvolte de comédien et de vieux politicien.

— Je vois, dit-il à Edmond, que votre fille a su vous convaincre que ma démarche était sérieuse.

— Encore faudrait-il que je sache ce que tu veux au juste.

— Ah! Elle ne vous en a pas informé?

— De quoi?

— Je me fixe pour de bon à Québec et je désire marier votre fille.

— C'est pas trop tôt, mon garçon, depuis tout le temps que tu la fais languir.

— Est-ce que je dois prendre ça comme une approbation de votre part?

— Un père qui aime sa fille saurait pas dire non à une telle proposition. Vous devrez nous faire savoir à quel moment vous voulez vous marier.

Désiré l'assura que ce mariage ne saurait tarder. Prise entre l'arbre et l'écorce, Dorothée ne put retenir ses larmes. Tout le monde crut à des larmes de joie. En réalité, elle était profondément troublée et se demandait si cette union était sensée, mais elle avait attendu si longtemps ce moment qu'elle finit par se convaincre que c'était la bonne décision.

Une semaine plus tard, Désiré arrivait à l'auberge avec un carton d'invitation qu'il remit cérémonieusement à Edmond, en lui demandant de le lire et d'exprimer son accord.

— Voici ce qui pourrait constituer l'invitation à notre mariage. Vous me direz si cela vous convient.

L'invitation était formulée dans les termes suivants :

Monsieur Edmond Grenon et son épouse vous prient d'assister au mariage de leur fille Dorothée avec Désiré Dumoulin, en l'église Notre-Dame-des-Anges, à dix heures, le samedi 22 juin prochain. Prière de confirmer votre présence auprès du père de la future épouse, à son auberge de la rue Saint-Ours.

Après avoir pris connaissance du contenu de l'invitation, Edmond, peu familier avec ce genre de démarche, questionna Désiré :

— Qui va payer les frais de la noce ?

— Ordinairement, monsieur Grenon, c'est le père de la mariée. Mais mon père, qui est très fortuné, offre volontiers de le faire.

Même s'il n'en avait pas les moyens, Edmond avait tout de même sa fierté.

— Qui te dit que je serais pas capable de payer ?

— Ne vous offusquez pas, monsieur Grenon : c'est le cadeau que mon père veut m'offrir pour mon mariage. Si vous désirez payer autre chose, vous pourrez le faire. Votre fille aura besoin d'une belle robe et, en plus, vous aurez à débourser pour sa dot.

Edmond hésita un certain moment avant de donner définitivement son assentiment. Qu'il la donnât à Dieu ou à un homme, une fille coûtait cher à son père.

— Combien de personnes comptez-vous inviter ? s'informa Désiré.

— Laisse-moi le temps d'y penser une journée ou deux, et tu pourras faire imprimer tes invitations.

Quelques jours avant le mariage, Edmond avait reçu les confirmations de tous les gens auxquels il avait fait parvenir des invitations : les Gagné, monsieur Panet et son épouse, monsieur de Gaspé et son épouse, monsieur Jean-Baptiste Du Berger, sa nouvelle épouse et les enfants Du Berger ainsi que Romuald. Désiré avait déjà prévenu les Grenon que son père ne pourrait pas assister au mariage et qu'un de ses amis lui servirait de témoin. Il avait aussi spécifié qu'il se rendrait directement à l'église à l'heure dite.

Le jour des noces, tous les invités des Grenon se présentèrent avant l'heure, tandis que ceux de Désiré restaient invisibles, tout comme l'intéressé lui-même. Alors que les cloches sonnaient à pleine volée le début de la cérémonie, que le chapelain prenait place dans le chœur avec les enfants qui devaient servir pendant le mariage, que des cierges brûlaient sur l'autel et que le bedeau posait une ultime décoration, tous attendaient le marié. Dix heures passa, dix heures et cinq, dix heures et quart, et Désiré n'arrivait pas. Au grand désespoir de Dorothée, il ne se présenta jamais. Edmond était furieux, les invités, désolés, et toute la famille, consternée.

De retour à l'auberge, Edmond déclara :

— Celui-là, s'il a jamais le front de se remontrer icite ou si je le rencontre quelque part, je l'étripe.

Marie-Josephte tenta vainement de calmer son père en tâchant de trouver des excuses à Désiré :

— Il aura été empêché de venir et a pas pu nous prévenir.

— Quand quelqu'un sait vivre, ma fille, il trouve le moyen de prévenir. Il a jamais eu l'intention de se marier. Quel affront pour ta sœur !

— Elle a du Grenon dans le corps, reprit Marie-Josephte. Elle saura bien s'en remettre.

— Y a des choses qui se font pas, ragea Edmond, et celle-là en est une.

Émues par l'affront que venait de subir leur amie, les jumelles Gagné vinrent à l'auberge prendre de ses nouvelles. Malgré une pareille humiliation, Dorothée n'était pas trop abattue. Elle fut touchée par les attentions des jumelles à son égard et put, grâce à elles, épancher quelque peu sa peine.

Comme Marie-Josephte l'avait laissé entendre, sa sœur était plus forte qu'on pouvait le croire. Après quelques jours de réclusion dans sa chambre, elle se joignit à la famille pour souper et se comporta comme si rien ne s'était passé. Personne n'osait même faire allusion au mariage raté. Ce fut elle qui en parla la première :

— Vous devez penser que mon mariage manqué m'a démolie. J'ai déjà tourné la page. P'pa a toujours dit qu'il existe un proverbe pour tout ce qui nous arrive. J'ai trouvé celui qui me console : « Mieux vaut être seule que mal accompagnée ! »

— T'as du courage, ma fille, souligna Émilie.

— Ma sœur est sage, ajouta Marie-Josephte. J'ai jamais douté que tu trouverais le moyen de t'en sortir.

Edmond, qui avait écouté sans dire un mot, prit à son tour la parole :

— Ma fille, je te félicite. À te voir agir comme tu le fais, après une si dure épreuve, je douterai jamais plus que t'es une Grenon.

Le compliment de son père fit naître un sourire sur les lèvres de Dorothée et luire un éclair de fierté dans ses yeux.

— Tout est bien qui finit bien ! conclut Edmond.

Marie-Josephte ajouta son grain de sel, en disant le plus sérieusement du monde :

— Tout vient à point à qui sait attendre ! Ça vaut pour moi autant que pour Doro.

Chapitre 39

Un autre départ

Si Dorothée avait très bien surmonté la dure épreuve qu'elle venait de subir, son père, lui, avait de la difficulté à se remettre de cet affront. Comme il le faisait toujours quand il était contrarié, il se lança dans des projets qui lui permettaient d'évacuer le trop-plein de ses ressentiments. Ce qu'il fit dès le lendemain du mariage raté de Dorothée. Le midi, au dîner, il prévint Émilie :

— J'agrandis l'auberge !

— Qu'est-ce que tu dis là ?

— T'as bien compris. Je fais une cuisine d'été au bout de la maison, en arrière, et par-dessus deux autres chambres pour l'auberge.

Émilie, qui connaissait son homme, comprit que l'heure n'était pas à la discussion.

— Où vas-tu avoir ce qu'il te faut pour bâtir tout ça ? se contenta-t-elle d'observer.

— J'ai déjà mon idée !

Il attela Roussine après le dîner et partit vers la ville. Il en revint deux heures plus tard avec un gros

chargement de bois. À peine l'avait-il déchargé qu'il
repartait. Avant la noirceur, il avait fait trois voyages.
Une montagne de vieilles planches et de poutres trônait dans la cour. Il travailla à remettre de l'ordre dans
ce fouillis jusqu'au milieu de la nuit, à la maigre lueur
d'un fanal. Le lendemain matin, il était debout avec la
clarté et continua à ranger son bois tout l'avant-midi.
Il entra pour dîner, puis ne desserra plus les dents que
pour fumer sa pipe avant de partir de nouveau pour la
ville en amenant Charlemagne avec lui.

Témoin de ce manège, Marie-Josephte, que le
comportement de son père inquiétait, s'en ouvrit à sa
mère:

— M'man, j'aime pas quand p'pa est comme ça.

— Ma pauvre fille, y a pas grand-chose à faire. Il
réagit toujours de même quand il est bien gros
contrarié. Faut surtout pas lui en parler, ce serait pire!
Faut pas le contredire, ça va finir par lui passer.

— Mais ç'a pas de bon sens de le voir, il s'épuise à
la tâche.

— T'en fais pas, ton père en a vu bien d'autres. Il
est fait de même et c'est pas aujourd'hui comme
demain qu'on va le changer.

Au milieu de l'après-midi, Edmond revint de la ville
avec, cette fois, de vieux bouts de fer. Il les déchargea à
la porte de la forge. Quelques minutes plus tard, de la
maison, on l'entendait marteler le fer avec vigueur.

— Il passe sa rage, dit Émilie à Marie-Josephte.
Faut le laisser faire. Va donc plutôt voir, chère, si ta
sœur aurait pas besoin de quelque chose.

— M'man, Dorothée va bien. Tout ce qu'elle a de besoin, c'est d'être seule. Ça donne rien de l'achaler. C'est bien plus p'pa qui m'inquiète. Qu'est-ce qu'il peut bien fabriquer à cogner comme il le fait ?

— Irais-tu voir ? Apporte-lui de l'eau froide pour te donner une excuse.

Marie-Josephte traversa la cour. À la porte de la forge, elle hésita un moment puis entra, accueillie par Charlemagne venu chercher une caresse.

— P'pa, réussit-elle à dire entre deux séries de coups de marteau sur l'enclume, je vous ai apporté de l'eau au cas où vous auriez soif.

— Mets ça là, ma fille. C'est bien fin de ta part de penser de même à ton père. Si ta mère s'inquiète de savoir ce que je fais, dis-lui que je fabrique les clous.

Satisfaite, Marie-Josephte retourna à la cuisine. Sa sœur y était. Elle grignotait une croûte de pain. Marie-Josephte s'informa :

— Est-ce que ça va bien ?

— Ça va comme ça peut aller. P'pa fait tout un vacarme !

— Il fabrique des clous pour l'agrandissement de l'auberge.

— Si je te le demandais, dit Dorothée, ferais-tu quelque chose pour moi ? J'en ai parlé à m'man.

— Tout ce que tu veux, ma p'tite sœur, s'empressa-t-elle de dire.

— Irais-tu à la Basse-Ville, au magasin de son père, t'informer s'il sait où est passé Désiré ?

— Ta sœur aimerait bien savoir ce qu'il est devenu, précisa Émilie.

— Aurais-tu encore espoir qu'il revienne ?

— Non, mais je voudrais qu'il reçoive une lettre que j'ai préparée pour lui et où je lui fais savoir quel lâche il est. Ça me soulagerait. J'aurais besoin de savoir où la lui faire parvenir. Fais-toi passer pour une de ses amies, peut-être que son père te renseignera.

— Tu peux compter sur moi, j'y vais tout de suite.

Marie-Josephte partit d'un pas rapide vers la Place-Royale. Elle mit plus de deux heures à y parvenir. Trop heureuse de rendre service à sa sœur, rien n'aurait pu la détourner de sa mission. Elle entra dans le magasin, comme si elle venait y acheter quelque chose. Elle s'informa auprès du commis, à l'entrée du commerce, si monsieur Dumoulin était là ; l'employé lui désigna une porte, au fond du magasin.

— Il doit y être, assura-t-il. Vous n'avez qu'à frapper.

Marie-Josephte s'approcha, cogna à la porte, entendit quelqu'un répondre d'entrer.

— Bonjour, dit-elle, je suis une amie de votre fils Désiré. On m'a dit qu'il était à l'extérieur du pays. J'aimerais bien savoir comment le rejoindre. J'ai une importante commission à lui demander.

Le père était assis sur un tabouret et tenait sur ses genoux un registre dans lequel il inscrivait des colonnes de chiffres. Il leva la tête et jeta à Marie-Josephte un regard peu amène.

— À l'heure qu'il est, Désiré doit être en Martinique ou quelque part entre la Guadeloupe et la Martinique. Il n'y aura pas moyen de le rejoindre tant qu'il ne sera pas rendu là. Il a décidé d'y passer tout l'hiver.

— C'est bien aimable à vous de me renseigner. Pourriez-vous me dire à quelle adresse je peux le rejoindre là-bas ?

— Ça, ma p'tite dame, il m'a bien demandé de ne pas le dire. Il veut la paix et qu'on ne le dérange sous aucun prétexte. Je ne fais que respecter ses volontés.

— Tant pis ! dit Marie-Josephte en comprenant qu'elle ne tirerait rien de cet homme. Je ferai faire ma commission par quelqu'un d'autre.

Au sortir du magasin, elle se dirigea droit vers le bâtiment de la régie du port. Au commis qui s'y trouvait, elle demanda tout de go :

— Est-ce qu'il y a un vaisseau qui va partir bientôt pour la Martinique ?

— La Martinique, la Martinique, voyons voir, dit le commis en consultant un registre. Le *Taureau* part justement demain…

Le lendemain, le *Taureau* se préparait à appareiller. Dorothée et Marie-Josephte assistaient à l'embarquement des quelques passagers lorsqu'elles avisèrent un jeune homme, bien mis, qui s'apprêtait à monter à bord et jetèrent sur lui leur dévolu.

— Pardon ! dirent-elles à l'unisson.

— Que puis-je faire pour vous, mesdames ?

— Ma sœur que voici, commença Marie-Josephte, a un ami en Martinique.

— J'ai perdu son adresse, poursuivit Dorothée, mais j'ai pour lui une importante lettre que j'aimerais bien lui faire parvenir.

— Comment s'appelle votre ami ?

— Désiré Dumoulin.

— C'est un nom qui me dit quelque chose. Si je comprends bien, vous désireriez me confier votre lettre.

— Si vous aviez la bonté de la lui remettre, vous m'obligeriez beaucoup.

— C'est avec plaisir, reprit le jeune homme, que je ferai tout en mon possible pour que cette missive lui parvienne, à peine de la lui remettre en main propre.

— Auriez-vous l'obligeance de nous dire votre nom, demanda Marie-Josephte, que nous sachions envers qui nous sommes redevables ?

— Gérard Valiquette, pour vous servir, mesdames.

Elles demeurèrent sur le quai afin de le voir monter à bord. Quand le navire eut prit le large, Dorothée soupira : « Enfin, la boucle est bouclée… »

Durant toute la semaine, Edmond continua à trimer comme un forçat, sans répit, animé par cette idée fixe d'une auberge plus vaste et plus confortable. Émilie avait beau le supplier de se ménager un peu, il répondait:

— Il ne faut jamais remettre à demain! On va être bientôt en plein été, la cuisine d'été te sera fort utile et les nouvelles chambres ne seront pas de trop.

La charpente était maintenant montée, les planches du toit, posées, et les murs extérieurs, fermés; il ne restait plus qu'à terminer l'intérieur. Pourtant Edmond ne ralentissait pas la cadence.

Un midi, voyant qu'il avait largement dépassé l'heure du dîner, Émilie envoya Marie-Josephte le prévenir que son repas refroidissait. Quand Marie-Josephte entra dans la cuisine en chantier, Charlemagne vint l'accueillir à pas lents, la queue entre les pattes.

— Qu'est-ce qui se passe, mon chien?

L'animal se mit à siler d'une curieuse façon, puis à pousser des petits jappements qui étonnèrent Marie-Josephte. Elle aperçut son père assis dans un coin, sur une vieille chaise de paille. Elle se dit: «Il dort!» Elle hésita à le réveiller, mais le comportement bizarre de Charlemagne finit par l'y pousser. Elle l'interpella:

— P'pa, c'est l'heure du dîner!

N'obtenant pas de réponse, elle s'approcha, lui toucha l'épaule. Il ne réagissait toujours pas! Intriguée pour de bon, elle examina son visage de plus près et finit par comprendre: son père ne respirait plus.

Chapitre 40

Des nouvelles de Nicolas

Le départ d'Edmond laissa un vide immense : il n'y avait plus d'homme à la maison. Émilie se demandait si, en compagnie de ses deux filles, elle pourrait maintenir l'auberge ouverte encore longtemps. C'est alors que lui vint l'idée d'écrire à Romuald.

Les mois et les années avaient filé, au long desquels Nicolas, le seul autre homme de la famille, s'était fait très discret. Émilie ne pouvait pas compter sur son éventuel retour. Les quelques nouvelles qu'il donnait, une fois par an, ne rassasiaient guère la curiosité des siens. Pas un jour ne passait sans qu'Émilie répète aux filles :

— Je me demande bien ce que peut faire votre frère Nicolas… J'ai hâte qu'il revienne.

Un soir, à la sempiternelle remarque de sa mère, Marie-Josephte dit sur un ton de reproche :

— Faut croire qu'on lui manque pas beaucoup, parce qu'autrement il nous écrirait plus souvent.

— Faut pas dire ça, ma fille. Les hommes sont pas comme nous, ils font ce qu'ils ont à faire sans toujours penser qu'ils peuvent nous manquer. Nicolas est parti depuis maintenant tellement d'années qu'il nous a sans doute un peu oubliées.

Marie-Josephte soupira :

— Je me demande ce qu'il peut bien avoir l'air. Il a certainement beaucoup changé.

Edmond reposait au cimetière depuis deux semaines lorsque Dorothée apporta du bureau de poste, où elle était passée en revenant du marché, une lettre de Nicolas qui contenait une nouvelle tellement extraordinaire qu'Émilie pria Dorothée de la lui lire une deuxième fois.

Malte, mercredi 16 avril 1813

Chers parents,

Au moment où, après bien des détours, me parvenait votre dernière lettre m'annonçant le mariage prochain de Dorothée, je reçois une nouvelle qui m'a fait grandement plaisir et vous réjouira tout autant que moi, je l'espère. Notre régiment vient d'être appelé à combattre au Canada, ce qui veut dire que dans deux ou trois mois je devrais me retrouver parmi vous.

Je n'arrive tout simplement pas à le croire. Après les dures années que j'ai vécues, en conséquence de la bêtise que j'ai faite d'entrer dans l'armée, voilà enfin que le sort semble

vouloir jouer en ma faveur. J'ai grande hâte de vous serrer
dans mes bras, de même que mes trois chères sœurs qui doi-
vent être maintenant devenues de vraies belles femmes.
Aussitôt que je le pourrai, je vous ferai savoir mon arrivée.
Votre fils affectueux qui sera bientôt enfin parmi vous.

Le sergent Nicolas Grenon

Notant la date où la lettre avait été écrite, Dorothée
constata :

— Nico a écrit qu'il arriverait au pays dans deux ou
trois mois, ce qui veut dire qu'il y est probablement
déjà.

— Comment pourrait-on en être sûres ?

— Les journaux doivent en parler. Les Gagné reçoivent sans doute encore *La Gazette*, je vais aller voir
chez eux.

Avec sa détermination coutumière, Dorothée partit
aussitôt chez les Gagné. Heureuse de la voir arriver,
Béatrice s'exclama :

— Ça fait si longtemps ! Qu'est-ce qui nous vaut le
bonheur de ta visite ?

— Une très bonne nouvelle : mon frère Nicolas
s'en revient au Canada avec son régiment. Il nous a
écrit au mois d'avril qu'il serait ici dans deux ou trois
mois et ça fait de cela plus que trois mois. Y a de
bonnes chances qu'il soit déjà arrivé. Je viens voir si
vous recevez toujours *La Gazette de Québec*, peut-être
que ce serait marqué dedans.

— Nous la recevons encore. Le dernier numéro doit
être quelque part autour de la chaise de Théophile.

Elles cherchèrent ensemble et le dénichèrent par terre, près du coffre à bois.

— T'es chanceuse que Théophile s'en soit pas encore servi pour allumer le poêle ou sa pipe!

Dorothée feuilleta vivement le journal. Son regard tomba bientôt sur un article qui annonçait l'arrivée, le 6 juillet à Halifax, de vaisseaux en provenance d'Europe ramenant à leur bord les soldats du régiment de Meuron.

— Regardez, madame Gagné! dit-elle, tout énervée. Il est arrivé depuis le 6 juillet. On est le 12. Me permettez-vous d'emporter le journal pour le montrer à ma mère et à ma sœur? Elles voudront pas le croire.

— Prends-le, ma fille! Pour une bonne nouvelle, c'est toute une nouvelle!

Sans plus attendre, Dorothée prit congé de Béatrice Gagné et se précipita vers l'auberge. En la voyant revenir, le journal à la main, le rouge aux joues, sa mère devina que les nouvelles étaient bonnes.

— Il est arrivé? lui demanda Émilie sans détour.

— Oui! Il est au pays depuis le 6 juillet. Regardez, c'est écrit:

« Les premiers soldats du régiment Meuron sont arrivés à Halifax à bord du HMS Melpomène, *ce lundi 6 juillet. Ce régiment est composé d'un major, de six capitaines, d'une vingtaine d'autres officiers, de cinquante-quatre sergents, de vingt-deux tambours, d'un millier de soldats et de vingt femmes et enfants, qui arrivent au pays, à bord du* Melpomène, *du* Regulus *et du* Dover. *Ils ont pris la mer*

à Malte, le 5 mai, et après un arrêt à Gibraltar, qu'ils ont quitté le 27 du même mois, leur premier navire vient de toucher Halifax aujourd'hui. Nous attendons les deux autres dans les jours à venir. Un premier contingent ne tardera pas à quitter Halifax pour Québec et sera suivi des deux autres dans les meilleurs délais. »

— Ça veut dire, m'man, qu'il devrait être très bientôt à Québec. Maintenant que je le sais, on va suivre ça de près dans les journaux et on apprendra la date du retour de Nicolas.

— T'es bien fine, Dorothée. Heureusement que je vous ai, toi et Marie-Josephte.

Émue par la perspective prochaine de revoir son fils, Émilie ouvrit les bras et se permit quelque chose qu'elle ne faisait jamais : elle embrassa ses deux filles, abasourdies par ces effusions.

— Faudra prévenir Alicia, dit Émilie.

Marie-Josephte se moqua :

— Elle va dire, comme toujours, que tout ça arrive à cause de ses prières !

— Qui sait ? dit Émilie. Qui sait ?

Chapitre 41

L'amour enfin

Quelques jours plus tard, Dorothée lisait dans *La Gazette* du 23 juillet 1812 :

« *Arrivée du régiment Meuron*

Venus d'aussi loin que l'île de Malte en passant par Gibraltar, les soldats du régiment Meuron sont arrivés à Halifax le 6 juillet dernier. Le vaisseau qui les rapproche de Montréal, leur destination finale, a jeté l'ancre devant Québec hier. Selon les renseignements que nous avons pu obtenir, les soldats doivent descendre aujourd'hui vers une heure, au Gun Boat Warf, et ils seront logés dans les baraques des jésuites durant leur séjour à Québec. Rappelons qu'ils sont en route pour seconder les autres corps d'armée qui défendent présentement notre pays contre l'invasion des Américains. C'est la raison pour laquelle ce régiment a été dépêché au pays. »

Une onde de bonheur traversa la salle de l'auberge, où étaient réunies Émilie et ses filles. Après le décès d'Edmond, le retour de Nicolas représentait la plus belle des consolations.

Après un moment de silence, Dorothée dit:

— Le journal rapporte qu'ils sont arrivés hier et vont débarquer aujourd'hui vers une heure. Avec votre permission, m'man, j'irai au quai de débarquement et je ferai tout pour voir Nico.

— Si j'avais ton âge, chère, j'y serais moi aussi. Tâche de lui parler et de savoir quand il va venir à la maison.

Marie-Josephte intervint à son tour:

— M'man, j'aimerais accompagner Doro à l'arrivée de Nico. Pensez-vous pouvoir suffire si jamais y a du monde à l'auberge?

— Vas-y, ma fille, t'as certainement aussi hâte que moi et ta sœur de revoir Nicolas. Apportez toutes les nouvelles que vous pourrez de lui. S'il peut pas revenir à la maison avec vous autres, essayez de savoir quand et comment on va pouvoir le voir.

Dorothée et Marie-Josephte laissèrent leur mère toute seule à l'auberge. Elles gagnèrent aussitôt la Haute-Ville pour se rendre ensuite, par la côte de la Montagne, au quai de débarquement. Elles n'avaient aucune idée du déploiement que constituait l'arrivée de centaines de soldats. Regroupés en compagnie dès leur débarquement, les soldats se mirent rapidement en route vers les baraquements des jésuites qui leur étaient réservés. Les deux sœurs ne purent jamais s'approcher suffisamment pour voir de près les visages des hommes. À maintes reprises, elles crurent reconnaître Nicolas, mais chaque fois c'était pour se rendre compte qu'elles se trompaient.

Elles suivirent tout de même les soldats jusqu'à leurs baraquements. Puis, repoussées par un cordon de militaires chargés de tenir à distance la foule de curieux, elles demeurèrent un long moment sur place, sans pouvoir obtenir la moindre information. Enfin, Dorothée, comprenant qu'elles perdaient leur temps, décida de laisser un message à l'attention de Nicolas. Elle écrivit:

Nicolas,

Nous étions, Marie-Josephte et moi, venues assister au débarquement de ton régiment en espérant t'apercevoir et pouvoir te parler.

*Malheureusement, nous n'avons pas pu te reconnaître parmi tous les autres. Tu ne sais sans doute pas le grand malheur qui a frappé notre famille il y a un mois: papa est décédé sans avoir eu le bonheur de te revoir. Maman, tout comme nous, a bien hâte de te voir. Peux-tu nous faire savoir quand nous aurons ce grand bonheur de te retrouver? Tâche d'obtenir un congé et, surtout, fais-nous parvenir un message à l'*Auberge Grenon, *rue Saint-Ours. Nous t'espérons bientôt!*

Ta sœur Dorothée

— Comme ça, dit-elle à Marie-Josephte, s'il est bel et bien arrivé parmi tous ces soldats, il devrait nous faire signe.

— S'il fallait qu'il soit pas là!

— Il y est, j'en suis certaine. Nous le verrons sous peu.

435

En compagnie de Marie-Josephte, elle s'approcha, armée de son plus beau sourire, de l'un des militaires qui défendaient l'entrée aux baraques.

— Monsieur, dit-elle, mon frère Nicolas Grenon est un des soldats de ce régiment. Ma sœur et moi n'avons pu le voir parmi tous les soldats arrivés aujourd'hui. Seriez-vous assez aimable pour lui remettre ce billet?

Le militaire les regarda et dit:

— Le soldat Grenon a de très belles sœurs. Je m'arrangerai pour qu'il puisse tenir en main le billet que vous me remettez, mesdemoiselles. Comptez sur moi et acceptez mes hommages!

Le lendemain, à l'heure du dîner, alors que Marie-Josephte et Émilie s'affairaient à servir le repas de quatre clients, une voiture s'arrêta devant l'auberge. Un jeune homme en descendit, paya le cocher, attrapa quelques effets dans la voiture et se présenta à la porte de l'établissement. Marie-Josephte vint répondre. À la vue de son frère, elle cria «M'man! Nico!» avant de lui sauter au cou et de se mettre à pleurer comme une Madeleine. Émilie accourut. Son fils l'enlaça longuement et tous les trois allèrent se réfugier dans la cuisine, pendant que les clients s'interrogeaient sur les raisons de cette animation et l'identité de ce jeune homme si chaleureusement accueilli.

Quand ils apprirent, de la bouche de Marie-Josephte, que ce beau soldat était son frère revenu au pays après neuf ans d'absence, les clients de l'auberge acceptèrent volontiers, ce midi-là, de manger un peu de lard trop cuit.

Revenant du marché, deux heures plus tard, Dorothée eut la surprise de sa vie de trouver son frère Nicolas en grande conversation avec leur mère et Marie-Josephte. En la voyant, Nicolas lança :

— Je ne croyais jamais avoir de si mignonnes et si belles sœurs ! Je suis très surpris qu'elles ne soient pas déjà mariées, ni l'une ni l'autre !

En lui sautant au cou, Dorothée, qui perdait rarement contenance, rétorqua :

— Et moi non plus, je peux pas croire que mon grand frère si beau ait pas déjà la corde au cou !

Elle ajouta presque aussitôt :

— Veux-tu bien me dire où t'as appris à parler de même ? C'est plus en toute comme nous autres. T'as un accent... pointu !

Nicolas se mit à rire.

— Tu trouves vraiment que j'ai attrapé l'accent de France ?

— Et comment donc, on dirait que tu mâches tes mots deux fois avant de les dire.

— Et tu n'aimes pas ?

— Ah si ! J'aime ça beaucoup. On dirait que ça coule comme de l'eau de source.

Après s'être amusé, un moment, de l'étonnement de sa sœur, jusqu'au soir il ne cessa, en omettant les passages les plus ardus, de raconter en long et en large les péripéties de ces neuf années passées loin du pays.

Cependant il ne voulut pas révéler ce qui l'avait poussé à entrer dans l'armée. Si Émilie s'était écoutée, ils ne se seraient jamais couchés. Heureusement, Nicolas avait obtenu un congé de trois jours.

— Faut aller au lit, dit Émilie. Demain matin, les clients seront encore là, mais on pourra quand même reprendre le temps perdu.

— Vous avez raison, m'man. Comme aurait dit p'pa : « Demain est un autre jour » ou encore : « La nuit porte conseil ».

— Tu te souviens de ses fameux dictons ! s'exclama Dorothée.

— Qui pourrait les oublier ? répondit Nicolas.

— Comme il ressemble à son père ! dit Émilie.

Ce fut en riant qu'ils gagnèrent leurs chambres. De là où il se trouvait, Edmond avait trouvé le moyen de se rappeler à leur souvenir.

Le lendemain, Nicolas parla brièvement et avec réticence de son séjour dans l'armée de Napoléon. Il fit allusion aux batailles auxquelles il avait participé, à la mort de Jérôme, à la guerre d'Espagne, à son séjour d'un an en prison, en Espagne.

À Marie-Josephte qui désirait savoir ce qu'il avait fait durant tout ce temps, il répondit :

— Je me suis instruit. J'ai lu tout ce que je pouvais lire, des auteurs que vous ne connaissez sans doute pas, tels Rabelais, Voltaire, Jean-Jacques Rousseau, Montesquieu, et en théâtre, Molière et Racine.

— On a vu une pièce de Molière ! s'exclama fièrement Marie-Josephte.

— Vraiment ? Laquelle ?

— Qu'est-ce que c'était, m'man ?

— *L'Avare.*

— Vous avez aimé ? fit Nicolas.

Dorothée se moqua en imitant son accent :

— Nous avons beaucoup aimé, n'est-ce pas, chère mère et chère sœur ? Nous nous en sommes fait un régal.

L'intervention de Dorothée était si comique qu'ils éclatèrent de rire. Puis, Nicolas parla de son entrée au régiment Meuron, de son ami Bernardin et de son retour au pays. Il voulut savoir, à son tour, de sa mère et de ses sœurs, ce qu'avait été leur vie des neuf dernières années. À travers la grille d'un cloître, il put parler à sa sœur Alicia, qui était encore une enfant quand il l'avait quittée. Au terme de son congé, avant de rejoindre son régiment, il prit le temps d'aller se recueillir sur la tombe de son père, non sans avoir fait promettre à ses sœurs d'aller assister aux parades prévues au cours des jours suivants.

Trois jours plus tard, Marie-Josephte et Dorothée se trouvaient près de la porte Saint-Louis pour voir défiler le régiment. Cette fois, elles repérèrent aisément Nicolas et, tout près de lui, son ami Bernardin. Tous deux, au passage, sourirent à leur intention.

Quand Marie-Josephte revint à l'auberge, sa mère vit à son visage épanoui que quelque chose s'était passé durant cette parade.

— Vous savez pas, m'man, ce qui m'arrive. Je pense que cette fois sera la bonne.

— Quoi donc ? De quoi veux-tu parler ?

— L'ami de Nico : il m'a souri. Il est blond. Vous devriez voir ses yeux. Jamais j'ai vu d'aussi beaux yeux. Je vous mens pas, me semble que si je les revoyais parmi des milliers d'autres, je les reconnaîtrais.

— Me semble avoir déjà entendu des phrases comme celles-là, y a quelques années. Y avait dans ce temps-là de l'amour dans l'air, si je me souviens bien.

— Mais là, c'est pas pareil : c'est l'ami de Nico et il est pas marié. M'man, y a une autre parade dans deux jours, allez-vous me permettre d'y aller ?

— Je serais une mère ingrate si je te refusais cette permission, à toi une âme en peine !

Deux jours plus tard, Marie-Josephte, après s'être faite aussi belle qu'elle le pouvait, se rendit seule à la parade qui se terminait sur les plaines d'Abraham. Là, elle attendit l'arrivée de Nicolas et de Bernardin. Elle avait préparé pour la circonstance un petit mot destiné à Nicolas au cas où elle n'aurait pas la chance de lui parler. Aussitôt la parade terminée, elle parvint à se faufiler dans la foule et, par une chance inouïe, à

rejoindre Nicolas et son ami Bernardin qui s'apprêtaient à regagner leur baraque. En l'apercevant,
Nicolas la présenta tout de suite à son ami.

— C'est ma sœur, Marie-Josephte, celle dont je t'ai
parlé.

Bernardin lui fit le baisemain.

— Vous êtes, mademoiselle, encore plus belle que
votre frère me l'avait dit.

Nicolas s'exclama :

— Allons, Bernardin, elle n'est pas seulement belle,
elle est aussi généreuse et a un cœur grand comme la
terre. Et en plus, elle n'est pas mariée.

Cette avalanche de compliments la fit rougir
jusqu'au bout des oreilles. Bernardin ne manqua pas
d'en faire la remarque :

— Vous êtes encore plus belle quand vous rou-
gissez, dit-il aimablement.

Elle pencha la tête, comme pour se cacher. Son
frère en profita pour la taquiner :

— Bernardin mon ami, elle a aussi quelque chose
de très précieux : elle a vraiment une tête de Grenon.
Tu comprends ce que je veux dire ?

Tous deux s'esclaffèrent pendant que Marie-Josephte,
dans ses petits souliers, aurait aimé disparaître sous
terre.

— Vous ne dites rien, Marie-Josephte ? Seriez-vous
aussi muette ? plaisanta Bernardin.

Marie-Josephte, qui ne voulait pas perdre sa chance
de parler à Bernardin, y alla d'un élan digne d'une
Grenon :

— Vous accepterez bien les lettres que je vous écrirai, quand vous serez rendu dans votre garnison ?

— Ce sera un plaisir pour moi de les lire, mademoiselle. Je tâcherai de trouver les mots qu'il faut pour répondre. J'ose croire que votre frère saura vous faire parvenir l'adresse de notre cantonnement.

Ils étaient maintenant arrivés à leur baraquement. Nicolas embrassa sa sœur, tandis que le beau Bernardin lui administrait de nouveau le baisemain, avec promesse de lui donner de ses nouvelles. Quand Marie-Josephte revint à l'auberge, elle ne portait pas à terre.

— Il a promis qu'il allait m'écrire, m'man !

— Qui ça ?

— Bernardin, l'ami de Nico !

— Celui qui a de si beaux yeux ? reprit sa mère.

— Celui-là !

— J'espère pour toi, ma grande, qu'il a le cœur aussi bon qu'il a de beaux yeux.

Au cours des deux années qui suivirent, selon l'endroit où était cantonné Bernardin, plusieurs lettres firent la navette entre Québec et Chambly, et entre Québec et Montréal. Dans ses lettres, Bernardin ne manquait jamais de donner des nouvelles de Nicolas qui, lui, n'écrivait pratiquement jamais. Ce fut d'ailleurs par Bernardin qu'Émilie et ses filles entendirent pour la première fois parler des amours de Nicolas. Ce fut également par son entremise qu'elles apprirent que l'engagement militaire de Nicolas, tout comme le sien, achevait et qu'on avait promis de leur donner des terres dans un des nouveaux cantons de l'Est.

Puis, comme il l'avait fait à son retour d'Europe, Nicolas finit par prendre la plume pour écrire à sa mère.

Montréal, lundi 16 juin 1814

Chère mère,

Vous aurez sans doute su par mon ami Bernardin, dans une de ses lettres à ma sœur Marie-Jo, que notre régiment sera bientôt dissous. J'en arrive au terme de mon engagement dans l'armée. Pendant mon séjour en caserne à Montréal, j'ai eu le plaisir de rencontrer celle dont je veux faire ma femme, Bernadette Rousseau. Nous nous proposons d'unir nos destinées au cours du mois d'octobre prochain. Notre mariage sera célébré ici, à Montréal, et mon vœu le plus cher est de vous y voir avec mes sœurs bien-aimées.

J'attends donc de vous une réponse par l'intermédiaire de Marie-Jo si ça vous va mieux ainsi. Je vous tiendrai plus informée de la date précise et du lieu de notre mariage.

Votre fils affectueux,

Nicolas

Cette lettre de Nicolas fut suivie quelques jours plus tard par une missive de Bernardin à l'attention de Marie-Josephte.

Montréal, vendredi 20 juin 1814

Ma bien-aimée,

Vous aurez sans doute appris par votre frère Nicolas que le temps est venu pour nous de faire des choix puisque, dans moins d'un an, nous obtiendrons notre licenciement de l'armée. Votre frère et sa fiancée ont décidé de se marier. Puis-je oser vous dire que je souhaiterais vous avoir bientôt près de moi, pour nous unir par les saints liens du mariage?

Les bonnes lettres que vous m'avez fait parvenir depuis deux ans, et tous les sentiments que vous y avez exprimés, m'ont convaincu de l'amour que vous me portez. Celles que vous avez reçues en réponse, vous auront-elles persuadée de l'amour que j'ai pour vous? C'est ce que je souhaite du plus profond de mon cœur.

Si la proposition que je vous fais vous convient et ne vous effraye pas, je me rendrais vous chercher à Québec à la fin de l'été, afin de vous conduire à une pension que je louerais pour vous à Montréal. Je pourrais ainsi vous avoir plus près de moi pour que nous préparions ensemble notre mariage, qui pourrait être célébré à la même église et le même jour que celui de votre frère Nicolas.

Transmettez mes salutations à votre sœur Dorothée et toute l'affection que je voue à votre tendre mère. J'attends de vous, avec impatience, une réponse positive à cette missive dans laquelle j'ai mis tous mes espoirs. Soyez assurée, ma bien-aimée, de toute ma tendresse doublée de toute mon affection.

Votre Bernardin qui vous aime

Cette lettre de Bernardin promettait de chambarder sérieusement tout le quotidien de l'auberge. Si Émilie était heureuse pour sa fille Marie-Josephte, elle n'en pensait pas moins au vide immense que son départ provoquerait dans sa vie. Comment, sans son aide, réussirait-elle à maintenir l'auberge ouverte? Il lui faudrait absolument engager quelqu'un qui s'entendrait bien avec Dorothée, ce qui n'allait pas de soi.

Chapitre 42

L'accomplissement

Depuis le décès d'Edmond, Émilie avait gardé le contrôle de l'auberge, qui lui permettait de vivre décemment. Elle avait demandé à Nicolas s'il désirait succéder à son père et prendre charge de l'auberge. Pour toute réponse, Nicolas avait fait écrire par Bernardin : « Personne ne connaît l'avenir, aussi je préfère ne rien promettre. Ainsi, vous ne vous ferez pas d'idées qui pourraient ensuite vous causer de la peine. » Voyant que Nicolas ne semblait pas attiré par la carrière d'aubergiste, elle avait eu l'excellente idée de communiquer avec Romuald qui, contre sa nourriture et son hébergement, avait promis, dès que ses affaires seraient réglées à Baie-Saint-Paul, de venir remplacer Edmond auprès des clients de l'auberge. Marie-Josephte et Dorothée étaient fidèlement demeurées à ses côtés. Mais la vie de Marie-Josephte était appelée à changer rapidement.

Un soir, assise à la table de la cuisine en compagnie de Marie-Josephte et Dorothée, Émilie dit :

— Je sais pas si vous vous souvenez de ce soir où, devant la chandelle, j'avais dit qu'un jour je réaliserais mes rêves ?

— Oui, je me souviens très bien, m'man, dit Marie-Josephte. Vous rêviez d'un meilleur éclairage et d'une commode.

En prononçant ces paroles, Marie-Josephte se rendit compte que l'évocation des chandelles risquait de raviver la peine de Dorothée, au souvenir de Désiré, et celle de sa mère, au souvenir de la commode. Elle s'empressa donc aussitôt d'ajouter :

— Y avait aussi votre troisième rêve, celui que vous avez jamais voulu dévoiler.

— Ce troisième rêve, si vous voulez le savoir, mes filles, il est en partie réalisé.

— Vraiment ?

— C'était celui de revoir mon Nicolas vivant. J'avais aussi rêvé qu'il revienne, à la fin de son engagement, remplacer votre père à la tête de l'auberge. Mais je crois bien que ce dernier rêve va en rester un.

— Je sais, intervint Dorothée, ce qui vous fait dire ça… Ce rêve-là relève pas de vous, alors que votre deuxième, lui, pouvait dépendre de vous, même si c'est p'pa qui vous a permis de le réaliser. Ça serait peut-être le temps que vous pensiez à autre chose, m'man. Vous mettiez de l'argent de côté pour votre commode ; vous pourriez l'employer autrement.

— Je voulais justement vous en parler. J'ai, avec mes économies de bouts de chandelles, comme disait si bien votre père, réussi à économiser assez d'argent pour m'acheter quelque chose. Venez, je vais vous montrer…

Ses filles la suivirent jusque dans la cuisine où, au-dessus du comptoir, était suspendu l'unique miroir de la maison, un vieux miroir en fer blanc dans lequel on parvenait vaguement à deviner ses traits quand on s'y mirait.

— Vous aimeriez avoir un vrai miroir ? demanda Marie-Josephte.

— Oui, ma fille, j'aimerais tellement enfin voir quelque chose dans un miroir comme celui des Du Berger.

— Qu'attendez-vous pour vous l'offrir ? s'empressa de dire Dorothée. S'il y a quelqu'un qui le mérite, c'est bien vous, m'man. Venez, prenez votre argent, on s'en va le chercher !

— Où ça ?

— Comment, « où ça » ? Au magasin général !

— Mais ma fille, des miroirs, y en a tellement, je saurai pas lequel choisir !

— Si vous l'achetez pas aujourd'hui, ça vous per-mettra au moins de vous faire une idée. Vous déciderez plus tard et vous choisirez alors celui qui vous fera plaisir. En attendant vous pourrez continuer à rêver de votre beau miroir.

Malgré ces paroles, Dorothée était bien déterminée à ce que sa mère se gâte le jour même et ressorte du magasin général avec son dernier rêve sous le bras.

Elles partirent toutes les trois sans plus tarder, comme si l'avenir du monde en dépendait. Ses filles se réjouissaient de voir leur mère aussi résolue à se faire plaisir. Comme elle l'avait dit, les miroirs ne manquaient pas au magasin général. Émilie examina l'un après l'autre la dizaine de modèles en vente, se regardant dedans à la dérobée comme si elle n'en avait pas eu le droit. Chaque modèle lui semblait trop dispendieux et elle ne parvenait pas à faire un choix.

— Lequel vous plaît le plus? questionna Marie-Josephte.

— Celui-ci, avec un cadre brun.

— Il sera peut-être plus là quand vous allez vous décider à l'acheter et, vous connaissant comme je vous connais, vous vous reprocherez amèrement de pas vous l'être procuré pendant que c'était le temps.

— Allons, m'man! insista Dorothée. Vous allez pas encore une fois laisser filer la chance de vous faire plaisir.

— Mais presque toutes mes économies vont y passer!

— Écoutez moi bien, m'man, dit Marie-Josephte. Si jamais vous avez peur de manquer d'argent, vous aurez qu'à revendre votre miroir.

— Je sais bien, mais j'en aurai jamais le prix que je vais le payer.

— Qu'est-ce que ça change, m'man? Vous en profiterez tout le temps que vous l'aurez.

D'argument en argument, Marie-Josephte et Dorothée finirent par la convaincre. Avec mille précautions, elles manipulèrent le miroir pour le rapporter intact jusqu'à l'auberge. Il remplaça fort avantageusement l'ancien au-dessus du comptoir de la cuisine. Quand il fut finalement bien installé, Émilie se regarda dedans et poussa un long soupir.

— C'est incroyable comme j'ai vieilli ! déplora-t-elle.

— Pas tant que ça, reprit Marie-Josephte. C'est parce que ça fait longtemps que vous vous êtes pas vue. Je trouve pas que vous avez beaucoup changé. Pas vrai, Doro ?

Dorothée profita de l'occasion que lui donnait sa sœur pour taquiner leur mère :

— M'man, vous avez pas changé tant que ça, puisque vous êtes parvenue à vous reconnaître dans votre nouveau miroir.

Marie-Josephte s'esclaffa, Dorothée en fit autant et Émilie entra dans le jeu.

— Vous autres, mes p'tites démones ! dit-elle.

Comme chaque fois qu'elle osait ainsi les appeler, ce qu'elle se permettait rarement, ses deux filles l'embrassèrent. C'était entre elles de courts moments de tendresse où le bonheur prenait le dessus sur un quotidien monotone. Émilie enchaîna aussitôt :

— Si votre père était encore icite, il aurait certainement dit…

Ses deux filles déclamèrent en même temps qu'elle :

— « Tout vient à point à qui sait attendre ! »

Elles éclatèrent de rire pendant que le souvenir de celui qui leur manquait tant flottait une fois de plus entre les murs de l'auberge.

∽

Un mois plus tard, en revenant du marché, Marie-Josephte rapporta de la poste une lettre de Nicolas. Émilie voulut tout de suite en connaître le contenu.

— Vous êtes certaine de vouloir savoir ce qu'elle contient ? dit Dorothée. Ça risque d'être des nouvelles qui vous feront pas plaisir.

Émilie, qui ne perdait jamais une occasion de rappeler le souvenir d'Edmond, dit sans hésiter :

— Souvenez-vous, mes filles, de ce que votre père disait : « Nous traverserons le pont quand nous serons rendus à la rivière. » Lis-nous ça, Marie-Josephte.

Montréal, mercredi 6 septembre 1814

Chère mère,

Comme je vous le promettais dans ma dernière lettre, je vous informe que la date de notre mariage est maintenant fixée. Comme Marie-Jo m'a laissé savoir par Bernardin qu'elle désirait elle aussi se marier le même jour, nous avons convenu, Bernardin et moi, que notre mariage aurait lieu le samedi 21 octobre prochain, à l'église Saint-Martin de l'île Jésus. Vous trouverez, sous ce pli, le montant nécessaire pour permettre à Marie-Jo de prendre le vapeur à Québec afin de venir rejoindre Bernardin, qui se considère déjà, et avec raison, son fiancé. Il a loué pour elle une pension où elle pourra habiter jusqu'à son mariage. Bernardin a grand hâte de l'avoir près d'elle.

Quant à vous, m'man et Doro, je vous ferai parvenir bientôt l'argent nécessaire pour que vous puissiez vous aussi monter à bord d'un vapeur et venir nous rejoindre à Montréal pour ce grand jour. Vous n'aurez qu'à nous faire savoir la date de votre arrivée et nous serons tous là pour vous recevoir, Marie-Jo, Bernardin et moi, ainsi que Bernadette, ma fiancée, que vous aurez alors l'occasion de connaître.

En espérant que ces arrangements sauront répondre à vos attentes, je suis et demeure votre fils affectueux.

Nicolas

Marie-Josephte avait à peine terminé la lecture de la lettre que Dorothée lui lançait :

— Cachottière ! Ma grande sœur est une cachottière ! Elle décide de se marier et nous en dit pas un traître mot.

— Je l'avais dit à m'man ! protesta-t-elle. J'attendais que l'occasion de t'en parler.

— Prends-le pas mal, grande sœur, je suis bien contente pour toi. Et vous, m'man, qu'est-ce que vous en dites ?

— Je savais que ça arriverait un jour, mais maintenant que c'est fait, je trouve que ça vient bien trop vite. Me semble que plus rien sera pareil sans toi, Marie-Josephte.

Pour éviter que l'atmosphère s'alourdisse, Dorothée lança aussitôt :

— Vous voyez, m'man, ce que ça fait, l'amour ? C'est ça que ça fait. Ça creuse le vide autour de nous. Mais qu'est-ce que vous voulez, ça va être à nous autres de le remplir. À ma grande sœur, va falloir trouver une remplaçante qui est pas en amour.

Sur ce, elle se tourna vers sa mère, lui fit un clin d'œil et ajouta :

— D'ailleurs, depuis qu'elle a rencontré son Bernardin, m'man, vous avez dû le remarquer, c'est moi qui suis obligée de me taper toutes les corvées. Elle a les yeux dans la graisse de bine pour tout et pour rien, elle passe son temps dans les nuages, quand c'est pas dans la lune. Vous savez, au fond, ça changera pas grand-chose parce qu'elle est plus avec nous autres depuis pas mal de temps.

Par ses remarques, pourtant énoncées sur un ton blagueur, Dorothée voulait alléger l'atmosphère mais elle obtint exactement l'effet contraire. Marie-Josephte se mit à pleurer et Émilie dut venir à sa rescousse.

— Voyons, ma grande, prends-le pas comme ça, ta sœur plaisantait et tu le sais bien. Tu vas nous manquer bien gros et je me demande vraiment ce qu'on va devenir sans toi…

Émilie se mit à pleurer à son tour. Dorothée, toute bouleversée d'avoir déclenché cette chaîne de sanglots, voulut se racheter :

— Allons, ma grande sœur, tu vas pas pleurer le jour que t'apprends que ton plus grand rêve va se réaliser. Je voulais pas te faire de peine. C'était ma façon à moi bien maladroite de te dire comment tu vas me manquer.

Marie-Josephte s'approcha de sa sœur. Elles tombèrent en pleurant dans les bras l'une de l'autre.

Charlemagne vint créer une diversion appréciée en se mettant à siler comme il l'avait fait à la mort d'Edmond. Toujours forte dans les épreuves, Émilie en profita pour se précipiter du côté de l'auberge et en revint avec deux petits verres de porto bien pleins.

— Prenez ça d'un coup sec, leur dit-elle, c'est un bon remontant. Votre père aurait certainement dit : « Un tiens vaut mieux que deux tu l'auras ! »

Le chien continuait à produire ses silements avec tant d'intensité que les trois femmes passèrent des pleurs aux rires.

Quinze jours plus tard, Émilie et Dorothée se trouvaient sur le quai de Québec, au départ du vapeur *Le Calédonia* pour Montréal. Lorsque le bateau s'éloigna du bord, Marie-Josephte leur fit ses adieux en agitant la main, du haut du pont.

— Qui nous aurait dit, remarqua Émilie, que ta sœur tomberait en amour avec un ami de Nicolas ?

— La vie est folle de même, m'man. C'est souvent quand on pense que tout est fini que tout recommence.

Chapitre 43

Double mariage

Comme il l'avait promis, Nicolas fit parvenir à sa mère et à Dorothée l'argent nécessaire pour le voyage en vapeur de Québec à Montréal. Émilie trouvait que c'était là une somme énorme gaspillée pour un simple voyage.

Un bon matin, Dorothée revint de chez les Gagné *La Gazette* à la main, tout excitée de ce qu'elle venait d'y découvrir.

— M'man! s'écria-t-elle. Écoutez bien ce qui est écrit ici.

— Quoi donc, ma fille?

« Les propriétaires des Diligences de Québec à Montréal, sensibles à l'encouragement flatteur qu'ils ont eu depuis leur établissement, prennent la liberté de faire leurs sincères remerciements à ceux qui les ont encouragés et en sollicitent la continuation.

Ceux qui n'ont pas eu l'occasion de voyager par cette voie peuvent être assurés d'avoir de bons chevaux, des voitures commodes et des conducteurs soigneux.

Les prix ont été réduits de 4 livres 10 à 3 livres 10. Les diligences partent de Québec et Montréal à quatre heures du matin, tous les dimanches, mardis et jeudis et se rencontrent aux Trois-Rivières, le soir du même jour. Elles repartent de là à quatre heures du matin et arrivent à leur destination de Québec ou de Montréal le soir du même jour. Chaque passager peut apporter 30 livres de bagage. »

— Même si Nico nous a fait parvenir l'argent pour voyager sur un vapeur, on pourrait y aller en diligence et sauver beaucoup d'argent. Ça nous permettrait d'acheter des cadeaux de noces à Nico et à Marie-Jo.

— Quelle bonne idée tu as là, ma fille ! Faudra faire savoir à Nicolas où et quand il doit venir nous chercher.

— Y a pas d'inquiétude à avoir pour ça, on lui écrira.

Quelques semaines plus tard, le mardi 17 octobre, à quatre heures du matin, Émilie et Dorothée montaient à bord de la diligence de Québec en partance pour Montréal, après avoir confié l'auberge à Romuald.

Ce voyage ne s'avéra pas de tout repos. Le premier attelage, propriété d'un sieur Whitney, les conduisit, moyennant 18 shillings et 8 pence, jusqu'à Sainte-Anne-de-la-Pérade, où elles eurent à débourser, à un monsieur de l'endroit, 18 autres shillings pour se rendre aux Trois-Rivières, où elles passèrent la nuit, à l'*Auberge Bien-Aimée*. De là, à quatre heures du matin, à bord de la diligence d'un monsieur Beter, pour 5 shilling et 9 pence, elles rallièrent Yamachiche. Avec un monsieur Lupin, elles se rendirent ensuite à Maskinongé, en lui versant 4 shillings. Un monsieur Mailloux, contre la somme de 6 shillings, les conduisit jusqu'à Berthier où monsieur Deschamps, prenant le relais, les fit monter dans sa voiture contre une contribution de 10 shillings, pour les mener jusqu'à Montréal. Elles y arrivèrent, épuisées, le même soir. Elles couchèrent où on les fit descendre, à l'*Auberge du Chat blanc*.

Le lendemain matin, dès l'heure du lever, Nicolas et Bernadette, sa future épouse, de même que Bernardin et Marie-Josephte les y rejoignirent. Ils avaient tous tenu à être là pour ne pas perdre un instant de plus du bonheur de se retrouver ensemble.

Les retrouvailles furent émouvantes. Tout le monde parlait en même temps. Dorothée, qui avait autant de chien dans le corps que de Grenon dans le nez, les fit rire par ses propos à l'emporte-pièce et, du coup, mit tout le monde à l'aise.

Ce fut en voiture qu'ils se rendirent à l'appartement où vivait Marie-Josephte depuis son arrivée à Montréal. Là, elles eurent tout loisir de faire mieux connaissance avec Bernadette et Bernardin, les deux nouveaux membres qui agrandissaient le cercle familial.

—J'ai bien de la misère à croire, répétait Émilie, que mon fils aîné et ma fille aînée vont se marier le même jour. Ça me rentre pas dans la tête.

— Va falloir vous y faire, m'man, reprit Dorothée pour la centième fois, parce que dans deux jours, ça va être fait.

— Demandez à Dorothée, continua Émilie, comment ça nous fait drôle de plus avoir Marie-Josephte à la maison. Heureusement que Romuald est là et qu'il y a moins de monde à l'auberge depuis le départ de votre père, sinon on arriverait pas.

Se sentant visé par les propos de sa mère, Nicolas y alla d'une suggestion :

— Faudrait vous faire aider, m'man. Engagez quelqu'un de plus ou remariez-vous.

— Voyons, mon grand, penses-tu que votre père le permettrait ? Il se retournerait dans sa tombe et sortirait un de ses proverbes comme : « Qui choisit prend pire ! »

La boutade de leur mère les fit bien rire. Dorothée, ne voulant pas être en reste, ajouta aussitôt :

— « Les absents ont toujours tort ! »

La bonne humeur régnait. Émilie, pour ne pas briser cette belle harmonie, n'osa pas tout de suite poser à son fils la question qui lui trottait depuis des mois dans la tête.

Les futurs mariés avaient encore bien des préparatifs devant eux, aussi laissèrent-ils Émilie et Dorothée avec Marie-Josephte. Là encore, Émilie n'eut pas le courage de demander à sa fille quelles étaient ses intentions et celles de Bernardin, quant à l'avenir.

Le samedi matin, en l'église Saint-Martin de l'île Jésus, un vieux prêtre, qui était en réalité l'aumônier du régiment de Meuron, bénit les mariages de Nicolas avec Bernadette Rousseau, et de Marie-Josephte avec Bernardin Dumouchel. Les noces furent très simples. Les festivités terminées, il fut temps pour Émilie et Dorothée de penser à retourner à Québec.

Émilie voulut en avoir le cœur net et finit par demander à Nicolas et à Bernardin les projets qu'ils nourrissaient pour l'avenir. Nicolas parla au nom des deux :

— M'man, pour nous récompenser de notre séjour dans l'armée, Bernardin et moi recevons chacun une terre dans les nouveaux cantons de l'Est.

— Avez-vous décidé d'aller vivre là ?

— C'est notre intention, m'man. Je veux pas vous faire de la peine, mais c'est définitif. J'irai pas à Québec pour faire marcher l'auberge de p'pa.

Émilie s'efforça de ne pas laisser paraître sa déception.

— Si c'est votre décision, dit-elle, faudra bien vivre avec.

Le lendemain, Nicolas insista pour que, cette fois, sa mère et sa sœur prennent le vapeur jusqu'à Québec. Les adieux furent déchirants. Émilie avait l'impression, en laissant ses deux enfants, de perdre une partie d'elle-même. Le vapeur avait à peine quitté le quai, et les silhouettes de ceux qu'elles aimaient venaient tout juste d'être effacées par la distance, que Dorothée sonda sa mère :

— Nicolas et Bernardin vont aller rester sur leur terre, dans les cantons de l'Est. Va falloir, m'man, qu'on pense peut-être à aller vivre là-bas.

— Parle pas de ça, ma fille. Faudra d'abord voir comment ils vont se débrouiller. Après quelque temps, peut-être qu'on en saura plus. En allant vivre là-bas, j'aurais l'impression d'abandonner ton père et ton grand-père enterrés à Québec.

— Mais, m'man, les morts sont bien là où ils sont. Et puis, il est temps que vous le sachiez, on pourra peut-être plus continuer à gagner notre vie avec l'auberge et le cabaret.

— Comment ça, ma fille ?

— J'ai lu dans le journal, avant notre départ de Québec, mais j'ai pas voulu vous en parler tout de suite, que la ville a décidé, parce qu'il y a trop de cabarets, de pas renouveler les licences cette année. Un grand nombre de cabarets vont perdre la leur et probablement nous autres aussi.

— Je pense bien, ma fille, qu'il va nous falloir aller voir monsieur Panet. Comme aurait dit ton père : «Mieux vaut prévenir que guérir!»

Au lendemain de leur retour à Québec, elles montèrent à la Haute-Ville chez maître Panet. Informé de leur arrivée, le vieil homme vint au-devant d'elles dans le hall de sa grande demeure.

— Vous nous faites tout un honneur de bien vouloir nous recevoir, dit Émilie.

— C'est toujours un plaisir de voir des personnes aussi avenantes que vous.

— On vous dérangera pas longtemps, monsieur Panet. Si on est ici, c'est qu'on a entendu dire que la ville veut pas renouveler les licences de cabaret. Ce serait tellement dommage si on perdait la nôtre.

— Pour une fois, ma pauvre dame, je pense bien que l'ami que je suis n'y pourra pas grand-chose. Ce n'est pas de mon ressort et, en plus, si je me servais de mon influence pour faire obtenir des privilèges, ce serait très mal vu par tout le monde. Je suis bien peiné de vous décevoir, mais les temps sont durs et les décisions de nos dirigeants municipaux ne sont pas toujours des plus éclairées.

— Je vous remercie de nous parler avec autant de franchise, dit Émilie. Ça va nous permettre de prendre notre décision en toute connaissance de cause.

— Je suis navré de ne pas pouvoir faire davantage pour vous qui le méritez tant. Soyez assurées que je vous garde au plus profond de mes souvenirs. Vous allez excuser le vieil homme que je suis de ne pas vous tenir plus longtemps compagnie. Mes vieilles jambes ne me permettent plus de rester longtemps debout.

Sur ce, le vieillard leur tendit la main.

❧

Le jour même de cette rencontre, Dorothée clouait avec entrain une pancarte sur la façade de l'*Auberge Grenon*, rue Saint-Ours. On pouvait y lire : À VENDRE !

FIN DU PREMIER TOME

Table des matières

TROISIÈME PARTIE
Les rêves passent

Transcontinental
IMPRESSION
IMPRIMERIE GAGNÉ

IMPRIMÉ AU CANADA